JÖRG UWE ALBIG

ueberdog

ROMAN

TROPEN

Die kursiven Zitate stammen aus:
Dionysius Aeropagita: Die Engel-Hierarchie
Thomas von Aquin: Summa Theologiae

Tropen
www.tropen.de

Printed in Germany
Umschlaggestaltung: Herburg Weiland, München
Gesetzt von Dörlemann Satz, Lemförde
Gedruckt und gebunden von CPI – Clausen & Bosse, Leck
ISBN 978-3-608-50127-8

Beautiful people
You look like friends of mine.
Melanie

DER ENGEL ORDNUNGEN

Wer den Engeln nahe ist, braucht nichts mehr zu beweisen. Er ist gerechtfertigt vor Gott und der Welt. Das ahnte ich schon in meiner Jugend, die schwarz war und voller Angst, in dem Jahr, als ich fünfzehn war, verklemmt und bis zur Einsamkeit arrogant.

Zuerst war mir mein Engel auf dem Fernsehschirm erschienen. Er verkörperte sich in dem kleinen, tragbaren Klotz auf meiner Kommode, der nur mir gehörte; in meinem persönlichen Kanal zur Welt. Der Engel erschien immer nur für drei, vier, fünf Minuten, doch bald erschien er mir überall. Seine Stimme drang, immer nur für ein paar Momente, aus den Lautsprechern der Radios, der Kneipen, der Diskotheken. Es war eine körperlose, reibungslose Stimme; sie klang, als käme sie aus großen Weiten. Sie klang hoch und flach wie auf Helium, schwerelos taumelnd im Edelgas. Engel sind leicht, sie sind ohne Gewicht. Und so lernte auch ich, das Leichte zu lieben, das mich der Sonne entgegentrug wie einen Fesselballon.

Ich hatte keinen Zweifel, dass der Engel nur für mich gekommen war. Denn wie durch ein Wunder erschien er immer genau dort, wo ich war. Andere, so kam es mir manchmal vor, konnten ihn nicht hören; meine Mutter etwa hackte ungerührt weiter Zwiebeln, wenn seine Stimme aus dem Küchenradio kam.

Der Engel war wunderschön. Er war blond und lockig und

weiblich, damit auch ich ihn als Engel erkennen konnte. *Nicht so, wie sie sind, erscheinen sie, sondern so, wie die Sehenden sie sehen können*, lernte ich später. Denn alles, was ich bis dahin über Engel wusste, wusste ich von den Biedermeierbildern meiner Großtante Ada, von den Weihnachtskarten meines Großonkels Kurt. Der Engel trug Kreuze um den Hals, damit ich ihn nicht für einen Dämon hielt. Der Beruf der Engel, das wusste ich damals noch nicht, ist Kommunikation. Und deshalb sprechen sie immer genau die Sprache, die man versteht.

Der Engel, die Hand im Schritt, sprach zu mir: Dein Leib ist gebenedeit. Und so liebkoste ich meinen Leib und richtete ihn her für die Blicke der Menschen. Der Engel, von kräftigen Männern umtanzt, sprach: Lass die Liebe scheinen. Und ich, unter Tränen, malte mit Lippenstift Herzchen an den Spiegel. Der Engel, vor Skylines tanzend, sprach: In der Stadt ist das Leben. Und so ging ich, so bald ich konnte, zum Studieren in die Stadt. Der Engel, zwischen Situp und Sonnengruß, sprach: Harte Arbeit führt zum Ziel. Und so machte ich mich, so bald ich konnte, an meine Karriere.

Engel, sagt Origines, ernähren sich von nichts als göttlichen Strahlen. Auch mein Engel war dünn und wurde immer dünner; und so setzte auch ich mich auf Diät. Beweg dich, sagte der Engel, und er machte mir vor, wie man sich bewegt. Engel sind *semper mobiles*, immer in Bewegung, sagt Johannes von Damaskus; mein Engel war der beweglichste von allen. Er dehnte sich im Spagat, streckte das Bein in die Luft, drehte sich um die eigene Achse, bis mir schwindlig wurde.

Ich sah den Nabel des Engels, der seine Mitte beherrschte wie ein allsehendes Auge. Ich sah seinen *herrlich unbeirrbaren*

Aufschwung nach oben. Stockend, tastend folgte ich seinen Bewegungen, setzte ein Bein vor das andere, zuckte mit den Schultern, warf den Kopf zurück. Ich stand vor dem Spiegel im Schlafzimmer meiner Eltern, und hinter mir stand der Engel mit ernstem, aufmerksamem Blick. Denn Engel machen keine Witze, und mein Engel war keine Ausnahme.

Engel sind keine Götter. Sie herrschen nicht, sondern sie dienen. Auch mein Engel zögerte nicht, mir zu dienen, mich zu leiten, mir Orientierung zu geben und die Regeln, nach denen gespielt wurde. *Und er antwortete mir und ließ mich wissen, was die Dinge bedeuteten.* Der Prophet Ezechiel berichtet von einem Engel, der durch Jerusalem ging, um die Hüften einen Gürtel aus Saphiren; er malte jedem Gerechten ein Zeichen auf die Stirn. Und auch mein Engel ging durch die Welt und kennzeichnete jeden, der *es* hatte: *It*, ritzte er ihnen in die Netzhaut, *it, it, it.*

Immer hatte ich Angst gehabt, dass die Zeit an mir vorüberlief, lautlos und ohne mich zu streifen; an mir, an meinem Dorf im Speckgürtel, an meinem Elternhaus, an meinen Freunden. Mein Engel aber ließ mich die Zeit kosten; sie zerging auf der Zunge. Er zeigte mir das Jetzt, den kostbaren, erregenden Moment. Ich war schwach, doch mein Engel zeigte mir eine Stärke, an der ich teilhaben konnte; der ich mich ausliefern konnte wie einem Wind, der den, der ihm gehorcht, zu neuen Ufern treibt.

Immer hatte ich Angst gehabt, dass alles nicht reichte. Dass alles zu wenig war; meine Noten, meine Freunde, meine Brust. Doch der Engel sagte mir, dass es darauf nicht ankam. Es war nicht wichtig, was man war, sondern was man zeigte. Der Engel zeigte mir Glanz; den Glanz der Diamanten, der platinblonden Haare, des polierten Leders. Und ich färbte mir die Haare mit

Wasserstoff und wühlte im Schmuckschrank meiner Mutter nach Klunkern.

Ständig wandelte er seine Gestalt. Denn der Engel hat keine Substanz; er ist Erscheinung, ohne Unterschied von Bild und Wesen. Erfinde dich selbst, sprach der Engel, erfinde dich neu. Denn genau das war es, was Engel tun: Ihr wirkliches Selbst ist unsichtbar. *Auf keinen Fall können Menschen die Engel in ihrer wahren Gestalt sehen. Denn wegen ihrer veränderlichen Form sind Menschen nicht in der Lage, einen unveränderlichen Geist zu sehen.*

Manchmal träumte ich von dem Engel. Der Traum war der Moment, in dem ich den Engel an die Hand nehmen konnte. Ich konnte ihm aus der Zeitung vorlesen oder mit ihm vor die Tür gehen, um eine zu rauchen. In einem meiner Träume ging ich sogar mit dem Engel zur Toilette; es war das *Chin's* oder das *Terremoto*. Wir wurden fast gleichzeitig fertig; hinterher traute ich mich nicht an den Spiegeln vorbei. Ich hatte Angst, einer von uns beiden wäre unsichtbar.

Dieser Engel hat mich nie verlassen. Eines Tages, ich war längst erwachsen, gab er sich zu erkennen. Er sang mit einer Stimme aus Seidenpapier, und ich wusste sofort, dass er nur sich selbst damit meinen konnte:

Ray of Light.

Dass ich nicht allein war, hatte ich immer gewusst. Sogar wenn ich für mich vor dem Spiegel stand, mit meinem feinen, aber elegant gewellten Haar, meinen niedrigen, aber sorgsam gepflegten Brauen, meinen schmalen, aber spöttisch geschwungenen Lippen, meiner etwas zu dicken Nase, war ich in Gesellschaft. Ich wusste, dass es das Vollkommene gab. Ich war mir sicher, dass es ideale Versionen meiner selbst gab, geklärte Spiegelbilder mit keckeren, zarteren oder herrischeren Nasen, perfekte Ergänzungen meiner Mängel und Stärken.

Sie mussten von oben kommen, aus den kühleren Luftschichten jenseits der Stratosphäre. Lässig traten sie auf und ab, lehnten in den spitzen Torbögen marokkanischer Paläste, träumten im Rolls-Royce an der Transitstrecke, knieten feierlich im Wüstensand. Siegerlächeln in den Augen. Sie arbeiteten nordisch hart und diszipliniert, feierten südländisch und ausgelassen. Sie trugen Samtslipper sportlich wie niemand sonst; sie trugen Turnschuhe zum Frack. Alterslos wanderten sie durch die Jahrhunderte; ihr sanftes, androgynes Wesen verlieh den Charakteren eine zarte Stärke. Sie verkörperten unsere Zeit, schwiegen beharrlich, verweigerten und verschenkten sich zugleich, mit diesem letzten Schimmer immer gültiger Magie. Sie machten keine Kompromisse, ließen sich nicht vereinnahmen; alles, was sie taten, taten sie ganz.

Ich wusste, dass sie sich in Kreisen bewegten. Sie schwebten in Sphären mit unsichtbaren Außenhäuten, die sich plötzlich öffnen können für einen Moment, für einen Augenblick der Ekstase und der Erkenntnis. Und im nächsten Augenblick zogen sie wieder ihre Bahnen, irgendwo am Himmel, unberührbar in ihren Privatjets oder hinter den stahlgrauen Vorhängen der ersten Klasse, aus denen nur von Zeit zu Zeit eine Stewardess hervorschlüpfte, benommen und selig.

Sie begegneten den Menschen herzlich, ohne Snobismus, auf moderne Weise traditionsbewusst. Ihr Schweben gab ihnen ihre Haltung, den aufrechten Gang, der sich niemals beugte. Ich ahnte, dass sie auch mich komplett machen konnten; nur der Himmel war ihre Grenze. Ich ahnte, dass sie auch mich zu sich hinaufziehen konnten, in ihre Haltung, ihren aufrechten Gang. Auch ich war ein Krokus im Schnee, der auf die Märzsonne wartete. Und so studierte ich ihren Gang, ihre gestreckten Nacken, ihre sehnenden Wimpern.

Ich spürte die Anziehung, wie eine Narzisse sie spürt oder eine Orchidee; ein Saugen himmelwärts, das Gespür von etwas Richtigem, die Ahnung einer höheren Harmonie. Ich wusste, dass das Licht in der Nacht am hellsten strahlt, und so machte ich mich abends bereit, warf die Tasche mit der Nikon über die Schulter und stieg auf mein Rad.

Schon in meiner Schulzeit hatte ich mich als Diplomatin verstanden. Ich sah mich als Botschafterin der Schönheit, des gelungenen Lebens. Vermitteln wollte ich, zwischen den Sphären des Lichts und den armen, ratlosen, rastlosen Menschen. Und noch immer gefällt mir die Idee, das Licht zu reflektieren, zurückzuwerfen, zu vervielfältigen und zu verteilen über unsere schattige Welt.

So begann ich zu fotografieren.

Lange hatte ich keinen Begriff gehabt für das Licht, das ich überall suchte. Ich suchte es auf Galas und Empfängen, bei Premieren, Präsentationen und Modenschauen, bei den Eröffnungen von *Rosspfahl* oder *Supp Contemporary*, beim Siebenjährigen im *Planet Pöseldorf*, bei der Eritrea-Charity im *Plaza*.

Meine Tante Simone, Hochschulpfarrerin in der Evangelischen Studentengemeinde, hatte eine Pastorin aus mir machen wollen. Sie nahm mich zu Kirchentagen mit und an die Resopaltische von Evangelischen Akademien. Ich sah nur ungeschickt gekleidete Menschen mit blitzenden Brillen und einen ungepflegten Mann am Kreuz, der alle Haltung aufgegeben hatte.

Tante Simone hatte keinen Sinn für Engel. Engel waren für sie Weihnachtsmerchandising, körperlose Schülerlotsen, Weltraumschrott, hinterlassen von vermoderten Generationen. Aber sie überließ mir all die Bücher, die sie in ihrem Theologiestudium am gründlichsten gelangweilt hatten. Mit meiner Begeisterung hatte sie nicht gerechnet.

In diesen Büchern fand ich die Worte für mein Verlangen. Schon die Namen der Autoren, aristokratisch und stolz, flößten mir Vertrauen ein: Thomas von Aquin, Hildegard von Bingen, Johannes Scottus Eringena, Bernhard von Clairvaux. Sie konnten mir die Macht erklären, die Wesen wie Minou Farnese oder Winston Caracallo über uns hatten; den Segen, den sie austeilten und verweigerten; ihr Schweben, ihr beständiges Auf und Ab an unsichtbaren Leitern. Sie konnten den Kosmos erklären, den die Engel für uns ordneten und geometrisch einteilten, konzentrisch, in Unten und Oben, in Drinnen und Draußen. Sie wussten, *dass die einen gereinigt werden, die anderen reinigen, dass die einen erleuchtet werden, die anderen erleuchten und dass die einen vollendet werden und die anderen vollenden*. Und sie bestätigten meinen Verdacht, dass die Engel aussahen wie wir selbst, nur schöner und vollkommener. Menschenkörper hatten sie angenommen: *nicht für sich selbst*, sondern *um unseretwillen*.

Ich lernte den geheimnisumwitterten Dionysius Aeropagita kennen, der angeblich als Erster die Ordnung der Engel beschrieben hatte: Sie bringen das Schöne in die Welt, hatte er geschrieben, und das Schöne ist auch das Gute. *Für alle Wesen ist also das*

Schöne und Gute ein Gegenstand des Erstrebens, der Sehnsucht und Liebe. Und das Gute verkörpert sich im Licht.

Ich wusste, dass es nur die guten Menschen sind, denen sich die Engel nähern; ihre Aufgabe ist es, *einige Menschen zum Ziel zu führen.* So war die Nähe der Engel ein Beweis meiner Tugend, und ich hielt mich in ihrer Nähe.

Und ich begann ein Studium in der Fotodesign-Klasse von Merve Francini. Ich wollte alles wissen, um eine gute Diplomatin des Schönen zu sein. Das Schöne, hatte ich erfahren, *blitzt in alle Dinge seine Schönheit bewirkenden Mitteilungen des Strahlquells hinein.* Blitze, die Schönheit erzeugen – gab es eine schönere Beschreibung für das, was mir vorschwebte?

Manchmal bildete ich mir ein, dass Bilder die Engel erst wirklich machten; dass auch meine Bilder ihnen halfen, Gestalt anzunehmen. Engel waren ja Erscheinungen, aus Licht und Glauben geboren; wenn sie menschliche Form annehmen wollten, kondensierten sie ihre Körper aus der Atmosphäre. Ich wusste, dass ich ins Leere greifen würde, wenn ich einen dieser Körper berührte, auch wenn ich Fleisch tasten würde, Seide und Make-up. Meine Bilder aber entfernten noch die letzten Reste ihrer Körperlichkeit; das, was sie den Begrenzungen von Schwerkraft und Stoffwechsel unterwarf.

Ich wusste, dass Hierarchien die Leitern sind, auf denen wir uns dem Göttlichen nähern. Es sind Hilfen zum Aufstieg, wie Bonaventura sagt. Jeder erleuchtet den, der unter ihm steht, und wird selbst erleuchtet von dem, der über ihm steht. Jeder reinigt und wird gereinigt, macht vollkommen und wird vollkommen. Wie, hatte auch ich mich immer gefragt, kämen wir in den Himmel, wenn der Raum zwischen ihm und uns leer wäre? Ohne

Meilensteine, in die Sphären gerammt, auf die man unterwegs den Fuß setzen kann?

Die oberste Klasse der Engel sind die Seraphim. Sie wohnen noch jenseits der Fixsterne. Ihre Hitze beheizt auch die niederen Sphären; man nennt sie auch »Entflammer« und »Glutentfacher«. *Daher können sie ein Absinken zu einem in irgendwelcher Beziehung Geringeren überhaupt nicht kennen.*

Doch noch der gemeinste Engel erhielt von ihnen sein Licht. Er empfing es von den Erzengeln, die Erzengel von den Fürstentümern, die von den Gewalten, Mächten und Herrschaften, die von den Thronen erleuchtet wurden, den Cherubim und schließlich den Seraphim. *Denn der göttliche Strom wird durch die einen zu den anderen geleitet.*

Zwecklos zu fragen, ob die Engel meine Liebe erwiderten. Ihre Zuneigung war wertvoll, weil sie uns nicht brauchten. Man konnte ihnen nahe sein, ohne in Frage zu kommen. Ohne in Frage zu stehen.

Aber Thomas von Aquin hat gesagt: *Engel können nicht umhin zu lieben.* Das war die Wahrheit; kein Engel war allein. Leicht flog er von einem zum anderen. Ich wusste, wie viel Zeit die Engel mit Liebe zubrachten, mit Traumhochzeiten in Fréjus und Seitensprüngen auf Amrum. Sie verschwendeten sich in Flirts auf Biennalen und triumphalen Gin-Tonic-Küssen im *Reitmeyer.* Sie bildeten Paare, die ihre Stärke verdoppelten, verdreifachten. Sie zeugten Kinder in erster, zweiter und dritter Ehe, adoptierten weitere Kinder aus Erst-, Zweit- und Drittländern. Sie gaben ihnen Namen, wie sie Rennpferde trugen. So groß war ihre Liebe.

Dabei habe ich die Engel nie beneidet. Ich wusste, dass auch Engel nicht immer glücklich sind. Die völlige Glückseligkeit, sagt Thomas von Aquin, ist Gott selbst vorbehalten. Ich sehnte mich nicht nach ihren Aufstiegen und Himmelsstürzen, nach ihren öffentlichen Scheidungen, ihrer sauren, Tag für Tag und Jahr um Jahr niemals für eine Minute unterbrochenen Pflicht.

Doch die Liebe war es, an der wir sie erkannten. Sie war es, an der sie gemessen werden wollten, hätte man sie jemals messen können. Und die Liebe war es auch, an der ich mich selber messen musste, koste es, was es wolle.

1

Ich hatte mich daran gewöhnt, meine Abende nüchtern anzugehen. Ich warf mich in die Brust, sagte »Huhu, Bastian«, rief »Saaa-raaah«. Ich lockte: »Chuck, schaust du mal«, oder: »Stellen Sie sich doch mal bisschen zusammen.« Ich spürte, wie schon das Aussprechen dieser Namen ein Lächeln auf meine Lippen zauberte, das zu meinem lachsfarbenen Trenchcoat passte.

Bald merkte ich, dass ich spüren konnte, wenn sie einen Raum betraten. Es war wie ein Ziehen im Nacken, eine leise Flauheit in den Knochen. Ich erkannte die kleinen Begrüßungsschreie, die ihrer Orientierung dienten wie der Ultraschall der Fledermaus.

Immer war ich schon einen Schritt voraus. Noch bevor der Premierenvorhang fiel, noch bevor die Literaturhauschefin die Schlussworte sprach, noch bevor die Galeristen in die Hände klatschten und die Assistenten das Licht an- und ausknipsten, wartete ich längst bei *Bruno e Salvatore*, im *Le Terroir* oder der *Strudlhofstiege*, nahm strategische Positionen ein. Und bevor die letzte Flasche Marillenschnaps kreiste, stand ich schon in der *Fetisch-Bar*, ein Halbliterglas Mediumwasser neben mir auf der Theke.

Sie standen auf der dritten Stufe, den linken Absatz noch in der Luft. Ihre Sohlen sahen aus wie neu. Vielleicht fanden sie mich aufdringlich, vielleicht fanden sie mich charmant; es hatte keinen Sinn, sich darüber den Kopf zu zerbrechen. Jeden schienen sie gleichmäßig anzulächeln, sogar die Agenturknechte, die Fellachen aus den Lokalredaktionen mit ihren Taschen; dabei wusste ich doch, dass sie niemanden sahen. Sie hatten Augen, aber keine Sehnerven. Damit sie nicht schneeblind würden vor lauter Licht.

Ich dirigierte sie in Paare, in Trios, in Grüppchen. Ich sagte: »Aber ein bisschen enger geht's schon noch.« Und sie drängten sich noch enger aneinander, in immer neuen Stellungen und Neigungswinkeln, bis meine Kamera nicht mehr konnte. Und später, wenn die ganze Korona noch weiterzog in die *Rooftop Bar* und wenn dann schließlich über dem Michel die Sonne aufging, eifersüchtig, eilig und fröstelnd – da zündete ich noch einen letzten Blitz, bevor mich das Rad zurückbrachte, durch den erwachenden Tag in die Bernstorffstraße, zu Patrick, der jetzt schon rot und großäugig aus der kalten Dusche stieg.

Diese Fahrten waren die schönsten Momente dieser Abende. Ich fühlte eine Gemeinschaft mit den Helden und Heldinnen meiner Bilder, die nur die Nacht erzeugen konnte. Das Morgenlicht floss durch die Straßen; die Luft roch nach Brötchen und Meer. Wie im Halbschlaf trat ich in die Pedale; die Kette surrte fast von selbst. Und ich dachte noch einmal, dass es schließlich die Engel waren, die uns zeigten, dass das Universum es gut mit uns meint.

Wenn Patrick aus der Dusche kam, stolz und unbefangen bis zum Übermut, starrte ich manchmal noch seinem verschmitzten Hintern hinterher. Manchmal war mir, als wäre dieser Hintern das eigentliche Gesicht, das er der Welt zeigte.

Denn Patrick war unfähig zur Verehrung. Er war nicht bereit zur Hingabe, zum Ja. Er weigerte sich, zu lobpreisen. Auf den Symposien zum Thema »Celebrity Culture« oder »Codes and Semantics of Public Nervous Breakdowns«, die er mit seinen Kollegen in schlecht gelüfteten Seminarräumen, in schlecht sitzenden Anzügen abhielt, zerpflückten sie die Engel wie Brathähnchen. Sie rissen ihnen Flügel aus, stülpten ihr Inneres nach außen und murmelten anschließend, Fett in den Mundwinkeln, dass die Haut das Beste an ihnen sei.

Es machte mir nichts aus, dass er unsere Miete bezahlte. Immerhin bekam auch ich etwas Geld für meine Bilder, von der *Agenda Hamburg* oder der Gesellschaftsseite der *Abendpost*. Ich verkaufte Fotos an Blätter wie *Spell* oder *Mars//Venus*; an Bildredakteurinnen, die unter Schwarzweißfotos saßen, Kräutertee tranken und mir Kaffee aus der Glaskanne anboten. Im Vorzimmer saßen Sekretärinnen, quirlten lautlos Waldfrüchte in ihren Joghurt. Und ich war froh, kein Seidentuch in die Tasche meines marineblauen Blazers gesteckt zu haben.

Es gab Tage, an denen ich froh war, für ein paar Stunden allein zu sein. Hinter unserer Stahltür in der Bernstorffstraße arrangierte ich dann Gladiolen in hüfthohen Glasvasen, trug die Espressotasse vor mir her. Ich ging mit gerecktem Kreuz unter hohen Decken, betrat den Erker mit dem Wintergarten, ordnete die Ranken der Zierkürbisse. Mit weichen Schritten tanzte ich durchs Licht, zum Jubel von Wasser- und Feuerwerksmusiken. Ich zog die Brokatvorhänge auf und zu, lag in verlockender Pose auf dem Sofa. Jeden Moment konnte das Publikum kommen.

Dann kam nur Patrick.

Patrick fand mich sofort, wo immer ich mich aufhielt. Er setzte einen Kuss auf meinen Mundwinkel, sah mir treu in die Augen. Patricks Treue zog mir den Hals zusammen, versetzte mich in Atemnot, in Erstickungsangst; hustend streichelte ich seine Wange. »Ich liebe das«, sagte er. »Mach das noch mal.«

Manchmal rief ich Patrick von unterwegs an; ich wusste nie, was er gerade machte. Ich fragte auch nie nach. Oft hörte ich den Klang einer DVD, einen Fetzen Tarantino, einen grimmigen Ausruf: »Was zum ...« Oft klang Patrick wie sediert, wie in Trauer, sprach, als redete er mit sich selbst: »Ich sollte mal wieder mehr ausgehen. Damit mir nicht der Deckel auf den Kopf fällt.«

»Die Decke«, wollte ich sagen, doch ich hielt den Mund.

»Mach's gut, Patrick«, sagte ich mit einem Mitleid in der Stimme, das mich stutzig gemacht hätte, wäre ich an seiner Stelle gewesen.

Manchmal las mir Patrick aus Zeitschriften vor. Er wurde nicht müde, diese Blätter zu kaufen; er analysierte sie, er glaubte, sie könnten mir gefallen. Er glaubte nicht an Schönheit, an Größe, an Style; er glaubte das, was über die Schönen, die Großen und die Styler geschrieben wurde. Er glaubte, das könnte ihm etwas über die »Gesellschaft« erzählen. In seinem Mund klangen ihre Namen wie Figuren aus den Büchern, die er seinen Studenten zum Fraß vorwarf; wie ausgedachte Buchstabenfolgen, die ausgedachte Wesen bezeichneten. In dem munteren Singsang seiner Stimme konnte ich hören, dass er nicht an sie glaubte. Er hatte die Liebe nicht.

Wenn er durch die Wohnung lief, im Frotteeschlafanzug mit Bündchen, die ihm in die Haut schnitten, vertraute er blind seinen Muskeln, seinen Grübchen, seinen langen Wimpern, seinem weichen Mund über dem harten Kinn. Er wusste, dass er gut roch. Manchmal erwischte ich ihn dabei, wie er unter seinen Armen schnüffelte.

Manchmal belauschte ich ihn auch im Schlaf, um zu erfahren, ob er ein Geheimnis hatte. Er sprach vom Atomausstieg, von einem Wesen namens »Glock«. Wenn wir nachmittags im Bett lagen, bevor er sich an seine Vorbereitungen machte, flüsterte er mir Komplimente ins Ohr, sagte: »Wir habens schon gut.«

Ich schwieg. Ich schaute kurz zur Seite, vermied seinen Blick. Ich sah die brillanten Kontraste von Elaine Turringtons schwarzweißem Jeff-Braxton-Porträt an der Wand, sah Sonnenstrahlen durch die Jalousien fallen und im Aluminiumrahmen aufblitzen. Dann spürte ich eine Nase in meiner Halsbeuge und eine Erektion an meinem Knie, und Jeff Braxtons Saxophon bohrte sich in einen schwarzgefiederten Himmel und löste sich in einer Wolke auf.

Ich gab mir Mühe mit Patrick. Ich buchte für uns Last-Minute-Flüge nach Miami; wir stiegen einen Tag im *Radisson* ab und drei in einem Motel namens *Harvey's*. Ich fütterte ihn mit *huitres à la silhouette* in den *Délices de la Dordogne*, mit Rinderbäckchen im *Anzengruber*. Ich führte ihn ins *Moulin d'Alsace*, ins *Berg & Tal*, in den Garten vom *Weizsäcker's*. Im *Weizsäcker's* trat eine Wahrsagerin in orangefarbener Strumpfhose auf uns zu; eilig zahlte ich und überließ unseren Entre-deux-Mers den Wespen.

Einmal nahm ich ihn auch mit ins *Camelot*, wo Benoît uns Caprices des Carmelites und Bouillabaisse Schlotsky servierte, sich zur Crème lusitane an unseren Tisch setzte und uns seinen Traum von einem Glasbodenrestaurant auf dem Mittelmeer ausmalte, mit Doraden, Meerbrassen und Schilflingen unter dem Kiel, von Suchscheinwerfern zum Leuchten gebracht.

Als mein Blick versehentlich auf den reservierten Tisch unter dem Colombo-Ölbild fiel, wurde mir klar, dass es von Anfang an ein Fehler gewesen war, Patrick mitzunehmen. Ich sah auf die Uhr; es war fast halb elf geworden; es war ein Donnerstag, die Stunde nach den Vernissagen. Es war die Zeit, in der hier nur die Besten aßen, ihre Bouillabaisse bestellten und anschließend Steak tartare, umständlich zubereitet unter ihren liebenden Blicken.

Und wahrhaftig erkannte ich Gerrit Jacobson, am Kopf der Tafel in die Weinkarte vertieft. Ich sah Brenda Schlott, die sich mit schrägen Beinen an den Tisch setzte. In den kurzen gelben Händen Raf ter Kates schwebte die rote Lederjacke über ihren Schultern wie das Tuch eines Toreros. Ira Natanowitsch stand eigens auf, um ihm um den Hals zu fallen, und Gerrit Jacobson warf ihm über zweieinhalb Meter die Speisekarte zu.

Dann sah ich Sam Bosco und Ira Natanowitsch mit zueinandergeneigten, hitzigen Köpfen; ich sah Maren Sonntag, die kurzsichtigen grauen Augen zwei Handbreit über den Immobilienanzeigen der *Abendpost*. Ich sah Tenno Mittenkamp, der jetzt eine Art Rede hielt, die Fäuste gorillahaft auf das Tischtuch gestützt. Patricks Gesicht zeigte keine Reaktion, nur seinen chronisch amüsierten Blick. Und ich stellte fest, dass ich mich für ihn schämte.

Patrick merkte nicht, dass mein Kuss nicht ihm galt, sondern der Runde am reservierten Tisch. Die Flasche Sancerre, die ich bei Benoît persönlich bestellte, trank ich fast allein aus. Dann sah ich unscharf, aber ernst in Patricks Augen; seine Hand fühlte sich weich an und willenlos. In der Toilettenkabine rutschte er aus, aber fing sich wieder. Dann steckte ich ihm den Zeigefinger in den Mund, um sein Röhren zu dämpfen.

Als wir von der Toilette kamen, war die Runde schon aufgebrochen. Ich gab einen Scheck, nur um meine Unterschrift zu sehen; sie bewies meine Existenz, meine Unverwechselbarkeit. Das S in »Stella« hatte tatsächlich königlichen Schwung. Noch immer, nach all den Jahren.

2

Eine meiner größten Stärken war die Freiheit von Neid. Allenfalls fühlte ich einen schwachen Stich, wenn ich mich und Patrick mit den Paaren verglich, die ich fotografierte. Aus Patricks ironisch überreichten Gerbera, seinen Fernsehabenden bei selbstgedrehten Weinblattröllchen, seinen Geocaching-Expeditionen in die Harburger Berge ließ sich keine Kraft schöpfen, die uns erhob. Unsere Nächte, Patricks Ausdauer und Ausmaße, seine überraschenden, atemlos machenden Einfälle waren nichts, was sich öffentlich vorzeigen ließ. Und sie waren nichts gegen die Synergie eines Max Thorben und einer Cheryll Montag, die schon den sechsten Film miteinander drehten und nebenbei gemeinsam eine Mädchenschule in Mali aufbauten.

Der einzige Mensch, den ich tatsächlich beneidete, war Nina Löwitsch. Es war der flaue, sodbrennenartige Neid auf das Nahe, das unter Umständen Erreichbare; der Neid auf jemanden, zu dem auch ich hätte werden können.

Dass die Eröffnung von Ninas Retrospektive, mit knapp vierzig Jahren und doch keinen Augenblick zu früh, auf meinen Geburtstag fiel, sah ich als Zeichen. Der junge Mann auf dem Foto, das die Einladung zierte, trug weiße Jeans wie der Fotograf in »*Blow Up*«.

Nina und ich hatten den Film damals auf VHS vom Fernseher

aufgenommen. Wieder und wieder hatten wir ihn zusammen angesehen, mit einem Glas Discountchampagner in der Hand und mit der Detailgier und der wissenschaftlichen Inbrunst von Archäologen. Der Fotograf in den weißen Hosen schüttelte Mädchen ab, die von ihm fotografiert werden wollten, fuhr in seinem Cabrio durch die Stadt und bekam erst wieder Boden unter die Füße, als er aus dem müden Londoner Spätsommer in einen Saal kam, in dem diese Band spielte. Da überschlug sich die Zeit und brüllte JETZT, wie verrückt.

An dieser Stelle schalteten wir immer das Gerät aus und spulten zurück. Wir interessierten uns nicht für die Mordgeschichte, für die Frage nach Wahrheit und Erfindung; wir interessierten uns nur für diesen Moment.

Ich kannte Nina Löwitsch schon seit fast zwanzig Jahren. In ihrer Wildlederjacke von Le Parachutiste war sie über den Hochschulflur gekreuzt, als hätte die Jacke viel Geld bezahlt, um von Nina getragen zu werden. Unschuldig und gleichgültig schleifte sie ihre Gefolgschaft hinter sich her wie ein Kind ein vertrautes Stofftier, führte sie in Rotlichtbars oder in Schlachterkneipen. Ich erinnerte mich an das freundliche Erstaunen, mit dem sie den Avancen der Professoren begegnete; an das listige Zwinkern des alten Max Bridukat, der Nina den Empfangssaal seiner Othmarscher Villa für eine Ausstellung ihrer Bushaltestellenfotos zur Verfügung gestellt hatte.

Lange war ich stolz gewesen auf meine Freundschaft zu Nina Löwitsch. Die Freundschaft hatte sich über alle Statusschranken hinweggesetzt, die Fotodesigner von Filmstudenten trennten, in der Cafeteria, den Sitzgruppen auf dem Hochschulrasen und den Bars im Vergnügungsviertel. Und ich hatte mir alle Mühe gegeben, mich dieser fast widernatürlichen Freundschaft würdig zu zeigen.

Eines Abends war Nina bei meiner jährlichen Fernsehrunde zur Oscar-Verleihung im Fotoatelier der Hochschule erschienen, eine Perlenkette um den Hals und ein wahrhaftiges Diadem im Haar. Niemand wusste, wie Nina von dem Abend erfahren hatte. Meine Kommilitonen wurden still oder auf verkrampfte Art hysterisch, als Nina sich einen hölzernen Drehstuhl aus dem Abstellraum herbeischleifte und sachte rotierend, ein Bein übergeschlagen und aus spitzem Winkel die Show verfolgte.

Ich erinnerte mich an das ängstliche Schweigen, die mühsam ausgedachten Kommentare und den hastigen Aufbruch meiner Kommilitonen, als gegen sechs Uhr früh die Übertragung vorbei war. Ich hatte die Flaschen und Pappbecher zusammengeräumt, und als ich nach Nina Löwitschs Colaflasche griff, die sie selbst mitgebracht hatte, hielt sie die Flasche fest und sagte sachlich, ohne Schwärmerei oder Ironie, ohne Schwingung und Nachhall: »Ich liebe Sean Penn.«

Das sagte sie wie eine Frau, die eine Entscheidung getroffen hatte; die zu ihrem Mann stand, auch wenn der sich immer wieder in Schwierigkeiten brachte, auch wenn der ihr Herz zerschliss. Wie eine Frau, die stark genug war zur Verehrung, zum Ja; denn *die Liebe zu den höheren Geschöpfen ist erhabener als ihre Erkenntnis.*

»Ich auch«, sagte ich, und ich wusste im selben Moment, dass Nina diese Antwort erwartet hatte, dass sie ihren Satz nur gesagt hatte, weil sie wusste, dass ich ihn bestätigen würde. Es hatte kein Auftrumpfen in diesem Satz gelegen, keine Herausforderung, kein Anspruch auf Originalität. Er war nur ein Passwort, ein Tasten nach dem Zeichen auf meiner Stirn.

Ich erinnerte mich, dass Nina schon in ihrer Studienzeit Geld genug gehabt hatte, um mich regelmäßig in den *Petit Prince* zu Foie gras und Portwein einzuladen. Und ich versuchte, nicht an Ninas ostwestfälischen Vater zu denken, der einst als mittelständischer Fensterfabrikant Nebensponsor des Bielefelder Fußballvereins gewesen war und jetzt Aufsichtsratschef von Bosco Halbleiter in Höchst.

Und während ich bald Rechnungen schrieb, monatelang auf Honorare wartete und tagelang Für und Wider abwog, bevor ich einen meiner Schuldner zu mahnen wagte, zog Nina nach Berlin. In ihrem Hauptquartier, einer umgebauten Fabrik am Westhafen, mitten in einem Mischgebiet mit städtischem Aufwertungsplan, mit gleißendem Weiß überzogen und trotz denkmalschützerischer Bedenken mit einem Dachaufbau versehen, fanden sich Berühmtheiten ein, Models, It-Girls und It-Boys, um sich von Nina in Menschen verwandeln zu lassen, in Blut und Lymphe, in Augenringe und übernächtigtes Lächeln, in eine Gestalt, die wir Lehmgeschöpfe verstanden. Sie gab ihnen die Anmut geschundenen Fleisches, die Sinnlichkeit körniger, hochaufgelöster Haut. Sie gab ihnen den Staub, um den herum sie ihre Schneeflocken auffächern konnten.

Die Fotos kannte ich auswendig; die abwartenden Blicke auf den Bettüberwürfen von Stundenhotels, die Hände zwischen den Schenkeln, die Brüste, in Ausschnitte von Turntrikots gequetscht. Wenn ich an Nina dachte, fiel mir bald nicht mehr ihr Gesicht ein, sondern die Gesichter auf ihren Fotos – die Strähnen über dunkel gerahmten Augen, die patzig gepressten Münder, die zerwühlten Frisuren, die überschminkten, überquellenden Lippen, dazwischen Zigaretten mit streichholzlangem Ascheschwanz. Mir fielen bleiche, blaugeäderte Bäuche ein, darauf die Worte SAD und HAPPY mit Lippenstiftschrift, umrankt von verwischten Unendlichkeitszeichen, und nackte, schutzlose Beine, dünn wie junge Birken, die aus grindfarbenem Teppichboden wuchsen. Ich erinnerte mich an daumenlutschende Schönheiten in Embryohaltung, an lässige Typen auf pockigen Betonstufen, mit krempenloser Melone, nacktem Oberkörper und einem Tischtennisschläger in den schwarzen Shorts.

Einmal hatte auch ich sie in ihrer Fabrik besucht. Ich hatte den falschen Zeitpunkt erwischt. Ständig war Nina vom Kaffeetisch aufgestanden, um ihrem Assistenten Anweisungen zu geben, der ein Hotel in Tel Aviv buchte, einen Mietwagen mit Klimaanlage und Automatik in Buenos Aires und einen Termin in Sils-Maria. Nach einer Dreiviertelstunde hatte Nina, die nie eine Uhr trug, mich nach der Zeit gefragt. »Was, schon vier Uhr«, hatte sie gleichmütig gesagt, ohne Erschrecken zu heucheln. »Du, tut mir leid, aber ich müsste schon längst am Check-in sein.«

Irgendwann sah ich Nina überhaupt nicht mehr. Ich sah nur noch die Bilder, die sie aus ihrer Fabrik in die Welt schickte, in die Magazine, auf die Chongqing-Biennale und in die Auktionen von Churchill's und Fauchon. Und ich sah die Bilder von Nina selbst, wie sie mit Amrei Bogner an einer Zwillingskirsche naschte, bei der Eröffnungsparty der Art Baltica in Klaipeda oder am Arm ihres Gatten Terence Borsche, Autor von »Dein Lied« und »Flirt mit dem Sensenmann«, bei Zack Weisbrods Geburtstagsfeier in der *Orgon Box* auf Fuerteventura. Ich staunte über Ninas Gesicht, das sie auf diesen Bildern trug und das von all diesen Einladungen, Ehrungen und Huldigungen unberührt geblieben war; das noch immer so unschuldig und absichtslos war wie in unseren gemeinsamen Hochschultagen und mich ansah, als hätte es mich immer noch lieb.

In meinen weißen Jeans, meiner draufgängerisch offenen Bluse, deren Kragenspitzen keck über die Revers züngelten, fühlte ich mich in den Deichtorhallen sofort fehl am Platz. Angesichts der Fotos, die an den Wänden aufgezogen waren, kam ich mir *overdressed* vor.

Ich fand Nina im dritten Saal. Beinahe hätte ich sie übersehen in ihrer Jeanskutte, die mit Aufnähern von Motorradclubs besetzt war, in ihrer strumpfengen Lederhose mit dem durchgewetzten Boden, unter der tizianroten Lockenwolke, die ihren Kopf krönte. Auch ihre Gestalt, einen Meter dreiundsechzig hoch, war kaum zu sehen hinter den Anzugträgern mit nickenden, ausrasierten Nacken, die sie umringten wie Bodyguards. Doch dann hatte ich ihr Gesicht erkannt, ihr mildes, erstauntes, unverwüstliches Gesicht, und ich hatte kurz den Impuls verspürt, ihr um den Hals zu fallen, sie an eine Theke zu zerren und einem Barkeeper mit dem Wunsch nach frischen Austern auf die Nerven zu fallen, damit wir uns hinterher über sein Gesicht lustig machen konnten.

Stattdessen blieb ich stehen und starrte auf Ninas Kutte. Ich erinnerte mich an die Artikel auf der Klatschseite von *artgeek.com*, über die dreißigstündige Easy-Rider-Party in London zu ihrem fünfunddreißigsten Geburtstag, die halbnackten Biker in der zwei Meter hohen Torte, das hysterische Ständchen der

Guillotines, das behaarte, hundertgliedrige Fleischknäuel auf dem runden Emperor-Size-Bett in der Sunset-Suite des *Claridge's*. Und ich erinnerte mich an den Biss im Herzen, als ich mich der Tatsache stellte, dass sie offenbar nicht für eine Sekunde daran gedacht hatte, mich einzuladen.

Lange stand ich da. Ich starrte auf die Kutte; ich sah Nina an voller Fanatismus, Liebe und Hass. Ich brauchte eine Weile, um mich in Bewegung zu setzen und meine Schritte ins Gleichgewicht zu bringen. Gemessen schlenderte ich dann auf Nina Löwitsch zu.

Ich kam von schräg hinten: Ich wollte sie überraschen. Und ich hatte das Spalier der Anzugträger, die sie umstanden, schon erreicht, als ein Mann im Kamelhaarmantel die Barrikade der Ehrfurcht durchbrach.

Der Kamelhaarmantel schien jahrhundertealt und drei Nummern zu weit. Ich sah die riesige Sonnenbrille des Mannes, die silberne Tolle in der Stirn, unter der die Haut noch transparenter wirkte, den mächtigen Bart, der wie Drahtwolle glänzte. Ich sah die gelblich verwaschenen Jeans, die unter dem Mantel herausragten, die Kunstlederschuhe mit den wulstigen Nähten, den fingerdicken Rändern um die Sohlen.

»Nina«, rief ich heiser, doch Nina nickte mir nur kurz zu und fiel dem Kamelmann um den Hals. Sein Lächeln sah zerstreut aus, abwesend und anwesend zugleich. Es war kaum ein Lächeln, mehr ein stimmloses Lachen, ein stummes Krähen. Ich sah seine Zunge; hart ragte sie aus einem Mundloch, das aussah, als hätte der Mann sich die Zähne weggeleckt.

Ich sah die beiden Plastiktüten, die er jetzt sorgfältig neben sich abstellte, als enthielten sie zerbrechliche Dinge. Ich sah

Ninas nervös glühendes Lächeln, und ich sah die Küsse, die sie auf die Wangen des Mannes drückte, der dabei mit gnädiger Miene die Brauen über der Sonnenbrille zusammenzog.

Dann ging sie zum Bierstand und holte dem Mann eine Flasche. Sie zog ein Feuerzeug aus der Hosentasche und hebelte den Kronkorken mit einem Ruck gegen die Wand. Mit schlaffer Geste stieß der Mantelmann mit ihr an, setzte dann die Flasche an den Hals und ließ sie halbleer wieder sinken.

Ich verbrachte ein paar erregende Sekunden der Verlassenheit. Da preschten schon meine Kollegen heran, legten auf Nina und den Kamelmann an, und so fotografierte auch ich.

Der Kamelmann starrte jetzt zu Boden. Erst später sollte ich feststellen, dass der Kamelmann niemals und unter keinen Umständen jemandem in die Augen sah. Er nahm jetzt einen Schluck aus der Flasche, und im nächsten Moment lief ein mildes, rötliches Glimmen über sein Gesicht, ein Säuglingslächeln, das jetzt alles Wissende, Weltmüde abgestreift hatte.

Die Anzugträger waren einen Schritt zurückgetreten. Alle Körper richteten sich jetzt auf Nina aus und den Kamelmann, der mit indianischer Würde zwischen seinen Plastiktüten stand. Meine Nikon fand keine Lücke mehr; vergebens suchte ich Ninas Blick.

Schließlich gab ich auf. Ich drehte mich um, schlich ohne Ziel durch Saal vier und Saal fünf. Ich hielt mich an die Bilder, die ich zu kennen geglaubt hatte und plötzlich nicht mehr wiedererkannte. Fremd und trocken, mit dick lackierten Oberflächen, an denen der Blick abglitt, hingen sie jetzt an den Wänden.

Irgendwann stand ich im Freien. Ich hatte mein Wasserglas noch in der Hand. Ich starrte auf die Neuankömmlinge, die pausenlos durch die Drehtür drängten, hörte ein Martinshorn von den Elbbrücken her. Ich steckte mir eine Zigarette in den Mund, suchte in meiner Handtasche nach meinem Zippo und sah den Kamelmann erst, als er sein Einwegfeuerzeug vor meiner Nase aufflammen ließ.

Dann blieb er neben mir stehen, als würden wir uns kennen. Er rauchte und starrte zu Boden. Auch ich rauchte, ohne ihn anzusehen; ich konnte mir diesen Mantel neben mir nicht erklären. Und so gründlich hatte ich mich mit der Unbegreiflichkeit dieses Mannes abgefunden, dass ich mich nicht wunderte, als er mich um mein Handy bat.

Das war das erste Mal, dass ich seine Stimme hörte. Ich wunderte mich, wie jung diese Stimme klang. Es war fast eine Kinderstimme; wie neugeboren, aber zugleich lebenssatt. Wortlos zog ich das Smartphone aus der Handtasche, reichte es dem Mann, ohne ihn anzusehen.

Erst als er die Nummer getippt hatte und in das Gerät sprach, wandte ich ihm wieder den Blick zu. Er nannte seinen Namen nicht, doch sein Gesprächspartner wusste offenbar auch so, mit wem er sprach. »Cool«, antwortete der Kamelmann, sagte noch ein paarmal »verstehe«, dann »wow«. Einmal seufzte er, wie ein Toter, dem die letzte Luft aus der Lunge weicht. Schließlich beendete er das Gespräch ohne einen Gruß. Kurz sah er mich an, als erwartete er einen Kommentar. Sein Lächeln schien um Verzeihung zu bitten. Dann warf er die halb gerauchte Zigarette weg, drehte sich um und schwankte zurück in die Ausstellungshalle.

Unschlüssig stand ich noch einen Moment vor der Tür. Ich nippte an dem leeren Wasserglas in meiner Hand. Dann stellte ich es auf einen Poller und schloss mein Fahrrad auf. Durch Scham und Nachtwind rauschte ich zurück in die Bernstorffstraße. Es war noch nicht einmal neun Uhr, und ich hatte noch immer Geburtstag.

Patrick grüßte nicht. Er schlenderte mir über den Flur entgegen, ohne langsamer zu werden; er ging an mir vorbei, um die Tür zu schließen. Er fragte: »Warum gehst du nicht ans Telefon.« Ungläubig scharrte ich in meiner Handtasche; ich fand das Feuerzeug, das ich vor der Halle vergebens gesucht hatte. Das Telefon fand ich nicht. Durch die Ateliertür sah ich Kerzen flackern; mein Geburtstag war mir jetzt egal.

Als ich das Gerät anrief, hörte ich nur die heitere Stimme meiner Mailbox. Auch die Handynummer, die Nina Löwitsch mir vor fast zwanzig Jahren gegeben hatte, probierte ich ohne Erfolg. Am nächsten Tag weigerte sich die Assistentin von Ninas Berliner Galerie, Ninas Kontaktdaten preiszugeben. Ich schrieb eine E-Mail an die Galerie zu Ninas Händen; dann rief ich Gesine Speyerling an.

Ich erinnerte mich an ihre Soireen in Hoheluft, ihre regionale Hausmannskost und die selbst importierten Weine. An Gesines Abenden berührten sich Sterne entferntester Galaxien, gab der Sechser des Bundesligisten dem Percussions-Wunderkind der Camerata Prussica die Kloklinke in die Hand. Als sie abhob, hörte ich sofort die ganze Leutseligkeit der Sammlerin und Salondame in ihrer Stimme: »Komm doch mal wieder zum Abendessen«, sagte Gesine, als hätte sie einen spontanen Einfall. Und ich schob den Gedanken beiseite, dass sie eigentlich mit meiner Kamera sprach.

Den Kamelmann brauchte ich nicht lange zu beschreiben. Mit triumphalem Flüstern erzählte Gesine die Geschichte von dem namenlosen Künstler, der überall war und nirgends, der aus heiterem Himmel bei der Premiere im *Streit's* auftauchte oder in der Musikhalle, mitten im dritten Satz. Er erschien allein oder im Kreis einer Entourage aus verwegenen, struppigen Autisten. Gesine erzählte von seiner Schüchternheit, seinen starren, blassen Augen, die man nur in den seltenen Momenten sah, wenn er die Sonnenbrille abnahm. Sie erzählte von seinen fatamorganahaften Ateliers, von einem Hangar auf einem Truppenübungsplatz im Sperrgebiet in der Lüneburger Heide, von einem zum Parallelogramm geknickten Bauwagen an einer Großbaustelle in Fischbek.

Und sie erzählte von den begehrten, verstörenden Spuren, die er hinterließ. Manifeste, mit Ketchup auf die Rückseite eines Verkehrsschilds in Stormarn geschrieben, eine Kajal-Zeichnung in der Spindtür im Umkleideraum einer stillgelegten Schalldämpferfabrik in Barsbüttel oder eine Lehmfigur auf dem Grund eines leeren Brunnenschachts im Alten Land. Der Käufer erwarb nichts als einen Satz GPS-Daten. Um das Werk zu sehen, musste er sich bei Nacht und Nebel zum Standort aufmachen und ihn geheimhalten, um sich das Eigentum an dem flüchtigen Werk auf Dauer zu sichern.

Sie erzählte von den Aufenthaltsorten, die der Kamelmann wechselte wie seine Pseudonyme. Heute hieß er Wotan, morgen Beriberi, Linux oder Bang-Cock. »Wie er richtig heißt, weiß natürlich kein Mensch«, sagte Gesine. »Und eine Adresse wird dir erst recht niemand sagen können, Schatz. Wahrscheinlich nicht mal er selbst.«

Der Gedanke, dass mein Telefon in der Manteltasche eines Nomaden wohnte, flößte mir ein kitzelndes Grauen ein. Mein Lebenswerkzeug lag in den Händen eines Gespensts. Manchmal war mir das Gerät selber wie etwas Lebendiges vorgekommen, ein geselliges Kind, munter und gesprächig im Kreis seiner zahllosen Freunde. Es war satt mit Kontakten, mit roten Fäden, mit weichen, wollenen Fäden in die Welt. Es waren Fäden, die ein Muster ergaben, eine menschliche Figur aus verbundenen, nummerierten Punkten, wie in einem Kinderbuch. In dieser Figur hatte ich mich immer erkannt; sie sah aus wie ich, an meinen besseren Tagen. Oft hatte ich, nur zum Spaß, das Adressbuch durchgescrollt, Name um Name in schneller, munterer Folge.

Ohne mein Telefon spürte ich den Abstand, der mich vom wahren Leben trennte, schmerzhafter als zuvor. Wie zum Ausgleich stürzte ich mich auf die Pirsch, fotografierte bei der Eröffnung des Trollhätten-Flagship-Store, bei der Adipositas-Gala im Museum für Kunst und Gewerbe, bei der vierzehnten Verleihung der Metro Awards im *Baltic*, gesponsert von Lavoisier und der Nordic Creative Guild.

Oft brach ich jetzt die Nächte frühzeitig ab. Willig ergab ich mich in Patricks Bemühungen, mich zu trösten. Er kannte meinen Schmerz nicht, nie hätte ich ihm davon erzählt; aber hinterher sah ich seine Muskeln, seine aristokratische Nase, die auf dem Kissen lag wie ein Orden. Und ich versöhnte mich mit einer Welt, die ihre Erscheinungen auf der niedersten Ebene ebenso aufblättern konnte wie auf der höchsten.

3

An einem sonnigen Tag voller Wind saß ich in einem Café am Schulterblatt. Ich schloss die Augen. Der Wind wehte Bilder über das Meer wie Hochdruckgebiete, Bilder von Rasenflächen, Pilzköpfen und übermütigen Frauen in kurzen Hosen. Der Wind kühlte meine Herzseite, die Sonne heizte meine Milz. Übermütig bestellte ich drei Eier im Glas und einen Campari Soda. Als ich in meiner Handtasche wühlte, stellte ich fest, dass ich mein Geld vergessen hatte.

Die Aussicht, die Zeche nicht zahlen zu können, machte mich fatalistisch und keck. Ich bestellte noch einen Courvoisier. Die Kellnerin hatte lustige grünbraune Augen und einen kleinen, weichen Mund. »Sie haben Ähnlichkeit mit Sandy Langman«, sagte ich. »Hat Ihnen das schon mal jemand gesagt?« Die Kellnerin setzte schroff den Cognac ab, drehte sich um und schritt mit steifen, zügigen Schritten davon.

Von den Kastanien segelten Blätter. Ich griff mir die *Vogue* vom Nebentisch; ich setzte ein wasserdichtes Lächeln auf und sah trotzdem, als sich auf der anderen Straßenseite eine Gruppe Penner von den Stufen des alternativen Kulturzentrums erhob.

Ich glaubte an den Segen, den die Seligen ausstrahlten, so wie ich an den Fluch glaubte, der auf den Unglücklichen lag. Und deshalb waren es nicht so sehr die Obdachlosen, die mir Unbehagen einflößten, sondern die Tatsache, dass ich diese Menschen überhaupt wahrnahm. Ich wusste, dass ein verfehltes Leben so ansteckend ist wie ein gelungenes; dass nur das Glück glücklich macht und nur der Erfolg erfolgreich. Wer in Abgründe blickt, das wusste ich, verliert schnell das Gleichgewicht. Und dass es jetzt einer Horde Gescheiterter gelungen war, sich in mein Blickfeld zu drängeln, nahm ich als böses Omen, als Zeichen eines geschwächten Immunsystems.

Beklommen beobachtete ich, wie die Clochards einander ansahen. Ohne Eile überquerten sie die Straße und steuerten auf meinen Tisch zu. Instinktiv riss ich die *Vogue* vors Gesicht, doch ich stellte bald fest, dass die bunte Scheuklappe meine Kontrolle der Lage sabotierte. Meine Wachsamkeit weichte auf, doch ich klammerte mich an die Zeitschrift und erwartete zugleich aus den Augenwinkeln den unvermeidlichen Angriff. Kurz blickte ich zu der Kellnerin hinüber, die ungerührt Tische abwischte.

Wie ein Kind schloss ich die Augen. Was ich nicht sah, konnte mir nichts tun. Es funktionierte. Als ich die Augen wieder öffnete, umzingelten die Eindringlinge schon eine Familie zwei Tische weiter.

Die Familie beeilte sich, ihr Sektfrühstück zu beenden. Die Reste auf der Marmorplatte sahen aus wie ein stummes Schuldbekenntnis: die Lachsfetzen, die halbleere Flasche im Kühleimer. Hektisch winkte der Vater der Kellnerin hinterher, die jetzt Papierservietten im Ständer ordnete. Schließlich zog er einen Schein aus der Tasche, legte ihn auf den Tisch. Mit schaufelnden Handbewegungen trieb er seine Sippe zum Aufbruch. Stramm marschierten die vier Richtung Pferdemarkt, ohne sich umzudrehen. Ohne Zögern nahmen die Vagabunden ihre Plätze ein.

Es waren zwei Männer und zwei Frauen. Einer der Männer hatte ein Tuch um den Kopf gewickelt; am Gürtel baumelte ein Teddybär. Der andere trug einen waldgrünen Troyer, einen Spitzbart und die Frisur eines Afghanenhundes. Die ältere der beiden Frauen steckte in einem Faltenrock und einer geblümten Polyester-Strickjacke, an der Hundehaare klebten; ihre Oberlippe lag auf der Kante ihres Schals. Die jüngere war klein, der Kopf kahlrasiert, die riesigen Augen mit langen Wimpern und harten Lidstrichen noch zusätzlich aufgebläht. Rechts über der Oberlippe steckte eine Perle im Fleisch.

Mit schlenkerndem Strahl verteilten sie den Rest der eilig aufgegebenen Sektflasche in die zurückgebliebenen Gläser. Mechanisch setzte auch ich mein Cognacglas an. Ich erwischte nur noch einen öligen Tropfen.

Ich schlug die *Vogue* auf, als könnte ich jetzt noch darin lesen. Stattdessen spürte ich, wie die Penner mich anschauten. Dann sah ich auch schon, wie der Afghane knapp die Hand hob; sofort rückten die vier ihre Stühle heran und brachten die Gläser der Familie mit. Der Afghane goss aus jedem einen halben Zentimeter in das Campariglas, das noch immer auf meinem Tisch stand.

Erst jetzt roch ich den Geruch, den diese Menschen verströmten. Ich musste an meine Kindheit denken, an die langen Stunden, in denen ich, türkisfarbene Gummihandschuhe an den Fingern, die Bananenkiste säuberte, in der mein Meerschweinchen Hasso wohnte. Mein Bruder Jan hatte derweil auf dem Sofa gesessen, Hasso im Arm, den Blick in Vorabendserien versenkt. Es war Hassos reicher, lebenssatter Geruch, der jetzt zugleich *in* mir und *zu* mir aufstieg.

Unter stummem Protest hob ich das Glas. Die vier Penner nahmen meinen Protest nicht zur Kenntnis. Sie schienen auch von mir keine Notiz mehr zu nehmen. Sie prosteten einander zu, verfielen dann in wohliges Schweigen. Einmal rempelte einer den anderen zum Spaß mit der Schulter an. Einer tätschelte eine klobige Hand, die zufällig auf dem Tisch lag. Eine entlud sich in einem wohligen Seufzer.

»Weißt du, oder«, sagte irgendwann der Afghane zu der kahlen Frau, sah ihr fahrig, aber tief in die schimmernden Augen. Die rechte Hand ragte weit aus dem Ärmel seiner Wildlederjacke; auf dem Handgelenk erkannte ich den Schriftzug WICKED, sorgfältig in Schreibschrift tätowiert. Die Schrift hatte die blauviolette Farbe der Stempel, mit denen man im Schlachthof Schweinehälften markiert.

»Shit«, antwortete die Glatzenfrau und rieb sich die mächtige Nase.

Der Mann mit dem Kopftuch starrte mich an; es sah aus wie ein Geschirrtuch, vergilbt, mit violetten Mustern. Ich erkannte Delphine und Sonnen und eine grinsende Teekanne. »Entweder du bist da«, entschied er, »oder du bist nicht da.« Als er den Gürtel lockerte, entwich ihm ein weicher Rülpser. Ich spürte seine Blicke auf meinen Schenkeln, glaubte schweren Atem zu hören.

Ich war dankbar, dass er mich nicht berührte. Als ich in seine Augen sah, seine großen, atlantischen Augen hinter der Drahtbrille, wich er ein paar Zentimeter zurück. Ich lehnte mich in meinen Stuhl und versuchte, tief zu atmen. Ganz ruhig, Stella, sagte ich mir. Hier wird nichts von dir verlangt.

»Was geht«, fragte die Frau im Faltenrock.

»Irgendwas geht immer«, antwortete der Freibeuter. Er starrte zur Kreuzung Susannenstraße, wo sich die Autos in Bewegung setzten. Der Afghane untersuchte den lappigen Ausschnitt seines T-Shirts und schien etwas zu finden, denn er kratzte sich mit langen, gemüseartigen Fingern.

Verstohlen drehte ich mich um. Und dort kam auch wahrhaftig schon die Kellnerin auf den Tisch zugeschritten, flankiert von zwei kräftigen Kollegen. Die Kollegen trugen rasierte Schläfen und ausdruckslose Mienen. Es war ein Aufmarsch wie in Bertoluccis »1900«, und es gab keinen Zweifel, wen er hinwegfegen würde.

Die Sonne trat hinter einer Wolke hervor, beglänzte die Gesichter der Penner. Sie erblühten in der Wärme, wurden rot und reich an Einzelheiten. Die Kellnerin und ihre beiden Schergen näherten sich weiter dem Tisch. Es gab nur eine Möglichkeit, den Zusammenstoß abzuwenden.

»Schon gut, schon gut«, sagte ich, als die Kellnerin neben mir stand. Dann wandte ich mich an die Runde: »Also, Kinder, was wollen wir trinken?«

Die Penner schienen mich kaum zu hören. Gleichgültig sahen sie einander an, dann mich, mit jener flüchtigen, gerührten Neugier, mit der man einen Marienkäfer im Herbst betrachtet. »Also gut«, sagte ich. »Noch eine Flasche. Don –«

Als der Sekt kam, wartete der blonde Afghane nicht eine Minute. Kaum hatte die Kellnerin dem Tisch den Rücken gekehrt, schnappte er sich die Flasche und rannte die Straße hinauf. Die Frau mit der Glatze war die Erste, die den Plan begriff; der Mann mit dem Kopftuch brauchte noch eine Weile, um unter dem Tisch seine Schuhe zu finden. »Komm her, ich hab sie«, brummte die Geblümte, schwenkte ein Paar verkrustete Sneakers, und barfuß lief der Mann seinen Schuhen hinterher. Und ich folgte ihnen.

Während ich auf knickenden Pumps die Budapester Straße hinabjagte, blindlings der galoppierenden Herde hinterher, wurde mir klar, dass etwas geschehen war.

4

Die Möbel unter der Brücke sahen aus wie eine Installation für ein zynisches Heimatmuseum. Zwischen den Möbeln standen Kinderwagen; antike Modelle verschiedener Epochen, bauchige Körbe mit Zipfelmützen, angefüllt mit Plastiktüten in Supermarktfarben. Ich sah zu, wie die Penner ihre Plätze einnahmen; der Afghane sank auf ein abgewetztes Fin-de-Siècle-Imitat, die Geblümte in den dünnknochigen Rattankorb mit den aufgeplatzten Schaumstoffkissen. Die Glatze balancierte sich auf einen Barhocker; der Träumer verschwand in einem Sessel, der die reiche Ornamentik seines Kopftuchs aufnahm. Ein Fettkloß in einem schwarzen Kunstledermantel trat hinzu; passend dazu versank er in einem schwarzen Kunstlederblock. Ich stand eine Weile da, bis die anderen mich anstarrten, nicht einmal ungeduldig, nur überdrüssig. Ich sah mich um; schließlich sank ich still auf einen zerfetzten Regiestuhl.

Der Afghane schaute mich an. Er fragte mich nach einer Zigarette. Er nahm drei Stück aus der Schachtel und bot mir eine davon an. Dann sagte er: »Chuck.« Er zeigte auf den Mann mit dem Kopftuch: »Das ist Paul«, sagte er. Es klang wie ein enthülltes Geheimnis.

Chuck, dachte ich. Dass Chuck jetzt neben mir saß und mit durstigen Zügen rauchte, machte mich auf eine verrückte Art sicherer. Ich sah die Frau im Faltenrock an; ich sah einen Ernst in ihrem Gesicht, etwas wie Geschichte, ein stolzes Misstrauen, das nicht mir galt, sondern der Welt. »Das ist Zebra«, sagte Chuck, und Zebra verzog den Mund. Jetzt sah ich auch den lehmbraunen Dackel mit dem hängenden rechten Ohr, der auf Zebras Füßen lag. Die Frau mit der Glatze war von ihrem Barhocker herabgestiegen; ich sah noch, wie sie den Hang zum Bismarckdenkmal hinaufwankte und kurz darauf blicklos wieder in die Runde trat.

Der Mann im Kunstledermantel stellte sich selbst vor. »Zork mein Name«, sagte er großspurig und verbeugte sich mit alberner Eleganz. Ich sah den hellblonden, bienenartigen Pelz, der ihm Wangen und Scheitel bedeckte, entzifferte auf dem Stück T-Shirt, das der Mantel freigab, die Buchstaben BE.

Mit angelegten Armen schlüpfte er aus seinem Ledermantel; auf seinem T-Shirt stand jetzt I WANNA BE YOUR DOG. Es war Mittag geworden; die Sonne malte ihm dunkle Schatten in die tiefsitzenden Höhlen, ließ die hellen Augen funkeln. »Darf ich Ihnen etwas zu trinken anbieten«, fragte er mit listiger Wut.

Das Getränk trieb mir die Augen aus dem Kopf.

»Gabba«, brummte Zork und erläuterte, als ich ihn fragend ansah, mit einem Anflug von Überdruss: »Gatorade-Bacardi.«

Sein Lächeln, fand ich, sah gefährlich aus; die hochgezogenen Mundwinkel unter dem Kosakenschnurrbart, der kahle Schädel. Ich scheute mich, hinzusehen. Ich blickte in den Himmel über der Brücke, der jetzt joghurtfarben und dickflüssig geworden war, als der Mann mit dem Kamelhaarmantel erschien.

Mein Schock dauerte nur Sekunden. In meinem Beruf gewöhnt man sich schnell das Staunen ab. In meinen Beruf wird jedes

Staunen bestraft, bis hin zur Exkommunikation, bis hin zum genervten Blick. Ich rief mir Gesine Speyerlings Erzählungen ins Gedächtnis, die Legenden von dieser nomadischen Existenz, die alles Sesshafte in Zweifel stellte; Gesines vergebliche Anläufe zur ironischen Betrachtung, die sofort in der Bewunderung verendeten.

Ich weiß nicht, wie ich mir die Wohnung eines namenlosen, umherschweifenden Künstlers vorgestellt hatte – eine Hotelsuite im vierunddreißigsten Stock des *Plaza*, eine Bahncard 100 erster Klasse, wenigstens ein Hausboot im Überseehafen, wimmelnd von geisterhaften, mürrischen Katzen? Mit einer Matratze unter einer Brücke hatte ich nicht gerechnet. Doch als der kurze Schock vorbei war, fragte ich mich: Warum nicht?

Ich sah zu, wie seine Gefolgschaft ihn begrüßte. Niemand schien ihm übertrieben viel Ehrfurcht zu schenken. Die Hierarchie sah eingeübt aus, selbstverständlich, nicht mehr der Rede wert. Ich blickte in die Gesichter, die zerfressen aussahen von einer Gewalt, die ich nicht kannte, deren Herkunft sich nicht entscheiden ließ, die aus dem Ruhm kommen konnte wie aus der Missachtung.

Ich wusste, dass das gute Leben den gleichen Schaden anrichten konnte wie das schlechte. *Die Liebe und der Suff, die reiben den Menschen uff*, pflegte mein Niederlausitzer Onkel Georg zu sagen, bevor er mit einundsechzig im Bett einer dreiunddreißigjährigen Tierarzthelferin zusammenbrach. Engelsmacht und Teufelsgift hatten die gleiche zerstörerische Wirkung. Nur das laue Leben, der mittlere pH-Wert der Ereignisse, ließ die Haut intakt.

Ich fragte mich, welche Rolle diese Ungewaschenen im Leben

des Kamelmanns spielten. Waren sie seine Verehrer, seine Gehilfen, seine Parasiten, seine Scouts? Hatte er Sex mit ihnen, oder hatten sie sogar Sex mit ihm? Waren sie zu ihm gepilgert, oder hatte er sie rekrutiert? Oder waren sie einfach Menschen wie ich, die wussten, dass es wärmer und heller ist in der Nähe der Strahlenden, der Glühenden?

Ich sah sie an. Ich beobachtete die Selbstverständlichkeit, mit der sie ihren Platz im Kreis des Kamelmanns fanden. Ich spürte ihr Selbstbewusstsein, das ihnen die Gewissheit gab, am richtigen Ort zu sein. Ich merkte, wie mein anfänglicher Ekel einer anderen Beklemmung wich, meiner vertrauten Furcht, nicht zu genügen, nicht die richtige Sprache zu sprechen. Mit leisem Erschrecken merkte ich, dass ich schon anfing, auf die Achtung dieser kaputten Geschöpfe Wert zu legen, aus dem einzigen Grund, dass sie die Achtung des Kamelmanns besaßen, der die Achtung von Nina Löwitsch besaß; eine Achtung, die ihre Achtung für mich ganz offensichtlich überstieg.

Und umgehend rief ich mich selbst zur Ordnung.

Doch ich fragte mich, was diese Menschen an sich hatten, dass sich der Kamelmann mit ihnen umgab. Vielleicht war es ihre Großzügigkeit, ihre Ecken und Kanten, ihre Authentizität, ihre ungebrochene sexuelle Energie. Vielleicht war es irgendein Glanz; der Glanz der Gelassenheit, der in vollen U-Bahnen ebenso strahlte wie in schlecht gelüfteten Pubs; ein Glanz, der einem das Gefühl schenkte, ganz nah dran zu sein, ganz *jetzt*. Vielleicht war es eine Präsenz, eine Kompromisslosigkeit, eine positive Verrücktheit. Vielleicht war es eine wilde Intelligenz, so überwältigend, dass sie sich leisten konnte, sich zu verstecken. Vielleicht waren es ihre Schmeicheleien, ihre Ergebenheit, ihre

Handhabbarkeit. Vielleicht gehörte der Kamelmann auch zu dieser Art voyeuristischer Snobs, die *Typen* sammelten, Originale, deren Krassheit sie beim abendlichen Erzählen gegen die Krassheit anderer *Typen* tauschen konnten wie Fußballbilder. Dass sie womöglich zu einer neuen Art von Extremdandys gehörten, deren Stilobsessionen und Verhaltensregeln meiner unfehlbaren Nase bislang einfach verborgen geblieben waren, wollte ich mir zu diesem Zeitpunkt nicht einmal vorstellen.

Lange genug hatte es gedauert, bis ich mich mit meiner Nase versöhnt hatte. Meine Kindheit hindurch hatte ich sie zu dick gefunden. Schließlich hatte ich aufgehört, mir eine schlankere Nase zu wünschen, eine Nase wie Jocelyn Puy, eine Fee-Nordenstein-Nase. Ich hatte das Potential meiner Nase erkannt, die auf hundert Meter Entfernung das Gute witterte, das Richtige, das *Gewisse Etwas*, das *Große Tennis*. Und ich hatte mich mit dem Verdacht angefreundet, dass das Volumen dieser Nase an dieser Saugkraft nicht ganz unbeteiligt war.

Jetzt spürte ich einen Blick auf meiner Nase. Und wieder stellte ich fest, dass der Kamelmann mir ins Gesicht schaute, ohne mich anzusehen. Es war, als hätte seine Sonnenbrille sich selbständig gemacht. Sie war zu einem eigenen Paar Augen mit eigener Wahrnehmung geworden; sie sah aus wie zwei Radarschirme, die meinen Leib abtasteten.

»Wir kennen uns«, sagte der Kamelmann.

Und wieder klang es, als spräche er zu sich selbst, oder als spräche er zu irgendeiner Nachwelt. Ich sah seine starre, fast eingeschnappt wirkende Miene; es sah aus, als verstünde er keinen Spaß. Noch wusste ich nicht, dass in seiner Humorlosigkeit seine Stärke lag und seine Macht.

»Stimmt«, sagte ich, beinahe gereizt.

»Toll«, sagte der Kamelmann.

Ich spürte, wie mein Mut zurückkehrte. Und später sollte es mir vorkommen, als hätte ich schon in diesem einen Wort seine allumfassende, verschwenderische Großzügigkeit gespürt.

»Sie haben noch mein Handy«, sagte ich forsch. Ich beeilte mich zu lächeln; es sollte um Gottes willen kein Vorwurf sein.

Der Kamelmann dachte nach. Er grub die Hände in die Manteltaschen. Dann ließ er den riesigen Beutel von seiner Schulter gleiten und begann gewissenhaft, ihn zu durchsuchen. Ich konnte sehen, wie seine Gedanken abschweiften, und mit hochgezogenen Brauen sah ich ihn an, als könnte ich so seine Konzentration festnageln.

»Ich bin Schmiddel«, sagte der Kamelmann und sah aus, als würde er nachdenken. Dann streckte er mir die Hand entgegen, als sähe er mich zum ersten Mal. »Schmiddel«, wiederholte ich, es kam mir vor, als wäre der Name mir längst vertraut. Wotan, Beriberi, Linux, Bang-Cock, deklamierte ich still; warum, um alles in der Welt, nicht auch Schmiddel.

Ich zögerte eine Sekunde, meinen Namen zu nennen. Schmiddels Finger waren schmal, leicht seitlich gekrümmt. Bis auf die schmutzigen Nägel sahen sie seltsam gepflegt aus. Ich war überrascht, wie zart diese Hand war; ich musste an nackte, schutzlose Kleinsäuger denken. Mir blieb wenig übrig, als die Hand zu ergreifen; ich nahm sie mit spitzen Fingern, als klaubte ich ein verklebtes Haarnest aus dem Waschbeckenabfluss. Der Mann schien mein Zögern nicht zu bemerken. Zerstreut glitt sein Sonnenbrillenblick an mir vorbei.

Jetzt erst nahm ich seinen Geruch wahr, der mir vor den

Deichtorhallen entgangen war. Es war ein Geruch nach Metall und vergehendem Laub – ein Bernhardiner, der einer Autobatterie entsteigt. Und gleichzeitig roch es, als wäre das Kamel, das den Mantel geliefert hatte, wieder zum Leben erwacht und rächte sich jetzt an dem Mann, der es bewohnte.

Ich sah in die Runde. Ich versuchte, die zerstörten Gesichter mit der Vorstellung von Nina Löwitsch zusammenzubringen, den weiß gestrichenen Stahlträgern ihrer Ateliеretage, den prallen Sofas ihrer Wohnlandschaft. Doch ich wusste, dass Ninas Kamera nicht nur den Bildern Patina verlieh, sondern auch den Modellen. Ich bemühte mich, Übereinstimmungen zu erkennen zwischen der kühnen Brutalität ihrer Fotos und der Gewalt des Schicksals, die in diesen Gesichtern ihre Narben hinterlassen hatte. Dann sah ich Schmiddel an, der meinem Blick auswich und mir so Gelegenheit gab, ihn zu studieren. Er sah auch nicht hässlicher aus, musste ich schließlich zugeben, als, sagen wir, Andy Warhol.

Als ich die Blicke auf mir spürte, versuchte ich zu lächeln, wie ich es gelernt hatte. Doch längst beschäftigte sich die Runde wieder mit ihren Füßen, ihren Händen oder ihren Zigaretten. Meine Zurückhaltung schien sie zu langweilen, und sofort fühlte ich mich unendlich müde.

Ich sah Schmiddel an, als könnte er mich erlösen. Ich sah seine Sonnenbrille, die ihren eigenen Ausdruck des Mitleids entwickelt hatte. Schmiddel legte den Kopf schief und musterte mich besorgt, wie jemanden, in dem er sich vielleicht getäuscht hatte. Ich spürte, wie sein Blick mich bedrängte; ich spürte das unsinnige Bedürfnis, mich zu rechtfertigen, meine Anwesenheit zu begründen.

»Sie kennen Nina Löwitsch«, stellte ich fest.

»Nina«, murmelte der Mann; dann blickte er Richtung Fluss. Ein Feuerwehrwagen ohne Blaulicht und Martinshorn jagte die Straße herauf. Schmiddel versenkte sich in den Klang.

»Wetten, dass ich ein Bier mit dem Auge aufmachen kann«, warf Chuck ein. »Um ein Bier.«

Es fühlte sich an wie reiner Trotz, wie die Auflehnung gegen ein Naturgesetz, als ich jetzt die Nikon hob. Mir war, als böte ich eine Handvoll Glasperlen an, um das Wohlwollen eines Volks zu kaufen, das vielleicht längst schon mit Derivaten handelte.

»Ich bin Stella«, legte ich hastig nach. »Ich arbeite mit Fotografie.«

Im gleichen Augenblick kam ich mir dumm und anmaßend vor. Ich sah in die Gesichter, die jetzt teilnahmslos aussahen und undurchlässig, und verbesserte mich: »Ich mache Fotos von Menschen.«

»Was für Menschen«, fragte Chuck lauernd. Wieder rollte ein starker, körperlicher Duft auf mich zu, ein neuer Geruch; ich war wieder stolz auf meine Nase, auch wenn ich nicht wusste, ob es nur Misstrauen war, was ich jetzt roch. Hilflos nannte ich Namen, doch keiner der Namen löste eine Reaktion aus. Chuck brummte etwas in Zebras Ohr; ihr Lachen klang wie ein startendes Mofa. Zork starrte finster vor sich hin, als plane er einen Mord.

»Wird man reich damit«, fragte Chuck nach einer langen, wie zum Platzen gestauchten Pause. Er klang jetzt abgetönt, gedämpft von Mitleid und Langmut. »Was für ein Auto fährt man, in was für einem Haus wohnt man«, ergänzte er; er wedelte mit der Hand. »Wie behandeln einen die Bullen, wenn sie einen auf der Straße anhalten.«

Das Verhör begann mir auf die Nerven zu gehen. Längst konnte ich mich nicht mehr erinnern, was ich hier tat. Ich sah, wie Zork mit gelangweilter Grausamkeit Zebras Hund ärgerte; geduldig zog er das Tier am Schwanz, rieb gleich darauf die Wange an der Dackelschnauze.

»Es geht nicht ums Geld«, sagte ich knapp.

Im gleichen Moment wurde mir klar, dass ich mich lächerlich machte. Längst hatte ich keine Lust mehr, weiterzureden, doch eine seltsame Wut trieb mich voran. Blindlings stolperte ich vorwärts: »Man lernt Menschen kennen. Interessante Menschen, die Dinge bewegen. Menschen, die machen, was sie wollen. Die besonders sind.«

Ich holte tief Luft, dann winkte ich ab: »Was weiß ich.«

Erst jetzt sah ich, dass Zebra sich wild in ihrem Sessel wand. Wie in Ekstase warf sie den Kopf hin und her. Entsetzt sah ich in ihr schauriges Gesicht, ihre geschlossenen Augen und den verzerrten Mund. Dann hörte ich ihr Keuchen.

»Ooooh, ist das sexy«, keuchte sie. »Aaaah, ich halt's nicht aus.« Ich hörte die kleinen, atemlosen Japser: »Uuuuh, ist das geil. Ich glaub, mir kommt's gleich.«

Am liebsten wäre ich in einen Film geflüchtet. Mir schwebte irgendein Film mit roten Cabrios vor, mit Sonnenbrillen und der Côte d'Azur. An meiner Seite ein lässiger Teufelskerl, der das Leben nicht ernst nahm und es dadurch bezwang, Haltung und Schuhwerk aus einem Guss. Ich blickte in die Runde, fasste den sinnlosen Entschluss, mich zu verteidigen, als ein mächtiges Röhren meinen Vorsatz zerschnitt.

Zebra war auf das Pflaster gesunken. Die Hände krampften sich in den Schritt ihres Faltenrocks. Ich hörte Gekicher um mich herum, dann Zorks entsetzliches, schneidendes Keckern, das bald ebenfalls in ein Stöhnen überging. Schließlich stöhnte die ganze Runde.

»Ist gut, Zebra.«

Es war Schmiddels Stimme, die das Geheul unterbrach. Dankbar registrierte ich ihre Sanftheit, ihre zerstreute Ungeduld; dankbar schloss ich die Augen. Ich war erschöpft; ich konnte nur noch sitzen bleiben, im Hall der Autos unter der Brücke, im Dröhnen der Autos auf ihr. Die Autos bewegten sich an meiner Stelle, und ich brauchte nichts mehr zu tun.

Als ich die Augen wieder öffnete, war alles vorbei. Chuck kramte in einem Kinderwagen. Paul war in ein Buch vertieft: »Adel des Geistes«. Zebra hatte sich auf das Matratzenlager in der Tiefe des Brückengewölbes getrollt. Schmiddel war verschwunden. Nur Zork starrte mich noch an mit seinem stechenden, feindlichen Blick. Weit unten, über den Landungsbrücken am Fluss, leuchtete ein Fetzen blauen Himmels wie ein Stück Côte d'Azur durch die Risse, die zwischen den Märzwolken aufgebrochen waren.

Mein Fahrrad stand noch am Café. Im Blickschatten eines Bullys öffnete ich das Schloss. An meinem Tisch saß jetzt ein Pärchen; ihr Schweigen erfüllte mich mit leisem Zorn. Ich fand, mit ihrem Schweigen hatten sie das Recht verwirkt, an einem Tisch zu sitzen, an dem gerade etwas geschehen war, von dem ich noch nicht genau wusste, was es war.

Als ich nach Hause kam, hielt Patrick seinen Mittagsschlaf.

Ich tastete mich an das Bett heran; es roch nach Patricks Duschgel. Im Licht, das durch die Jalousien drang, leuchtete die Bettdecke in fast unnatürlichem Weiß. Es war, als wäre Patrick zum Eisberg gefroren, zum Denkmal für alles Weiße und Reine. Ich sah, wie sich der Berg hob und senkte, und mich packte der Wunsch, dieses Weiß zu schänden, mich darin zu waschen und es zu mischen mit meinem Schmutz.

Meine Hand war kalt. Bei der ersten Berührung regte sich Patricks harter Schopf unter der Decke. Ich hörte ein leises, geisterhaftes Stöhnen, das zur Wucht dieses Berges nicht passte. Als meine Hand hinter den Bund seines Frottee-Pyjamas fuhr, war sie noch immer so eisig, dass seine Augen schlagartig aufsprangen. Fast beleidigt sah er mich an.

Als Patrick sich auf den Rücken legte, hatte er die Augen wieder geschlossen. Das Lächeln um seinen Mund war spöttisch, aber fiebrig. Ich legte mich ins Zeug; meine Knie pressten seine Flanken, bis ihm Schaum in die Mundwinkel trat. Als er kam, riss er die Augen auf, als hätte er eine Erscheinung gesehen.

5

Die Einladung zur Präsentation von Greystoke, auf der Baustelle der zukünftigen Elbphilharmonie, war in Betongrau gehalten. Die Schrift war elefantengrau. Sogar der Shuttlebus, der uns an der Stadthausbrücke erwartete, war grau lackiert, garniert mit einem diskreten roten Blitz. Ich saß auf der Rückbank, starrte auf routinierte Rücken, die sich über Gästelisten und Ablaufpläne beugten.

»Einundzwanzig Uhr Empfang und Begrüßung auf der Plaza«, las ein Mann mit Hosenträgern und strenger Lesebrille neben mir vor. »Einundzwanzig Uhr fünfzehn Präsentation im Konzertsaal. Solche Zeitpläne sollten die mal für die Bauarbeiten machen.«

»Wer soll die denn machen«, mischte sich eine strohhaarige Eule von der Bank hinter mir ein. »Nostradamus.«

»Gute Idee«, sagte der Mann mit der Lesebrille. »Führt der König von Frankreich die drei roten Heere ins Land der Hirschkuh hinein«, improvisierte er, »dann wird auch die Elbphilharmonie bald fertig sein.«

Ein grauer Mann mit Bauhelm klemmte mir einen grauen Badge ans Revers meines Blazers, darauf die Aufschrift *Greystoke* in Rot. Das verschlungene Kursiv erinnerte mich an Edelseifen und Frisiersalons.

Wir marschierten an ausrangierten Hafenbecken entlang, an

beurlaubten Schonern, überdacht von Plexiglasbalkonen mit Bäumchen und Holzjalousien. Der Pförtner lächelte uns an wie ein überführter Mörder; er nahm die Zigarette nicht aus dem Mund.

Der Bau erinnerte mich an Godards »Le Mépris«, an die Villa Malaparte auf Capri, die Villa des Produzenten Prokosch, die atemberaubendste Location aller Zeiten. Diese Villa war kein Haus, sondern ein Kopfsprung, mit geöltem Leib in azurblaue See; der Bug einer Yacht, der sich jauchzend und mit sattem Klatschen ins Meer wühlte. Wer in einem solchen Haus wohnte, wurde zu Michel Piccoli, Brigitte Bardot und Jack Palance in einer Person. Und in meinem übermüdeten Blick überlagerte sich das Erinnerungsbild der Filmvilla mit dem wellenbrechenden Schwung der Elbphilharmonie.

Meine Augen folgten dem Satz, den das Gebäude machte, mitten in den Fluss hinein, in die Strömung, dem Sonnenuntergang entgegen. Ich sah die glitzernde Außenhaut, ihr balearisches Flimmern. Ich sah die Dynamik der Linien, die den Umstand verbarg, dass im Inneren des Gebäudes die Bauarbeiten schon seit Monaten stillstanden.

Noch war der Bau eine Skizze, ein grandioser Entwurf. Dort, wo einst das Hauptportal die Gäste empfangen würde, klaffte erst ein schmaler Schlitz in der Mauer. Die Fotografen stellten sich am roten Teppich auf, vor dem Spalier der Mobiltoiletten für die Bauarbeiter, Fototaschen vor den Füßen. Die PR-Chefin von Greystoke rauschte heran, korrigierte die Mauer, feilschte um jeden Zentimeter.

»Hier kommt doch keiner durch«, monierte sie mit professioneller Geduld.

Gehorsam maulten die Fotografen: »Wir machen doch nur unsere Arbeit.«

Es war noch hell, als die Gäste auf die Baustelle strömten. Der Himmel war gespannt und seidig; je schwärzer das Bauwerk zur Silhouette verdämmerte, desto fruchtiger glühten die Aprikosenfarben im Hintergrund. Blitzlichter flackerten auf; geschmeidig, mit dem Katzenschritt aus »Blow Up«, umkurvte ich meine Kollegen, sprang über Pfützen. Ich fand einen unsicheren, aber erhöhten Standort auf einer quer liegenden Tonne. Als Wim Beinhalter und seine atemberaubende Frau Mechthild die Mobiltoiletten passierten, hatte ich das Paar bereits von oben erlegt.

Beinhalters durchschritten das Fotografenmeer, winkten. Demonstrativ tuschelten sie, ohne ihr Lächeln zu unterbrechen. Die Taxis hielten in rascher Folge, entließen Meinhard (»Purzel«) von Gloeden und eine unbekannte Schöne, eng gefolgt vom unerschrockenen Charly Brechmeister, noch immer so unschuldig, unbezähmbar und draufgängerisch wie als Assistenzarzt Felix Doppler in »Die kleine Krebsklinik am Ende der Straße«. Im weißen Wollmantel erschien Amelie Nemerovski, die tollkühne Debütantin, mit Bruder Sascha und Onkel Plinius, Mitglied der Hamburger Bürgerschaft. Aida-Melodien trugen die Prozession voran, schwemmten Theresa Weingart herbei und ihren Serienpartner Holm Scheck (»Auf immer und ewig«), Miriam Brockstedt (»Tierheim Stiefelsbrück«) und, herrlich verrückt im Gehrock aus der Thalia-Requisite, Sebastian Rohrbach aus »Verliebt, verlobt, verkracht«.

Ich beschloss, dass ich genug Bilder vom Teppich hatte. Ich sprang von der Tonne und schlenderte ins Innere des Gebäudes, umkurvte Wände aus Pressspan. Unvermittelt stand ich in der Spirale des zukünftigen Parkhauses.

Serpentinen spindelten sich in die Höhe hinauf; ich zählte sieben Ebenen und freute mich über die Zahl. Ich roch den kühlen, feuchten Betonduft, den würzigen Spangeruch der Paletten. Kronleuchter mit Wachskerzen hingen von der Decke, Kandelaber beflackerten Betonwände, beglänzten Gesichter. Heizstrahler glühten gegen die Kälte an, die allmählich das Gebäude erfüllte.

Ich vertraute mich der allgemeinen Aufwärtsbewegung an. Ich folgte Senta Maroon, grüßte Bernward Treusch samt Gattin, fotografierte Nick Bartuscheit und seinen Partner Todd Valencia. Kühn lehnten sie sich über die Brüstung und gaben mir das Victory-Zeichen; ich gab ihnen den Daumen.

Einfach schön, dachte ich, wie *sie sich zum Höheren hinwenden*. Wunderbar, wie *sie sich beharrlich im Kreis schwingen, um sich selbst drehend, als Wächter ihrer eigenen Kräfte, dass sie mitteilend hinaustreten und so durch ihr Verkündigungsamt gegenüber den ihnen Anvertrauten auch an den Kräften der Vorsehung teilnehmen*. Ein Kellner im grauen Overall schwebte mit einem Tablett heran; ich nahm einen Orangensaft und stellte ihn gleich wieder ab. Denn in diesem Augenblick rauschte Mireille Dombass heran, überirdisch schön und mindestens im fünften Monat schwanger.

Ich roch ihr Parfum, »Je sais bien quoi« von Badajol. Und plötzlich spürte ich, wie ich zurückfand zum alten Einverstandensein, zum Geheimnis der Zustimmung, zum Ja. Ich spürte, wie es in mir den Mund aufriss, das große, verdammt noch mal lebenswichtige Ja. »Ja«, sagte jetzt auch mein Lächeln; ich konnte es fühlen. Ich stellte mir vor, dass auch mein Lächeln die spärlich erleuchteten Räume heller machte. Doch dieses Licht, das wusste ich, scheint nur dort, wo ohnehin schon Glanz ist. Die im Dunkeln, meine Güte, die sah man einfach nicht.

»Mireille«, sagte ich zwinkernd, »ich habe dich noch nie so schön gesehen.« Mireille blieb lächelnd stehen, als hätte ich wirklich mit ihr reden wollen; als wollte sie tatsächlich mit mir reden.

Mir fiel nicht viel ein. Ich konnte nur weiterzwinkern und auf ihren Bauch zeigen. »Danke«, sagte Mireille und: »Wir werden's schon schaffen.« Dann wartete ich noch ein bisschen, lächelnd, und machte mich wieder auf meinen leuchtenden Weg in die Höhe, rauschend und mit einem stummen Summen, das nicht übers Trommelfell, sondern direkt über die Ohrknochen in mein Gehör drang.

Als ich mit Marc Trondheim, Anna-Silvana Zerlinsky und dem Ehepaar Dieter und Paola Pfurtner-Seck, das verliebt aussah wie am ersten Tag, in den provisorischen Fahrstuhl schlüpfte, hatte ich fast vollständig vergessen, warum ich hier war. Zusammen mit Marc, Anna-Silvana, Dieter und Paola stand ich zwischen den Pressspanplatten der Kabinenverkleidung, in die jemand krumme Löcher für die Etagenknöpfe gesägt hatte. Der Fahrstuhlführer saß krumm und misstrauisch auf einem Stapel Styroporplatten, einen Meter unter unserer Augenhöhe.

Ich atmete die knappe, kostbare Luft ein. Ich roch Marc, Anna-Silvana, Dieter und Paola, und ich wusste, dass Marc, Anna-Silvana, Dieter und Paola jetzt *mich* rochen. Gemeinsam atmeten wir eine Luft, die auf zweieinhalb mal zwei mal einen Meter zusammengepresst war und mit der Luft des Fahrstuhlführers unter uns doch nichts gemeinsam hatte. »Wie süß«, sagte Marc und bohrte, unter den sich verengenden Blicken des Fahrstuhlführers, seinen Zeigefinger in die provisorischen Löcher für die Fahrstuhlknöpfe. »Das sollten sie so lassen.«

»Pressspan ist überhaupt ein tolles Material«, sagte Dieter Pfurtner-Seck. »Wir haben unser ganzes Studio damit ausgekleidet.« Und das sagte er nicht nur zu Marc, sondern zu uns allen; zu Anna-Silvana und Paola genauso wie zu mir.

»Achtes Obergeschoss«, verkündete eine Computerstimme. Alle drängten hinaus auf die Plaza. Jetzt fand ich Abstand genug, meine Nikon zu zücken und Marc mit Anna-Silvana vor der folienverkleideten Fensteröffnung zu porträtieren; im Hintergrund glomm manhattanhaft der Columbus-Tower. Marc und Anna-Silvana ließen sich nicht lange bitten, für mich eine Tangostellung einzunehmen. Anna-Silvanas Rücken beschrieb eine elegante Parabel; ihr göttliches bronzefarbenes Haar streifte fast den Beton. Dann fassten sie einander wie Teenager an den Fingerspitzen und sprangen leichtfüßig die große Freitreppe zum zukünftigen Konzertsaal hinauf. Und ich konnte nicht anders, als ihnen hinterherzublitzen.

Im Umdrehen zielte Walt Gerringers Zeigefinger auf mich.

Minutenlang blieb ich am Fahrstuhl stehen. Schub um Schub sah ich die Kabine verlassen, mit prüfendem Schritt die Plaza betreten, sich umschauen, ohne sich das Staunen anmerken zu lassen. Mit gebremstem Schritt flanierten sie über die Ebene, pirschten zwischen schmerzhaft gekrümmten Treppen hindurch, betasteten die wellenartig gekrümmten Scheiben, die doppellagige Rasterfolie, die der Fassade das Glitzern eines schmelzenden Eisbergs gab.

Ich folgte ihren Blicken. Ich wollte sehen, was sie sahen, wollte die Panoramen genießen, die sie genossen, wollte die Köhlbrandbrücke erkennen, den Fernsehturm, die Tanzenden Türme am Nobistor; den Marco-Polo-Tower, das teuerste Gebäude der Stadt. Erst als die letzten Gäste die Freitreppe hochschritten, frisch ausgerüstet mit Sektgläsern und Appetithäppchen, schlüpfte auch ich ihnen hinterher in den Saal.

Mit einem Vorrat an Canapés postierte ich mich am Rand des Auditoriums. Der Saal war für den Abend mit Klappstühlen möbliert; ich starrte hinauf in das zeltförmige Gewölbe. Hier schien der ganze Bau aufwärtszustreben, immer nur aufwärts, bis hinauf zu dem ewigen Gebirge, das auf dem Dach des Gebäudes seine weißen Wellen schlug.

Die Sitzreihen füllten sich. Ich erkannte Torben Beck, der die Arme ungezwungen über die benachbarten Stuhllehnen hängte; ich erkannte die angenehme Melitta Sönderborg. Ich identifizierte Annika Bürkle, die ihre weiße Siamkatze auf dem Schoß wiegte; ich machte Paasi Theodorsson aus, den Produzenten von »Helsinki App«. Paasi redete, mit den Handkanten in die Luft hämmernd, auf den Regisseur Jakob Kurbjuhn (»Das Kontinuum«) ein. Jakob nahm derweil, die Arme verschränkt und abwesend lächelnd, den Rückenausschnitt von Meline Mickel ins Visier, die in der Reihe vor ihm den Lippenstift nachzog.

Helen Nur rauschte vorbei, im silbernen Paillettenkleid, und für eine Sekunde lang glaubte ich mich selbst im Spiegel der Metallplättchen zu sehen. Da war ich, *Stella Sachs*, in meinem Blazer von Virna Beardsley, die im September von der Queen geadelt worden war. Ich sah mich um, und für einen Moment sah es aus, als gebe es keinen Unterschied mehr zwischen mir und den anderen im Saal, die jetzt ihre Programmbroschüren zusammenfalteten, die Rücken strafften und die Blicke zur Bühne richteten, die aus inwendig erleuchteten Plexiglasquadern bestand.

Ich verschränkte die Arme, presste meinen adeligen Blazer eng an die Brust. Niemals hatte ich Leute verstanden, denen Mode gleichgültig war. Immer hatte ich Mitleid mit Leuten gehabt, für die es keinen Unterschied machte, wer ihre Kleider entwarf. Ich wusste, dass man mit den Besten in Kontakt treten konnte, indem man nur das Beste trug; ich sah mich um und stellte fest, dass fast alle Gäste hier nur das Beste trugen. Sie trugen Anzüge von Leon Cavallas, ein Kostüm von Chloe Vermeulen oder wenigstens einen kleinen Gürtel von Shoot Shoot. Und es war offensichtlich, dass das Tragen der besten Kleider geholfen hatte, sie selbst zu den Besten zu machen.

Jetzt spürte ich den Beardsley-Blazer an meiner Brust. Ich spürte, wie er die Brust mehr straffte als die Brust ihn, und mir wurde bewusst, dass auch ich ein Teil dieser Gesellschaft war, dass ich im bauchigen Betonofen dieser Konzerthalle verschmolz mit dem Rest. Ich brauchte nicht einmal mehr zu fotografieren. Ich musste mich nur treiben lassen im Glanz, mit angelegten Armen. Dann würde die Photosynthese einsetzen, und ich würde das Licht in Kohlehydrate umwandeln, in Süßigkeit, in Leben.

Ich fing ein Zwinkern von Marja Großkreuz auf. Ich sah an mir herunter und musste zugeben, dass ich strahlte. Ich versuchte, zurückzuzwinkern; doch Marja hatte ihren aztekischen

Kopf schon wieder zur Bühne gedreht. In mir stieg Hitze auf, eine leicht beißende Schamhitze, die sich aber schnell in wohlige Wärme umwandelte, als auf der Bühne die Show begann.

Es waren sieben Mädchen mit Taucherflossen an den Füßen, die, zu den Klängen von Cherokees »Lift Me Up (So I Can Put You Down)«, als Erste die Bühne betraten. Die Badeanzüge von Greystoke, die sie am Leib trugen, sah man erst auf den zweiten Blick, so sehr war die Luft erfüllt vom Flappen der Flossen, vom Freibadgeruch des Gummis. Dann setzte die Kraft des Entwurfs sich durch, das Genie von Greystokes Chefdesignerin Betty Arnheim; das Silber, das Violett, das dämpfende und zugleich aufreizende Taupe.

Ich ließ meinen Blick durch die Reihen wandern; ich suchte ein Echo für meine Begeisterung. Ich sah, wie Suu-jung Mehrmann sich zum Ohr ihres Ehemanns Walter beugte, die Hand vor dem Mund; es konnte alles bedeuten, von Lob bis Verachtung. Ich suchte weiter, während die Musik, »La vida dulceamarga« von Esteban Barroso, einen neuen Auftritt ankündigte. Fast wollte ich mich wieder umdrehen, als mein Blick auf Nina Löwitsch fiel.

Nina saß in der letzten Parkettreihe, gehüllt in einen Mantel aus Wildlederflicken. Ihre grazilen, strengschwarzen Augenbrauen machten einen Knick, spitz wie ein Papierflugzeug; ihr Schmollmund malmte auf einem mintgrünen Trinkhalm.

Rechts und links von ihr saßen gespenstische Gestalten. Einer trug einen Cowboyhut mit seitlich abgeschnittenen Krempen; ein chinesischer Hufeisenbart umspielte den kleinen, spöttischen Mund. In seinen Arm, den Ellbogen auf sein Knie gestützt, schmiegte sich ein dünnes Wesen mit kurzen

Stirnfransen und langen Strähnen über der Schläfe; spitze Ohren stachen aus dem Haarknäuel hervor. Sie steckte in einer Art Nachthemd. Über den Brüsten waren totenkopfförmige Flicken aufgenäht. Sie kaute an etwas, das zu groß aussah für Kaugummi.

Zu Ninas Linken lümmelte ein Kleiner mit kurzem, bösartigem Gesicht, einem schütteren Schnurrbart und einem wirren Haarnest am Kinn. Seine grüne Trainingsjacke hatte vier Streifen auf den Ärmeln und einen welligen Reißverschluss; die Hose hatte er über die Jacke gezogen. Die fettigen Haare überdeckten das Markensymbol, das, wie ich wusste, auf die rechte Brustseite gehörte. Und alle vier trugen Sonnenbrillen, braun getönte Gläser, deren Starre sich in ihren Gesichtszügen spiegelte. Sie sahen so verdammt stark aus, unabhängig und frei. Und sie alle hätten mit Schmiddel unter der Brücke wohnen können.

Irritiert schaute ich weg. Ich überließ mich wieder dem Geschehen auf der Bühne, den ersten Takten eines neuen Songs, »Wanna wanna wanna« von The Balls. Eine Armee von Sommerkleidern marschierte über die Bühne, duftigster Musselin, der sich bei jedem der Stechschritte aufs Unerträgliche spannte und für Sekundenbruchteile fleischfarbene Slips mit roten Nähten freigab. Dann senkte sich das Bein, löste sich die Spannung, der Musselin quoll auf, die Mädchen schwangen die Arme, drehten die Köpfe zur Seite, nickten und begannen wieder von vorn.

Jetzt achtete ich nicht mehr auf die Reaktion Sun-juu Mehrmanns und ihres Ehemanns Walter, auch nicht auf Marja Großkreuz, deren dünner Mund sicherlich immer noch offen stand. Ich sah nur noch Nina Löwitsch, die genau jetzt mit ihren Begleitern sonnenbrillenbewehrte Blicke über unbewegten Mienen tauschte. Und gleich darauf sah ich, wie das rauhe Quartett mit lässiger Eleganz aufstand. Es war schneller verschwunden, als ihre Sitznachbarn die Beine einziehen konnten.

Mein erster Impuls war, ihnen zu folgen. Ich zwang mich, stehenzubleiben, setzte ein Lächeln auf, während ich unverwandt auf die Bühne starrte.

Doch das Band, das mich mit dem Abend verbunden hatte, war zerrissen; plötzlich sah ich Suu-jung Mehrmanns Überbiss mit ungekannter Deutlichkeit. Ich stellte fest, dass der Gesichtsausdruck des chronisch souveränen Torben Beck ins Quarkige rutschte, sobald er die Blicke seiner Umgebung vergaß. Ich entdeckte einen neidischen Unterton im verständigen Lächeln der Melitta Sönderborg und im Blinzeln der weißen Siamkatze Annika Bürkles den resignierten Hass auf ihre Herrin, die sie diesem Schauspiel ausgesetzt hatte. Und mittlerweile hatte ich den Verdacht, dass auch Annika Bürkle sich hier nicht viel wohler fühlte als ihre Katze.

Aus den Lautsprechern wetterte jetzt »Count On My Cucumboo« von Hilarious MC. Drei weißblonde Amazonen mit Kastenfrisuren, knielangen Torerohosen aus Satin und bestickten Boleros schlängelten und pirouettierten über die Bühne. Als ein schwarzer Mann mit aufgesteckten Hörnern hinter dem Vorhang hervorbrach, mit der Rechten den Kuhschwanz schwang, den man an der Rückseite seiner Strumpfhose befestigt hatte, und mit klopfenden Hufen, rollenden Augen und faunhaften Sprüngen auf die drei Frauen losging, beschloss ich, nicht mehr hinzusehen.

Hinterher strömte ich mit den anderen Gästen aus dem Konzertsaal. Alle hatten den Rinderblick, den eine perfekte Show hinterlässt, den trottenden Gang. Kellner fingen sie ab, attackierten sie mit Silbertabletts; gehorsam griffen sie zum Fingerfood.

Auf der Plaza baute jetzt die Hedonist Guerilla die Turntables auf. Als das Intro zu »Love Devotion Rambazamba« erklang, Miranda Brauchitsch einen seufzenden Jubelschrei ausstieß und der zähnebleckende Pepe Thevissen Joy Croy zur Tanzfläche zerrte, die sich in drolliger Resignation wand, flüchtete ich zum Fahrstuhl. Ich wusste, dass auf »Every Yard of You« unweigerlich »Take Me To the Limit of Your Tolerance« folgen musste; ich ahnte, dass irgendwo wieder Pia Tschorn kreischen und Buck Sellheim mit schwankendem, längst verschüttetem Schnapsglas und Kärcherstimme Trinksprüche ausgeben würde: »Pia, wir lieben dich.« Ich sah den Fahrstuhlwärter an, der aussah wie geschrumpft; zwischen den Strähnen, die seine Glatze überdeckten, glitzerte Tau.

6

An den nächsten Tagen gab ich mir Mühe, mein Lächeln wieder zu lockern. Mit festem Schritt zog ich durch abendliche Jagdgründe, hob den Daumen und nickte, um Nicken zu ernten. Bei der House-Warming-Party in der neuen Firmenzentrale von United Records wogen drei Rookies der Edmonton Skunks meiner Kamera zuliebe einen imaginären Football in den Armen. Doch beim After-Sales Sale der Art Altona wurde ich Zeugin eines Streits wegen der Ausladung der Galerie Rübenstern. Im *Eldorado*, bei der Präsentation des Queer-Western »Yellow Browning«, war mir, als sähen die Gäste blass aus unter ihrer Sonnenbräune, wie Crème brulée, die durch die Kruste schimmert. Ihre Bewegungen wirkten ziellos, ihre Schritte schwankend, ihre Hinterköpfe rührend. Plötzlich sah ich Krater in Gesichtern, die sich in Monde verwandelten; ich sah das Meer der Unübersichtlichkeit, das Meer der Unerfreulichkeit, das Meer des langsamen Heimgangs. Die Monde schienen mir unfähig, von selbst zu glänzen; nur mein Blitz gab ihnen noch einmal ihren bleichen Schimmer zurück.

Ich spürte, dass etwas anders geworden war. Ob in der Welt oder in meinem Blick, war schwer zu entscheiden. Mitleidsvoll besah ich die dünnen Sohlen der Herrenschuhe; ich spürte den Drang, die Träger vor Erdnüssen zu warnen, vor verkanteten Zahnstochern, vor versteckten Kronkorken im Flor der Teppichböden. Besorgt spähte ich in Rückenausschnitte, in denen Schulterblätter spröde bebten wie Katzenknochen.

Ich verzog mich auf die Toilette. Der Strahl aus der Nachbarkabine klang dünn und spärlich. Dann stand ich in großer Ruhe vor dem Spiegel, überblickte die Armaturen aus Aluminium und Edelstahl, glänzende Instrumente für Operationen am offenen Herzen. Ich hielt die Kamera neben mich und drückte ab. Ich fotografierte meine blassblauen Augen, meine weich fallenden Haare, meine etwas zu schmalen Lippen, leicht geöffnet, als wollten sie mir etwas sagen. Ich fotografierte meine etwas zu dicke Nase; mir fiel auf, dass sie Ähnlichkeit mit einer Walnuss hatte. Als ich später die Fotos noch einmal ansah, erkannte ich in meinem Gesicht eine ungewohnte Härte. Im Nachhinein sah sie aus wie ein Entschluss.

Noch lange nach der Greystoke-Präsentation in der Elbphilharmonie dachte ich an Nina Löwitsch, an ihren triumphalen Aufbruch, an ihr zerrissenes, grandioses, zum Kotzen arrogantes Gefolge, und mein Unbehagen fand eine Gestalt. Ich dachte an Schmiddel alias Wotan alias Beriberi alias Linux alias Bang-Cock, der schon längst den Schritt beiseitegetreten war, auf die unsichtbare, flüchtige Überholspur, die neben den roten Teppichen entlanglief. Die den Stau der schweren Transporter links liegen ließ und über Felder führte, durch Brachland, über feuchte Wiesen, Talsperren und Gewerbegebiete, umspielt von Ratten, Rehen und Bahngleisen für Güterzüge. Ich dachte an seine Brücke; es war eine schöne Brücke. Mitten in der Stadt schmiegte sie sich zwischen grüne Hügel und ließ den Verkehr einfach durch sich durch.

Ich dachte an die Fäden, die er von dieser Brücke aus spann, von der Sinfonie in der Musikhalle zum Hangar in der Lüneburger Heide, von dem Bauwagen in Fischbek zu den Ketchup-Menetekeln in Stormarn, von der Barsbütteler Spindtür zum Brunnenschacht im Alten Land.

Und plötzlich spürte ich die Notwendigkeit, mich darin zu verwickeln.

Ich wusste, dass nichts umsonst war. Ich wusste, dass alles Wertvolle knapp war und alles Knappe wertvoll. Ich wusste, dass der Spaß an der Party mit der Strenge des Türstehers steigt.

Die Ablehnung, die mir Schmiddels Gang bei meinem ersten Besuch an der Brücke entgegengebracht hatte, war für mich ein gültiger Hinweis, dass der Besuch sich gelohnt hatte. In meinem Fotografinnenleben hatte ich gelernt, mit Abweisung umzugehen. Ich wusste, dass es ins Chaos führte, eine Taktik zu oft zu ändern; das Einzige, was auf Dauer half, war Hartnäckigkeit.

Die härteste Nuss war Zebra.

Zebra war eine Kriegerin; ständig sah sie sich um, aufrecht und wachsam. Ich traf sie allein unter der Brücke an; orange Blüten bestirnten ihr schwarzes Kleid. »Darf ich«, fragte ich, bevor ich mich auf meinen Regiestuhl setzte; mein Lächeln überrollte Zebras misstrauischen Blick.

»Sind Sie auch aus Hamburg«, fragte ich mit Schwung.

»Und du bist von der Presse«, gab Zebra tonlos zurück.

Ich war professionell genug, um nicht beleidigt zu sein. Ich wusste selbst am besten, dass ich nicht *von der Presse* war. Ich war eine Astronautin, die fernen Lichtern folgte, durch große

Leeren und Kälte. »Ich arbeite mit Fotografie«, wiederholte ich geduldig und wahrheitsgemäß.

»Na klasse«, sagte Zebra. Sie beugte sich hinab zu ihren Militärstiefeln, zog die roten Schnürbänder straff.

Ich sah das Blümchenkleid über der Tarnhose. Ich ahnte ihr mitleidiges Herz. Ich hatte keine Angst vor Zebras Stiefeln, vor ihren straffen, mit einem Gummi gespannten Haaren, die aussahen, als könnten sie reißen. Ich lächelte, nickte; ich gab ihr recht. Das war ein Trick, der immer wirkte, gerade bei Menschen, die behaupteten, nichts mehr zu hassen als Jasager.

Über ihre Vergangenheit wollten sie alle nicht sprechen. Ich musste mir ihre Geschichten ausmalen, aus ihren Falten, Narben und Tätowierungen lesen, aus der Gier oder der Abscheu, mit der sie auf Eier oder Orangenlikör reagierten, aus ihrem plötzlichen Lachen an Stellen, die nicht zum Lachen waren. Ich sah die wilde Zebra, ihre revolutionären Brauen, hörte ihr hartes Lachen und ihre mitleidlosen Sätze und stellte mir ihren Weg in einen Untergrund vor, von einem Untergrund in den nächsten Untergrund, bis sie schließlich unter dieser Brücke gelandet war, auf dem rissigen Strand unter dem Pflaster der Bernhard-Nocht-Straße, die über dem Gewölbe lag.

Ich sah Zebras schneeweißes Elternhaus vor mir, irgendein protestantisches Pfarrhaus in Tettnang oder Bietigheim-Bissingen, obwohl sie keinen schwäbischen Akzent hatte. Ich sah ihr mürrisches, ungeschminktes Teenagergesicht, ihre Bücher, Frantz Fanon und den »Held seiner Zeit«, in einem Regal aus gebeizter Buche. Ich sah ihre Pfeife und ihre Selbstgedrehten auf der Nussbaumkommode. Ich sah ihre Anne-Frank-Frisur, sah sie tanzen bis zur Erschöpfung; ich sah ihre tödliche Ruhe, wenn der Studienrat einen roten Kopf bekam. Vielleicht hatte bei der Demonstration in Lissabon den schönen schwarzlockigen Daniele neben ihr ein Polizeiknüppel erwischt; vielleicht hatte Blut das sandfarbene Wildleder ihrer Cowboystiefel gefärbt. Dann womöglich das Ausbildungslager in Nahost, die konspirative Wohnung in Steilshoop, der ölige Glanz der Handgranaten, der starre Blick durch die Windschutzscheibe des BMW, auf dem Schoß die »Vogue Italia«. Dann die Fluchten von Versteck zu Versteck, schließlich die Flucht vor allen Verstecken, vor den Versteckten selbst. Sie konnte nichts mitnehmen als ihr Schweigen, das eine Welt unter sich begraben konnte. Manchmal hatte sie noch diesen Blick, der auslöschen konnte, nicht durch seine Gewalt, sondern durch seine Feuchtigkeit.

Ich hatte Geduld. Ich beschloss, keine Fragen zu stellen. Ich erfuhr auch so, dass die Frau mit der Glatze Betty genannt wurde. Ich erfuhr nicht, warum sie nie etwas sagte außer »shit«, gelegentlich auch »fuck«. Betty war die Einzige, zu der mir keine Geschichte einfiel; ihre Erlebnisse schienen ohne Ablagerungen durch ihren Körper gesickert zu sein wie die Gallonen von Bier und Gabba, die sie täglich schluckte. Sie ließen keine Wünsche zurück, keine Ängste, keine Krähenfüße; nur einfache, bedenkenlose Motorik.

Was ihr Gesicht durchgemacht haben mochte, bedeckten jetzt Schichten billiger Schminke, kambrisch, präkambrisch, pleistozänisch. Sogar die Narben auf ihren Armen und auf ihrem Schädel sahen aus wie geschminkt, unpassend und ungelenk eingetragene Höhenzüge auf der stummen Karte ihres Körpers.

»Wer hat denn da auf deine Schulter den Ural hingeschlappt, Betty«, fragte ich sie. »Oder sind das die Pyrenäen.« Ich bekam keine Antwort und fragte nicht weiter. Wer keine Antwort gibt, ist immer im Recht.

Wo die Schminke herkam, blieb unklar. Ich fragte auch nie, woher die Salamis kamen, die Prager Schinken in der noch heißen Kruste, die Kartoffelgratins in ihrer plissierten Aluschale. Ich fragte nicht nach den Quellen von Bier, Rum und Gatorade. Die Ökonomie des Glamours, hatte mir einmal Patrick erklärt, beruht auf der Verschleierung dieser Ökonomie. Und eine Spielverderberin war ich noch nie.

Manchmal brachte ich selbst einen Kuchen mit, einen Glasnudelsalat oder ein Bündel Sprotten von Brocksiepen. Die anderen nickten, packten die Gabe beiseite oder stopften sie in die Kinderwagen. Manchmal schleppte Chuck Tüten herbei, aus denen sie dann einträchtig Leberwurstgläser zu Tage förderten, einen Barren Greyerzer oder einen sardischen Rauchschinken.

Chucks Augen waren blau und listig. Sie hatten dieses unverschämte Zwinkern in den Winkeln; doch er sah eher wie ein Schurke im Ruhestand aus als ein praktizierender Dieb. Ich stellte mir seine großbürgerliche Herkunft vor, das vor dem Verfall gerettete Wasserschloss in Westfalen. Ich sah die milden Falten um den Mund des Großvaters, des Patriarchen mit dem Nähmaschinenimperium und der femininen Ader. Ich stellte mir die Kunstsammlung seiner Eltern vor, die sich in seine Netzhaut gebrannt hatte, lauter höherklassige Brennans, Chardonniers, Stoltenbergs; sicherlich hatte ihn Sigmund Blegvad, »As Time Goes By« summend, auf den Knien geschaukelt.

Dann, mit vierzehn, der erste Einbruch, der ein Ausbruch

war; nach der JVA erschien ihm der Nähmaschinenpalast nur noch als weiteres Gefängnis. Ich sah Chucks feingliedrige Hände an, immer leicht gekrümmt, wie zusammengekrallt, als hielten sie noch die Sprühdosen, mit denen er dann über Hamburger Mauern und S-Bahnen herfiel, über Schiffsrümpfe und schlafende Segelflugzeuge. Ich sah die Paranoia in seinen Augen, den Schrei nach Berühmtheit, die sich verstecken muss, und ich konnte in diesen Augen sehen, wie er nachts die dreißig Stockwerke des Unicorn-Gebäudes hochkletterte, sichernd wie ein Tier. Er schrieb CHUCK YOU und CHUCKY NUMBER, malte Schießscharten auf die Fassade der Freiburg-Cottbuser. Galeristen gaben ihm Geld, um das Leichenweiß ihrer Wände zu beleben; Chuck nahm es und leerte die Minibar der Störtebeker-Suite im *Kieler Hof*. Als die Galeristen erschienen, fanden sie nur noch das Nest aus Gardinenfetzen und Telefonbüchern in der Badewanne.

Manchmal lieferten auch Zork oder Paul. Sie fuhren direkt mit dem Kinderwagen vor, in dem es klirrte und schepperte. Dann wieder lehnten sich alle zurück, und um Schlag Mittag trabte Zebras Hund heran, eine Familienpackung Würstchen in Folie zwischen den Zähnen. Dann griff auch ich zu; ich fühlte mich berechtigt, an Wunder zu glauben.

Ich lernte, mit ihnen Musik zu hören, vor dem Hauptbahnhof, unter dem Plexiglasvordach der Wandelhalle. Bisher hatte ich die Musik kaum wahrgenommen; sie war nicht für mich bestimmt gewesen, sondern für die Junkies, denen sie den Aufenthalt unerträglich machen sollte. Schmiddel und seine Gang aber wussten sie zu schätzen. Lässig lehnten sie an den schmiedeeisernen Säulen, unter Kristallhimmeln, schwelgten in Albinionis Adagio und Boccherini-Capriccios.

Ich sah, wie Paul die Hände in den Schoß legte und in der Musik versank, die aus den Lautsprechern drang. Ich blinzelte in die Runde, sah geschlossene Augen, schmelzende Gesichter. Das Orchester spielte Vivaldi, schloss den »Herbst« ab und fiedelte den »Winter« ein, auf den die Endlosschleife, wie im Leben, wieder den »Frühling« folgen ließ.

Ich sah Pauls Kindermörderaugen, verhangen von Fantasien, die nur aus seiner Kindheit stammen konnten, einer rebellischen, hyperaktiven Kindheit, hilflos behandelt mit Ritalin und Sedativa. Ich sah das Vorstadthaus mit der Terrakotta-Terrasse, sah Paul auf dem rot-weißen Polster der Hollywoodschaukel sitzen, die Fußspitzen geziert und aufmerksam auf den Boden gestellt. Die Gitarre hatte zwei Saiten und einen Riss quer über dem Korpus; er sang Lieder in einer Sprache, die keiner verstand. Stumm, hilflos stand die Mutter mit dem Kaffeetablett in den Händen.

Zu den Gedichten, die er unter den Kanalweiden schrieb, feuerte er sich bestimmt mit Hustensaft aus dem elterlichen Arzneischrank an. Enten und Schwäne näherten sich voll Vertrauen und Appetit; er fütterte sie mit misslungenen Entwürfen. Ich hatte seinen zartknochigen, skoliotischen Körper vor Augen, seine zerbrechlichen, aber scharfkantigen Hände; mit ihnen konnte er ohne Weiteres dem Anführer der Brandtstraßen-Bande das Jochbein gebrochen haben. »Selber Grunge«, hat er ihm womöglich noch entgegengehustet.

Ich stellte mir die Hennahaare vor, die als Junge zu ihm gepasst hätten, die Putzfrauenkittel, die Depressionen, den achtzehnten Geburtstag, allein mit einer Flasche Zitronenkorn und einer Wiederholung von »Die lustige Welt der Tiere« im TV. Ich stellte mir eine sexsüchtige, sorgfältig frisierte Tante vor, die im Grundbuchamt arbeitete und sich in seinem ersten Erfolgsroman wiedererkannte. Sie beschloss, nicht nur ihren, sondern auch seinen Tarnnamen zu enthüllen. Die Schmerzensgeldforderung ging an den Verlag; der Autor war nicht mehr aufzufinden. Die nachfolgenden Manuskripte hinterlegte er in toten Briefkästen.

Wenn ich Paul sah, vergaß ich endgültig, dass diese Musik einmal als Belästigung gemeint war. Ich sah, dass Pauls Augen jetzt geschlossen waren, sah sie wandern unter den Lidern; ich sah, wie Zebras Pferdeschwanz im Takt wippte. Leicht tauchten wir in den wohltemperierten »Schwanensee«, kraulten durch Debussys »Meer«. Zork nahm einen Schluck Gabba, Paul drückte seinen Teddybären. Zebra knarzte Chuck zu: »Sie spielen unser Lied.«

7

Ich hänge mit ihnen ab, dachte ich. Manchmal hing ich lang und intensiv mit ihnen ab, manchmal kurz und heftig. Unter der Brücke setzten wir schon am Nachmittag den Grill in Gang; Zork stopfte mir eine Süßkartoffel in den Mund. »Damit du groß und stark wirst, Uschi«, sagte er.

»Wieso Uschi«, fragte ich; »ich heiße Stella.«

»Bei uns«, sagte Zork, »heißt du Uschi.«

Und er sah mich an, als brütete er einen Wutausbruch aus, der sich durch seine Augen entladen würde, diese vorgewölbten, immer leicht tränenden Augen unter den halbkreisförmig gerundeten Brauen, über den durch alle Fettpolster hindurchstechenden Wangenknochen. Oder durch seine aufgeworfenen Lippen, auf denen immer Schaum stand in kleinen, knisternden Bläschen.

Ich sah, wie sein rechtes Knie zitterte; und ich stellte ihn mir auf Bühnen vor, im Thalia, der Schaubühne oder der Burg, in Mönchskutte oder Lumpenkittel, wie er, die Arme ausgebreitet, das Publikum fixierte, bis es unruhig wurde. Wie er dann die Arme fallen ließ und den Biologielehrer in der elften Reihe anschrie, der sich hinter seinem Programmheft verschanzte (»Geh raus, du Pisser«), um ihm dann durch die Reihen entgegenzuspringen und die Brille zu zerbrechen. Ich stellte ihn mir bei Dreharbeiten auf Neuguinea vor, wo er, angefüllt mit Aquavit und Weihwasser aus der Missionsstation, dem Regisseur an die Gurgel ging.

Wahrscheinlich hatte er sich dann, stellte ich mir vor, in einer ausgehöhlten Bananenstaude auf einem Frachter versteckt, bis er im Fruchthof von Hammerbrook ans Licht trat, auf der Straße stand und auf der Straße blieb.

Ich gewöhnte mich schnell an den Namen Uschi. Uschi, sagte ich zu mir, Uschi, Uschi, Uschi. Und bald begannen wir alle versöhnt zu rauchen, wie in den alten Filmen, als man noch den Hut in den Nacken schob, mit zusammengekniffenen Augen die Zigarette anzündete und sie auch beim Reden oder in der Badewanne nicht aus dem Mund nahm.

Die meiste Zeit aber warteten wir auf Schmiddel. Manchmal blieb Schmiddel ganze Tage weg. Mehr und mehr spürte ich, dass diese Tage ein Loch in mir aufrissen, das mich auslaugte und unruhig machte. Irgendwann kam er aber über den Hügel, stieg lautlos vom Bismarckdenkmal herab, schritt dann um den Grill, mit seiner ganzen verstörten Grazie.

Ich spürte sein Schweigen, die Unmöglichkeit, ihn kennenzulernen. Er ließ sich nicht beobachten, weil er selbst pausenlos beobachtete. Er ließ sich nicht anfassen, denn sein Kamelhaarmantel ließ nichts durch. Niemand wusste, ob er wach war oder schlief hinter seiner Sonnenbrille; er sah tot aus und unfassbar lebendig zugleich, wie die rätselhafte Katze des Physikers Schrödinger. Er war ein Spiegel, in dem sich jeder um jeden Preis spiegeln wollte; jeder wollte ihm etwas erzählen. Und auch ich stellte bald fest, dass ich, wenn ich mit ihm redete, im Grunde mit mir selbst sprach.

Doch immer spürte ich auch die harte, lichtundurchlässige Folie, die den Grund jedes Spiegels bildet. Ich stellte mir die Stellinger Sozialwohnung vor, in der er aufgewachsen sein konnte, die zwei Meter bis zur Tür, die zwei Meter bis zum Fenster. Ich stellte mir die Mutter vor, wie sie zierliche Nadeln in ein Püppchen bohrte: »Das wird dir noch leid tun, Chris.«

Dann die Abende allein auf dem Laminat mit den himbeerroten Flecken, allein mit Messer, Gabel, Schere, Licht. Die grobknochige Dame vom Jugendamt, begleitet von einem Polizisten und einer Krankenschwester. Das Kinderheim in Pinneberg, der Erzieher mit dem Kampferatem, dem trockenen Humor und den feuchten Händen, die Schmiddel manchmal nachts unter der Bettdecke am Steißbein spürte. Die Ausbrüche, zusammengekauert im letzten Wagen der S 3, verstohlen, doch mit ungebrochenem Stolz.

Ich stellte mir die Männer mit den dünnen Bärten und den dicken Uhren vor, die ihn auflasen bei seinen arglosen, traumverlorenen Streifzügen durch St. Pauli und St. Georg. Die ihn unter ihre Fittiche nahmen und nicht merkten, dass der Flügelschlag seiner Zukunft längst über ihnen schwebte wie Geierschwingen.

Ich stellte mir seine zahllosen Nächte vor zahllosen Türen vor, vor dem *Torsten 3000*, dem *Lüften*, dem *Tora Bora*. Es gab keine Gnade, keine Diskussion; seine Arbeit im *Crotch* bescherte ihm den Ruf des härtesten Türstehers der Stadt. Wenn er Leben in den Gesichtern sah, hob er kaum merklich die rechte Augenbraue. Wer aber schon tot war, bekam einen Klecks Ölfarbe auf die Stirn, damit er nicht wagte, sich ein zweites Mal anzustellen. Manche schleuderten ihm Schimpfworte hinterher, manche

Steine. Schmiddel fand es nicht nötig, sich zu ducken, denn sie trafen natürlich nie.

Irgendwann, stellte ich mir vor, begann Schmiddel, die Eingelassenen zu zeichnen. Mit der spitzen, jedes Papier zerfetzenden Feder seines Schulfüllers zeichnete er auf Bierdeckel, auf die Rückseiten von Flyern, auf ehrfürchtig gespannte Rücken und Hinterbacken. Die Modelle durften ihre Porträts behalten. Und schließlich begann er wohl, fast überhaupt niemanden mehr einzulassen, nur noch vier, fünf Leute pro Nacht. Das waren die wenigen Leute, die ihm ähnlich waren. Und es waren die noch viel selteneren Leute, die er nicht durchschaute. Denn Schmiddel, der Undurchschaubare, durchschaute so gut wie jeden.

Ich stellte mir vor, wie Schmiddels Zeichnungen sich auf den Weg durch die Stadt machten. Vielleicht klebten sie locker, von Heimkehrern im Morgengrauen mit der allerletzten Spucke befestigt, an Litfaßsäulen. Oder sie klemmten hinter Scheibenwischern oder auf den Gepäckträgern der Fahrräder. Sie plackten auf den *Abendpost*-Werbereitern vor den Kiosken, tauchten in den Auslagen der Schmuckabteilung im *Alsterhaus* auf. Sogar die Hautbilder konnten, noch im Flackerlicht abfotografiert, ihren Weg ins Netz gefunden haben, auf die Wände der Apartments oder, ausgedruckt, in vergebliche Liebesbriefe.

Das *Crotch* aber wurde zwangsläufig zu klein für Schmiddel. Womöglich wurde auch er zu groß für das *Crotch*. Und so konnte ich mir vorstellen, dass er sich nicht lange über die Kündigung beschwerte, sondern seine fünf Gäste um sich scharte und mit ihnen, ohne sich umzudrehen, die Straße hinaufschritt. Und sich schließlich selbst zum strengen und zugleich unendlich großzügigen Türsteher erklärte für eine ganze Stadt – unbestechlich Spreu vom Weizen scheidend, Licht von der Finsternis und das Echte vom Falschen.

Jetzt ging er neben mir in die Hocke. Er starrte in die Glut und sah mich nicht an. Plötzlich fühlte ich mich ihm nahe wie nie zuvor. Ich fragte mich, ob Nina Löwitsch ihm jemals so nahe gekommen war, ob sie ihm jemals wirklich begegnet war.

Betty warf einen leeren Ölkanister ins Feuer, und eine krachende, prächtige Stichflamme schoss empor und schwärzte das Brückengewölbe.

Es dauerte nicht lange, bis ich mich traute, sie zu fotografieren. Ihre Bewegungen, die mir anfangs plump und unsicher erschienen waren, kamen mir längst poetisch vor, angefüllt mit der Kraft eines geheimen Codes.

Ich fotografierte Paul im offenen Hemd, an die Hausmauer gelehnt, fast liegend, die Beine gespreizt. Ich hielt Chucks Blick fest, strahlend vor Finsternis, wie im Gedanken an Blutrache oder Schlägereien im Hafen von Jakarta. Ich fotografierte Zebra, an Pauls linke Schulter gelehnt; die rechte Hand hing locker über seine Brust. Ihr Kopf neigte sich zu ihm herab, doch ihre Augen sahen aufmerksam und drohend in die Kamera, und auf Pauls rechter Seite saß Betty, leicht abseits, die Hände locker im Schoß. Und ich fotografierte mich selbst mit ihnen. Und erstaunt konnte ich sehen, wie sie auf den Bildern an Wirklichkeit verloren und ich an Wirklichkeit gewann.

Ich hielt den glorreichen Moment fest, in dem Chucks Fuß eine Bierdose traf, absichtslos, als wäre sie nicht da, als wäre der Kick nur ein Schritt. Ich fotografierte seinen bandagierten Arm, den Mittelfinger in der Luft. Ich fotografierte ihn im Gegenlicht,

Hände in den Taschen, seine Mondkönig-Augen, seinen Sprühdosen-Blick. Die Zigarette steckte rechtwinklig in der Faust, ein Pistolenlauf: jeder Zug ein toter Pendler.

Ich fotografierte ihn auf dem Rückweg vom Rail-&-Clean-Klo. Aus den Lautsprechern hüpfte Händels »Wassermusik«. Und wieder überwältigte mich die schöne und aufregende Gewissheit, dass nicht das Haben zählte, sondern nur das Sein, das gewisse Etwas, das *Je-ne-sais-quoi*, das man nicht lernen konnte und das nichts anderes war als Gnade.

Ich fotografierte Paul, wie er eine Platane hinaufkletterte; er verfolgte ein Eichhörnchen, das sich den Kopf in einem Joghurtbecher eingeklemmt hatte. Am Ende des zweiten Astes erwischte Paul den Schweif mit der linken Hand, ließ das Tier in der Luft hängen, fummelte mit der Rechten den Becher ab. Dann schritt er mit gemessenem Gang hinüber zum orangefarbenen Müllkorb und warf den Becher nach kurzem Antäuschen ins Schwarze.

Und ich fotografierte Schmiddel in der Glasskulptur an der Alster, stellte ihn auf den dreieckigen Grundriss zwischen spiegelnden Scheiben. Schmiddel stand in seinem Diamanten, drehte sich grazil auf der Schuhspitze, streckte die Hand aus und klopfte an die Glaswände. Es sah aus, als wäre ihm die Skulptur auf den Leib geschneidert; als wäre er selbst eine lebende Skulptur.

»Schön, nicht«, sagte ich. »Hat ein amerikanischer Künstler für dich gebaut.«

»Schön«, stimmte Schmiddel zu und drehte sich weiter.

8

Patricks nachdenkliche Blicke konnten mich nicht beirren. Manchmal hielt er beim Essen das buttertriefende Messer in der Schwebe, sah mich an, als warte er auf etwas, bevor er weiterschmieren konnte. Ich hob die Brauen, spitzte störrisch den Mund und wandte mich dem Käse zu.

Wenn ich allein zu Hause war, wanderte ich jetzt durch die Wohnung wie ein Zootier. Ansatzlos wendete ich an der Heizung im Atelier, marschierte entschlossen auf die Schlafzimmertür zu. Für eine Weile stand ich am Fenster, ohne meine Gedanken zu vermissen. In der Küche räumte ich die Zwiebeln ins Gemüsefach des Kühlschranks, machte mir einen Ingwertee, trug ihn ins Wohnzimmer. Ich stand auf, um das Wohnzimmerfenster zu schließen; als ich mich an der Heizung wiederfand, kontrollierte ich kurz, ob ich schon den Kopf schwenkte wie ein Eisbär.

Ich starrte die nackte, weißgetünchte Wand an. Ich begann, Papierabzüge mit Klebestreifen auf ihr zu verteilen; Bilder von Schmiddel und Zork, von Zebra, Chuck, Paul und Betty. Ich fragte mich, ob nicht auch Nina Löwitsch nur fotografierte, um die Wände hinter den Bildern nicht mehr sehen zu müssen, die unzähligen Wände ihres neusachlichen Berliner Paradieses.

Manchmal glaubte ich, dass auch Nina Wände hasste; dass sie angetreten war, sämtliche Wände der Welt zu zerstören. Vielleicht waren die Bilder, die sie anhäufte, Quadratmeter um Quadratmeter, nichts anderes als ein unermüdlicher Kampf gegen die Wände, ein Kampf um ihre Auflösung, um ihre Vernichtung. Und ich wusste, dass Nina diesen Kampf nicht gewinnen konnte; denn aus den vier Wänden ihrer Studienzeit waren längst vierzig geworden, vierhundert, ständig vermehrt um Hotelzimmerwände, Lagerhallenwände und Studiowände in umgebauten Bunkern.

Ich stellte den Fernseher an. Die Moderatorin sprach über die *Reichen und Schönen* und meinte Hertha Freifrau von Thun. Ich schaltete den Fernseher ab, stieg aufs Fahrrad und machte mich auf den Weg zur Brücke.

Morgens bemühte ich mich, ihr Aufwachen nicht zu verpassen, den kostbaren Moment des Tagesbeginns. Ich hatte die Nikon bereit, wenn Chuck das Gesicht aus der Kapuze schälte, wenn Zebras Schnarchen in seidiges Kratzen überging, wenn Schmiddel wie ein Schweizer Offiziersmesser in die Senkrechte klappte. Ich drückte ab, wenn Zorks Morgenschrei dafür sorgte, dass auch Pauls Haarmob sich endlich aus dem Schlafsack schob.

Ich folgte ihnen zur Morgentoilette in den kleinen Toilettenbungalow am Abhang des Bismarckdenkmals. Und irgendwann landeten wir dann wieder am Hauptbahnhof, in den silbernen Klangwolken Haydns, Scarlattis und Telemanns. Der Gabba lief die Kehle hinab wie Lava, und Schmiddel nahm die Sonnenbrille ab und blickte visionär aus schmalen Augen. Und jetzt sah ich sie endlich, die Augen, starr und blass, wie Gesine sie beschrieben hatte; *sie strahlten derart, dass sie eigenartig farblos waren.*

Als ich mit Zebra vom *Stadt München* zurückkam, vom Etagenbad im fünften Stock (»Je höher, umso besser«, hatte Zebra im Fahrstuhl gesagt. »Ist nicht nur ruhiger. Gibt auch ein besseres Gefühl«), hatten sich zwei Beamte der Bahnhofsaufsicht vor unserem Stützpunkt aufgestellt.

»So, Herrschaften«, sagte der Ältere gerade. »Jetzt packen wir mal zusammen und gehen nach Hause. Der Platz hier ist für den Reiseverkehr da.«

Schmiddel blinzelte die beiden an, als müsse er sich erinnern. Er stand vor ihnen wie ein Präsident; als wäre er zum Bahnhof gekommen, um die Delegation irgendeines Mosambiks oder Vanuatus zu empfangen, ihre lachhaften Handelsbeziehungen, die Zumutungen ihrer Freundschaft. »Oh«, machte er schließlich. »Oh.«

Der jüngere Beamte, ein dünner Mann mit Drahtbrille und plattgedrücktem Seitenscheitel, wandte sich, wohl ermutigt von ihrem trügerisch milden Gesicht, an Zebra: »Gute Frau«, sagte er. »Machen Sie es uns doch nicht so schwer.«

Zebra packte das Halstuch ihres Hundes, der gemütlich, aber ausführlich zu knurren begann. Jetzt hatte der Ältere meine Kamera entdeckt: »Was machen Sie denn hier«, sagte er und zeigte auf den Apparat, der jetzt vorkragte wie ein bizarrer Auswuchs.

»Wir machen eine Fotoproduktion«, sagte ich lauter, als ich wollte. »Im Auftrag der Bundeszentrale für politische Bildung.«

Der blonde Afghane blickte mürrisch zur Seite, nahm einen guten Schluck aus der Flasche. Ich sah den bandagierten Knöchel, der unter den Streifen des Hosenschlags aufblitzte. Oft hatte ich mich gefragt, wo Chuck seine Verbände herhatte; fast jede Woche präsentierte er einen neuen, am Arm, am Kopf, manchmal sogar am Bauch. Ich fragte mich, ob er die Ärzte im Tropenkrankenhaus immer wieder dazu überredete, ihn in diese Verbände zu wickeln, ob er sich Verletzungen zufügte oder Knochenbrüche simulierte. Doch ich musste zugeben, dass diese Mullschlingen verwegen aussahen; an Chucks Körper waren es keine Heilmittel, sondern Accessoires.

Ich hob die Kamera, zielte dem Beamten direkt ins Gesicht. »Haben Sie da was Schriftliches«, setzte der Ältere an, doch der Jüngere fiel ihm ins Wort: »Dann wäre das ja geklärt«, sagte er hastig, bevor ich auch ihn ins Visier nehmen konnte. Dann zerrte er seinen Kollegen zur weiteren Beobachtung der Situation in den Schatten der Imbissbude zurück.

Als wir aufstanden und Schmiddel folgten, der sich Richtung Alstertor in Bewegung setzte, verlor niemand über den Vorfall mehr ein Wort.

9

Dass Schmiddel noch immer mein Smartphone in Verwahrung hielt, fiel mir erst wieder ein, als Patrick anrief. Schmiddel meldete sich mit »Ja«, dann versank er in versonnenes Kichern. Ich hörte Patricks Stimme an Schmiddels Ohr, die laut wurde und dann verebbte. Als ich Schmiddel das Gerät vom Ohr nahm, hatte Patrick schon aufgelegt.

»Ein Anruf für dich«, sagte Schmiddel. »Der hat schon paarmal angerufen.«

»Wer«, fragte ich mit einer Erregung, die mich ärgerte.

»Keine Ahnung«, sagte Schmiddel. »Ich hab gesagt, ich weiß nicht, wo du bist. Ich hab gesagt: ›Wenn's was Wichtiges ist, werden Sie schon noch mal wieder anrufen.‹«

Dann drehte er sich um und stolzierte, die Hände in den Manteltaschen, von dannen.

Auf die beleidigten Vorhaltungen, die Patrick unter Suchen und Räuspern im Badezimmer vorbrachte, hatte ich nichts zu entgegnen. Ich weigerte mich, preiszugeben, wer der Mann am Telefon war. Woher sollte ich wissen, wer Schmiddel war? Ich konnte nicht einmal sagen, was Schmiddel für mich *bedeutete*. Wenn ich mich in jemanden verliebt hatte, dann war es die Gruppe; ihr Charisma, ihre Faszination, die alte schwarze Magie.

Ich hätte gern Nina Löwitsch angerufen, wie zu unserer Studienzeit, als wir mit unseren Verliebtheiten der anderen straflos auf die Nerven fallen konnten. Warum meldet die Gruppe sich nicht? Warum spricht sie so wenig, und wenn, dann als spräche sie zu sich selbst? Hat unsere Beziehung Zukunft? Findest du nicht auch, dass ihre Lachfältchen hinreißend sind? Soll ich ihr sagen, wie toll ich sie finde? Nutzt sie mich aus? Hat sie vielleicht noch eine andere? Ich habe Angst, ihr meine Freunde vorzustellen. Oft habe ich das Gefühl, es geht ihr nur ums Bett. Du, ich muss Schluss machen, da kommt sie gerade.

Manchmal stellte ich mir vor, wir wären eine Band. Ich stellte mir vor, wie wir im Übungsraum an den Kühlschrank gingen, bevor wir die Instrumente anschlössen, wie wir Hotelzimmer auseinandernähmen, nicht, um sie zu zerstören, sondern um ihnen Stil zu geben, einen Sinn. Am Schlagzeug Betty, die stumpfe Schweigerin; Zebra, die Intellektuelle, am Bass. Der verträumte Paul an der Rhythmus-, Chuck, die Rampensau, an der Leadgitarre. Zork, der Sänger, mit seiner Kommandostimme und den gefährlichen Blicken; Schmiddel, der Manager, pervers, zerstreut und genial. Und ich selbst wäre die Produzentin, immer im Dienst des Sounds, des Ungreifbaren, in dem das Wesen der Musik liegt. Mein Handwerk wäre es, die Zeichen der Künstler in lesbare Schrift zu übersetzen. Und mein Werkzeug war, naturgemäß, die Kamera.

Und schließlich stellte ich mir sogar unseren Tod vor, der gewaltig wäre – schwerelos treibend auf der Wasseroberfläche in einem Swimmingpool, bäuchlings, den letzten Blick in die zitternde Tiefe. Oder in der Badewanne eines Pariser Appartements, purpurfarbene Blutergüsse über den Herzen. Ich stellte mir Schlaftabletten vor, die neugierigen Klumpen von Erbrochenen, die andächtig durch unsere Lungen wanderten. Den Blick in die Schrotflinte, oder die Schüsse in unsere taumelnden Körper, gegen Mitternacht, unser lippenstiftrotes Blut auf dem Bürgersteig, das sich stockend ausbreitete, während der Mörder noch ein paar Seiten *Fänger im Roggen* las. Und endlich wären wir alle wieder siebenundzwanzig Jahre alt.

Vielleicht hatte es wirklich mit Verliebtheit zu tun. Ich hatte mich verliebt – in die Unwiderstehlichkeit, mit der sie durch den Nebel kamen, über den Köpfen und unter den Füßen die schwarzen, weichen Silhouetten der Eichenblätter. Sie sahen so lässig aus, frech und provokant; die Kamera liebte sie schließlich auch, warum nicht ich.

Ich mochte Zebras Militanz, ihre Unversöhnlichkeit, ihre monumentale Humorlosigkeit, wie sie jenseits aller Kompromisse blüht. Ich liebte es, wenn sie Wörter wie »Mietwucher« sagte, »intrigante Lügner« oder »korrupte Ratten«. Und sofort stellte ich mir ihre knochigen, aber flinken Hände wieder an der Kalaschnikow vor oder am Steuer eines Fluchtfahrzeugs.

Ich mochte Chucks wilde Weisheit, die freundliche Unberührbarkeit des Junkies aus guter Familie, seinen Übermut, seinen asketischen Hedonismus. Ich bewunderte Pauls murmelnde Selbstgespräche mit verschränkten Armen und zusammengekniffenen Augen; es war Poesie, deren Text ich nur noch ergänzen musste. Es war ein tägliches Wunder, seine Millionen Gedanken ans Tageslicht zu fördern, die als unentwirrbares Knäuel in ihm wohnten; zog man am einen Ende, knotete sich der Rest in seinem Innern umso fester zusammen.

Ich genoss sogar die Angst, die mir Zork einflößte mit seinem pampigen Grinsen, seinen funkelnd blauen Augen und dem flackernden, gestörten Charme darin. Ich sah, wie er rauchte; er blies nicht nur Ringe, sondern Gestirne – Sonne und Halbmond, Jupiter und Saturn, Penis und Vagina. Fasziniert sah ich ihm zu, und Zork fing an zu schreien, einen Liter Gabba im Leib, mit seiner bösen, strahlenden Stimme: »Wer ist diese Kuh, und warum starrt sie mich an.«

Ich wusste, dass es keine Schönheit gab ohne Gefahr. Bald stellte ich fest, dass er Frauen hasste; selbst an seiner Schlaflosigkeit waren sie schuld. »Überall sind die«, sagte er. »Ich kann die riechen. Die riechen wie Pferde, wie junge, gewaschene Pferde. Da machst du kein Auge zu.«

10

Manchmal beobachtete ich die Gang aus der Ferne. Ich saß in der *Bodega Nagel* gegenüber und aß ein Kotelett mit Senfgurken. Und selbst wenn sie nicht da waren, saß ich dort von Zeit zu Zeit am Fenster, starrte auf den Bahnhofsvorplatz und spürte, wie die Abwesenheit der Gruppe ein Vakuum herstellte, das die Scheiben zittern ließ.

Manchmal fragte ich mich, was sie von mir erwarteten. Ich hoffte nur, dass es nicht Geld war. Einmal, als mir Chuck die offene Hand vor die Nase hielt, bekam ich einen Schrecken. Ich stellte mich dumm, bis Chuck die Finger schloss, die Faust herumriss und mir dann noch einmal die offene Handfläche präsentierte, auf der jetzt ein toter Schmetterling lag. Erleichtert fotografierte ich das zerknüllte Insekt.

Die Vorstellung, ihre Freundschaft mit Geld erkaufen zu müssen, war mir zuwider. Ich wusste ja, wie naiv die Idee war, dass es Liebe nur gegen Liebe gibt, Freundschaft nur gegen Freundschaft. Aber ich hatte sie erlebt, die Sammler, die ein Gemälde bezahlten, um den Maler zu kaufen; die Anwälte, Reeder und Kakaospekulanten, die sich Schriftsteller und Schauspieler auf ihre Gartenpartys einluden, und dazu noch ein paar Fotografen wie mich, um ihre Erwerbungen zu dokumentieren.

Aber irgendwann pinkelten die Künstler ihnen dann immer in den Kamin.

Dass ich aufhörte, mich zu schminken, fiel Patrick früher auf als mir selbst. Ich lachte; dann zog ich mit der Gang ins Zoologische Museum, wo der Eintritt frei war und das Licht wie Moos. Knapp nickten wir einander zu, hoben die Plastikbecher aus dem Wasserspender, Safarijäger beim Morgenkaffee, Blechtassen umkrallend am heruntergekohlten Feuer. Wir schlugen einander auf die Schultern, mit leichtem Ekel nach all den Wochen der Nähe, der gemeinsam überstandenen Gefahr. Braun- und Kodiakbär erstarrten in Tanzhaltung, der Schneeleopard verhoffte im Kunstschnee. Der Sibirische Tiger streckte sich zu sehnsüchtiger Länge. Wie saßen zusammen, einfach so; wir redeten, wir lachten und versanken in unser virtuoses Schweigen, das ich jetzt erst zu schätzen lernte. Im Tropenhaus von Planten un Blomen, zwischen ägyptischen Fächerpalmen und Brotfruchtbäumen, lagen wir im Sand, in der Urwaldschwüle, aßen Jackfrüchte, atmeten seltsame Düfte nach Brie und Flieder. Exotisch schrien Vögel, balgten sich um Bäume. Riesige Blätter flappten vor dem Glasdach, und Paul gurgelte selig im Tropenkoller.

Irgendwann trollten wir uns immer zum Mittagsschlaf ins *SUN CITY* an der Grindelallee. »Der einzige Ort, wo man im Sommer Schatten hat«, sagte Chuck, exquisit braungebrannt. Als ich Geld einwerfen wollte, hielt Chuck meine Hand fest; zögernd breitete ich mich auf dem Rost aus. Mit leichter Beklemmung sah ich, wie er den Deckel über mir schloss; dann war es dunkel und still. So stellte ich mir die Samadhi-Tanks von Sri Lanka vor, auf die Nana von Theuningen schwor. Nach einer Viertelstunde machte sich Schmiddel zur Weckrunde auf.

Es gab so viel zu tun. Wir brannten an beiden Enden, lebten jeden Tag, als wäre er der letzte oder der erste vom Rest unseres

Lebens. Paul holte belegte Brötchen vom Occupy-Camp am Gerhart-Hauptmann-Platz; wir verzehrten die Beute an den Stehtischen von Fisch-Gosch in der Gänsemarktpassage. Wir sangen Shantys und sahen zu, wie die anderen Gäste verbissen ihre Langustenkrusten zermalmten. Am nächsten Tag schifften wir uns auf dem Kreuzfahrtschiff »Smutje Lührs« ein, dessen Passagiere gerade vom Landgang kamen, stachen unbemerkt mit ihnen in See. Die Ausflüge in Oslo, Bergen, Narvik und Tromsø ersparten wir uns; die Bingoabende saßen wir auf dem Sonnendeck aus. Dort kauerten wir an roten, leuchtenden Abenden in der Wärme des Schornsteins, im würzigen Duft nach Rauch und bitteren Fischen, bis es Zeit wurde zur Nachtruhe im Rettungsboot. Und morgens standen wir pünktlich um acht im Speisesaal am Buffet, das Tablett geübt gegen die Hüfte geklemmt.

Nach der Rückkehr saßen wir wieder abendelang am Abhang über der Elbe; unter uns tanzten Lichter auf den Wellen; der Himmel schimmerte wie eine Austernschale. Jetzt bloß nicht nachdenken, dachte ich. Ich wusste, wie abstoßend das Nachdenken war, das Grübeln, die Hölle der Reflexion. Man bekam Pickel davon, Hämorrhoiden und schlechte Laune.

Trotzdem musste ich dann manchmal an meine Schulzeit denken, an Sophie Mevissen, die in Multitude-Sneakers ihre Gruppe anführte. Sie wohnte nur zwei Kilometer von mir entfernt. Doch sie wohnte nicht in einem Mietshaus wie wir, mit Fenstern in der Größe von Fernsehbildschirmen. Sie wohnte in einer Klinkervilla mit Garten und Panoramascheiben. Und während sie Sommerfeste im Poloverein feierte oder zu den Scheunenpartys im umgebauten Vierkanthof von Tassilo Hebestreits

Eltern ging, verbrachte ich die Tage und Nächte mit den unverkauften Zeitschriften, die mein Vater im Hinterraum seines Kiosks stapelte, bevor er sie als Remittenden an den Vertrieb zurückschickte.

Manchmal hatte ich ihn auch während der Öffnungszeiten besucht, saß blätternd im Hintergrund, während der Vater als Silhouette der Vergeblichkeit vor der Luke stand, ausgeschnitten von einem fast sakralen Gegenlicht. So lernte ich alles über höhere Lebensformen, über die Lebensformen der Höheren, über Aufstieg und Fall. Ich umgab mich mit Gesichtern, deren Schönheit Sophie Mevissens leicht teigigen Teint oder die Segelohren Tassilo Hebestreits überstrahlte wie der Pfau das Sumpfhuhn.

Ich hatte Umgang mit Menschen, die Sätze sagten wie: »Ich mache alles, was meinen Gefühlen entspricht«, »Wenn ich nicht schreiben würde, müsste ich mich umbringen« oder: »Das Größte ist, wenn mir auf dem Bürgersteig ein wildfremder Mensch entgegenkommt und sich für einen Song bedankt. Das ist schön und bedeutet mir sehr viel.«

Manchmal nahm ich die Hefte mit in die Schule. Und während Tassilo Hebestreit sein Polohemd aufknöpfte und die Höhepunkte der Partys rekapitulierte und wenn ich mich dann schuldig fühlte, dass ich nicht eingeladen war, dann eröffnete mir ein Blick auf die Seiten die Möglichkeit der Gnade.

Und jetzt sah ich in den schimmernden Himmel, hörte das melodische Gurgeln Pauls und hatte fast das Gefühl, auf die Gnade verzichten zu können. Chuck spuckte ins Wasser, und Zork reichte die Gabba-Flasche herum. Ich winkte sie großzügig durch, ließ Zebra den Vortritt; ihr Handrücken wischte Rinnsale von ihrem glänzenden Hals. Zork hielt die Flasche Paul an den Hals und wurde zornig, weil Paul es mit sich geschehen ließ; vor Zorn öffnete er gleich die nächste Flasche. Nach einer halben Stunde erschien Zebras Hund. Er trug einen Geschenkkorb im Maul; ich las die silberne Banderole: »3. Volkslauf Apotheker-Krankenkasse«.

Zork griff zielsicher nach der Magnumflasche Duc de Gay-Lussac. Chuck machte sich über den Obstler her. Dann kletterte er auf die Laterne, wo er mit getrockneten Tomaten warf. Paul lachte sein wildes Lachen, das immer wie überrascht klang; Zebra verschlang die Salami mitsamt der bereiften Pelle. In ihren Augen sah ich den Amazonenblick Natacha Gilots in »Zapatista!«. Chuck sang »Hamburg, meine Perle«; Betty und Zebra lagen ihm symmetrisch zu Füßen. Ich musste an eins meiner Lieblingsfotos von Nina Löwitsch denken: The Scavengers, backstage im *Le Plébiscite*.

Ich lehnte mich zurück, rauchte und lachte still. Dann fotografierte ich Zork, der elegant an einem Motorrad lehnte, mit feinem Lächeln und diagonal gestrecktem Arm. Funkelnd starrte er in die Kamera; dann ruderte er mit den Armen, und die Maschine durchstieß das hölzerne Geländer, taumelte graziös und verschwand unerwartet stumm in der Nacht.

Zebra lachte, den Tränen nahe. Sie umarmte Zork und gleich darauf Chuck; sie umarmte Schmiddel, Paul, Betty und sogar mich. Sie umarmte auch den Mann vom Ordnungsamt, der plötzlich dort aufragte, wo eben noch das Motorrad gestanden hatte.

»Du bist ein Planet«, sagte ich zu Schmiddel, »und gleich stößt du mit der Erde zusammen.«

Und Schmiddel lachte.

11

Schon nach drei Wochen verlor ich meine Allergien gegen Brennnessel-, Beifuß- und Spitzwegerichpollen. Chucks freches Lachen, Pauls moortiefe, somnambul braune Augen stifteten mich wie nie zuvor zu Einfällen an. Und ich wusste wieder, dass genug nicht genug war und mehr immer noch mehr.

Bald merkte ich, dass die Kreuzfahrt die Gang auf neue Ideen gebracht hatte. Wo vorher Revierverhalten geherrscht hatte, wuchs nun die Lust an zielloser Bewegung, am *dérive*, wie der arme Patrick sagen würde. Von nun an verbrachten wir unsere Tage unterwegs. Ohne Unterlass liefen wir durch die Straßen, sonnengebräunt und mediterran. Wir sprachen nicht viel; wir ließen unsere Blicke sprechen, unseren Duft nach Trüffeln. Oder wir trugen Sonnenbrillen, die ich nach Schmiddels Vorbild im Drogeriemarkt gekauft hatte: »ZZ Top«, rief uns ein Tankwart an der Fruchtallee hinterher. Wir waren lässig, entspannt, unangestrengt und gut gelaunt; wir bewegten uns mit der Leichtigkeit, die aus harter Arbeit kommt.

Wir verließen die gewohnten Bahnen, eroberten Neuland. Wir brachen zu Reisen ins Unbekannte auf, ans Ende der Vernunft. In schöner Ziellosigkeit liefen wir nebeneinander her; bog ich an einer Kreuzung links ab, schlugen die anderen den Weg nach rechts ein. Gab einer ein Kommando, folgten die anderen der Gegenrichtung, und auch ich hatte jede Abzweigung schon an der nächsten vergessen.

Von jeder Nebenstraße ließ ich mich überraschen. Ich war aus meiner chronischen Aufmerksamkeit entlassen, wanderte befreit ihrem Lärmen und Singen hinterher. Zeigte eine Ampel Rot, setzten wir uns in Bewegung, und sobald wir eine Gaststätte wiedererkannten oder einen Supermarkt, hielten wir an und machten kehrt.

Wir liefen Ausfallstraßen entlang, durchquerten Wohnviertel mit Taxushecken, umrundeten Klärwerke und Kleingartenkolonien. Unvermittelt standen wir am Verkehrsübungsplatz, am Freimaurerkrankenhaus, am Deutschen Zusatzstoff-Museum. Selbstbewusst betraten wir die Norwegische Seemannskirche, die Oberfinanzdirektion, das Hafenterminal Toller Ort. Wenn wir wieder auf der Straße standen, rieben wir uns die Augen; längst hatten wir die Orientierung verloren. Nur eine Kette von Zufällen brachte uns wieder zurück zur Brücke.

So floss die Stadt auseinander unter unseren Schritten, trat schäumend und glitzernd über die Ufer. Sie verwirrte sich und bildete neue Knoten. Mit der U-Bahn ritten wir durch die Stadt wie Adelige über unsere Ländereien. Weitläufig verteilten wir uns über die Waggons, riefen uns über die Sitzreihen hinweg Sprüche zu. Manchmal bestiegen wir am Dammtor um 15 Uhr 05 den IC 2171, der von Westerland nach Stuttgart fuhr, bestellten im Bordrestaurant Bœuf Stroganoff und Dornfelder. Wir blickten auf die glänzende Alster, die Deichtorhallen und die Hafenanlagen, zeigten hinüber zur majestätischen Köhlbrandbrücke. Um 15 Uhr 38, bevor der Kellner mit der Rechnung kommen konnte, stiegen wir am Bahnhof Harburg wieder aus.

An heißen Tagen ging Zork mit Paul auf Frauenjagd. Er flüsterte auf Paul ein, gab ihm einen Stoß in die Rippen und schickte ihn ins Feld; Paul näherte sich den Frauen frontal und begann zu deklamieren. Ich sah die Ehrfurcht in ihren Gesichtern; nur noch drei Sätze, dachte ich, und sie schalten ihre Handys aus. In dem Moment kam Zork aus der Deckung und übernahm das Wort. Ich sah, wie die Frauen erleichtert lachten. Dann lachte auch Zork, bot den Frauen den Arm. Paul aber schaute längst einem Vogel hinterher, dem Blinken einer Ampel.

12

Eines Morgens fand ich die Wohnung in der Bernstorffstraße leer. Das Bett war benutzt, aber nicht mehr warm; die Unordnung der Laken konnte auch noch vom Vortag stammen. Ich war nicht müde; vergeblich suchte ich nach einer Tiersendung im Fernsehen, dann warf ich die letzte Staffel von »Born Pretty« ein. Der Kaffee aus der Espressomaschine schmeckte metallisch, körperlos; ich nahm mir vor, das Gerät zum Entkalken zu bringen.

Das Atelier lag noch im Dunkeln; nur in der Küche drang schon Licht durch die Jalousien. Ich setzte mich an den Tisch, breitete die italienische *Vogue* vor mir aus, dazu *Poop*, *Shine* und *Safari*. Auf dem Titelbild von .354 schmollte Bernardette Chevilleux im Navy-Seals-Dress, zwei zerdrückte Melonenscheiben in den Fäusten. Im Blättern flatterte ein blassblauer Zettel vom Tisch auf und schwebte sacht zu Boden. Ich hob ihn auf und erkannte Patricks Schrift, die ausgreifenden Über- und Unterlängen, mit denen er gern Selbstbewusstsein signalisierte. »Bin bei Petra«, las ich. »Nehme mal an, das ist OK. LG, P.«

Ich kannte keine Petra. Nie hätte ich eine Frau mit diesem Namen akzeptiert. Ich stellte mir eine Kollegin vor mit kleiner patziger Nase und kleinen Augen unter erschreckten Brauen und Fransenpony, ihren kleinen, atemlosen Mund. Ich stellte mir irgendeinen Abend nach irgendeiner Konferenz vor, Patrick und Petra gemeisam beim Italiener, Patrick zu Petra: »Ich weiß genau, wovon du sprichst. Pardon, ist das okay, wenn ich *du* sage?« Und dann die Geschichten, die Verzerrungen, die kopfnickend hervorgebrachten Urteile: »Auf mich wirkt sie irgendwie so – unnahbar.«

Ich ließ mir die lächerliche Alliteration auf der Zunge zergehen – Patrick und Petra, Petrick und Patra. Plötzlich fiel mir auf, dass es keinen muffigeren Buchstaben gab als P. Und noch mehr als die Desertion kränkte mich jetzt Patricks Wahl.

Ich hätte ihm gegönnt, durch die Bars zu ziehen und mit Wodkaatem flotte Jungssprüche zu verteilen, an Models und freie Kuratorinnen mit Schönheitsflecken im tiefen Rückenausschnitt. Vielleicht, dachte ich, hätte ich mir sogar gewünscht, ihn mit zwei Thalia-Schauspielerinnen oder drei Equity-Account-Managerinnen im Bett vorzufinden, Whiskyglas in der Hand und sein tiefes Lachen in der Brust: »Baby, was ist? Brauchst du noch 'ne Extraeinladung? U. A. w. g.«

Jetzt aber musste ich mich für Patrick schämen. Und so kam es, dass ich mich noch mehr für Patricks selbst schon fast patrickisierte Freundin schämte, die ich, die Tatsache verfestigte sich zunehmend hinter einem lauen, unfruchtbaren Nebel, schließlich nun mal immer noch war.

Im Küchenregal fand ich eine Flasche Pisco, deren Herkunft ich mir nicht erklären wollte. Der erste Schluck Pisco schmeckte muffig, fast wie der Buchstabe P. Nach dem zweiten Schluck merkte ich, dass mir die Beschämung, die in Patricks Wahl lag, fast recht war. Dass meine Beziehung zu Patrick vielleicht über Jahre nur dazu gedient hatte, Beweise gegen ihn zu sammeln; Indizien für ein grundsätzliches Ungenügen, das mich von jeder

Loyalität entband. Vielleicht war Petra gar kein Missverständnis. Vielleicht war von Anfang an ich das Missverständnis gewesen.

Ich begann, den Küchentisch aufzuräumen. Ich stapelte *Vogue Italia*, *Poop*, *Shine*, *Safari* und *.354* auf Kante. Ich merkte, wie gut mir das tat. Dann endlich fühlte ich mich so müde, dass ich mich sofort, die Jeans und den Churro-Pullover noch am Leib, in die Falten des aufgewühlten Lakens warf, in dem Patricks Geruch gerade noch zu erahnen war.

Die Stelle am Ende des Bauzauns, hoch über dem Abgrund zur Elbe, an der Schwindelfreie ohne große Anstrengung auf das Gelände der Elbphilharmonie klettern konnten, war nicht schwer zu finden gewesen. Schwieriger war es gewesen, Schmiddel und Zork, Paul, Chuck, Betty und Zebra von dem Matratzenlager unter der Brücke wegzulocken.

»Alles cool hier«, hatte ich gesagt, »aber was fehlt, ist die Idee.« Ich hatte auf die Sitzlandschaft gezeigt, die Matratzen, den Grill auf der Feuerstelle, die Wurstpelle in der Asche; alles zweckmäßig, aber zufällig.

»Vertraut mir einfach«, hatte ich gesagt. »Es wird euch gefallen, das versprech ich euch.« Aber Betty hatte verdreht auf einer Matratze gelegen und schwer geatmet. Zebra ging nicht ohne Betty. Paul hatte seinen Jenseitsblick aufgesetzt, indifferent, über den Dingen schwebend. Zork starrte mich brütend an, als warte er auf den Moment zum Zustechen.

Ich hatte den Prospekt, der mit der Einladung von Greystoke gekommen war, noch im Kopf. »Ein Haus für exzellente Musik und urbanes Erleben«, sagte ich. »Eine vertikale Stadt in der

Stadt. Öffentliche Räume und Konzertsäle überlagern sich mit Hotel, Restaurant und Apartments.«

Chuck sah mich mit kalten Augen an. Sein Bart changierte, alttestamentarisch vergoldet, im Schein des Grillfeuers.

»Eine Glasfassade aus tausendeinhundert Fenstern«, fuhr ich fort. »Gebogene Fenster, mit Rasterpunken aus Chrom bedruckt. Die ganze Fassade so groß wie drei Fußballfelder.«

Es war Schmiddel, dessen Wort schließlich, wie immer, den Ausschlag gab. »Gibt's da Mücken?«, fragte er.

»Zu hoch«, sagte ich und schüttelte strahlend den Kopf.

Im Abendlicht erreichten wir das Gebäude. Der Pförtner, der hinter seiner schmalen Sichtluke schwarze Zigaretten rauchte, konnte unseren Anmarsch nicht verfolgen. Großräumig umkurvten wir sein Blickfeld, schlichen den Bauzaun entlang, stiegen am Ende des Gitters auf die Mauer. Als meine Füße nach einem kurzen Balanceakt hoch über braungrünem Elbwasser auf dem Gelände aufsetzten, stellte ich mir vor, ich könnte Patricks untreues Fleisch unter den Sohlen spüren.

Chuck und Zebra brauchten eine Weile, um die wimmernde Betty über den Abgrund zu bugsieren. Widerstandslos drangen wir dann ins Parkhaus vor. Wir nahmen nicht die Serpentinen, sondern stiegen den gebogenen Tunnel hinauf, in dem einst die achtzig Meter lange Rolltreppe die Besucher aufwärtstragen sollte. Wir tauchten durch ein flirrendes Mosaik aus Glaspailletten, standen plötzlich vor dem Panoramafenster, tief unter uns Hafen und Landungsbrücken.

Aus allen Fenstern war das Wasser zu sehen. Die nackten Betonwände hatten die getöpferte Roheit der Villa Malaparte. Ich sah die Treppen, die Röhren, das beständige Auf und Ab. Es war eine stabile Konfrontation von Oben und Unten; wie im Himmel, wie im Leben; wie auf der Landzunge des Mister Prokosch.

Über einen weiteren Tunnel erreichten wir die Plaza. Erschüttert stand ich vor dem Übermaß des Raums, der sich jetzt, ohne die Feiergemeinde, ungestört ausdehnte.

»Viertausend Quadratmeter«, sagte ich stolz. »So groß wie der Rathausmarkt.«

»Dann ist das ja wie draußen«, mäkelte der unbestechliche Chuck.

Aber ich sagte nur: »Das ist noch besser.«

Chuck und Zebra blieben am Ausgang des Tunnels stehen, den Betty noch schnaufend und immer wieder abrutschend hochstakte. Schmiddel, Zork und Paul begannen, mit kräftigen Schritten das Gelände zu erkunden. Unbeeindruckt stemmten sie die Arme gegen die massigen, schrägen Säulen, standen, Fäuste in den Hüften, unter den riesigen Fensterbögen. »Und wer bezahlt das mal wieder«, meckerte Zebra. »Und für wen wird das mal wieder gebaut.«

»Für uns«, sagte ich und boxte Zebra freudig auf den Oberarm.

Im Großen Konzertsaal stiegen wir die steilen Sitzreihen hoch, kletterten von Terrasse zu Terrasse. »Wie in einem Weinberg«, zitierte ich den Katalog, und Zork sah sich durstig um. Paul prüfte die Akustik mit einem Vogelruf, Kohlammer oder Neuntöter. »Japanisches Klangdesign«, sagte ich stolz. »Da war ein Meister seines Fachs am Werk.«

Von Stockwerk zu Stockwerk wuchs mein Triumph. Im neunten Stock kletterten wir über Paletten und Packen von

Dämmwolle. Im Hoteltrakt empfing uns ein Hüttendorf aus Badezimmern, verpackt in Pressspan und Dämmwolle. »Rohre und Leitungen sind schon installiert«, stellte ich fest. »Was will man mehr.«

Durch einen schmalen Ausgang traten wir hinaus aufs Dach. Vor uns wogte ein Gebirge aus weißem Beton; es sah aus wie eine Ansammlung spitzer, schneebedeckter Gipfel. Holzlatten markierten den Aufstieg; Stufen ins ewige Eis. Ich wollte hinaufklettern. Ich wollte in die Höhe. Ich wollte die Krönung. Doch als ich Schmiddels abschätziges Gesicht sah, begnügte ich mich mit einem Foto.

Das Penthouse erreichten wir im Aufzug. »Sechsundzwanzigster Stock – Fitnessraum«, verkündete der Lautsprecher. Wir durchmaßen das zukünftige Gym, erklommen eine letzte Treppe und standen in einer riesigen, geneigten Pyramide aus Glas, deren Rückwand mit Wellblech verkleidet war. Verstohlen beobachtete ich Schmiddel aus den Augenwinkeln; ich glaubte zu sehen, dass auch sein Atem tiefer ging.

Von der Nordsee wälzten sich Containerschiffe heran. Ein Flugzeug mit Werbebanderole schwänzelte über den Himmel. Und unter uns lag Hamburg, schwoll dieser mächtige Strom, und es war, als könnten wir auf ihm gehen.

Auf dem Horizont lag der letzte rote Streifen Tageslicht. Ich presste meine Nase an das fünf Meter hohe Glasdreieck, während neben mir Chuck, Betty, Paul und Zebra Ruhe bewahrten. Doch auch sie sahen wohl wie ich zum ersten Mal, was wir immer geahnt hatten; dass die Elbe kein Kanal ist, sondern ein wirklicher Fluss, mit Windungen, Kurven und eleganten Schwüngen. Und dass schon kurz hinter Blankenese dieser

Fluss selber zum Meer wird, großzügig und nährend und alles enthaltend, was zum Leben nötig ist.

Kühn standen wir über dem Wasser, auf einem Bug, der Richtung Meer zielte, Könige der Welt. Und unsere Titanic konnte nicht untergehen, weil sie noch nicht einmal fertig war.

»Nicht schlecht«, sagte Paul in seiner erfrischend maulfaulen Art.

»Die schmeißen uns hier morgen früh wieder raus«, unkte Zebra. »Ist doch immer so. Die haben die Macht.«

»Hier wird schon seit Monaten nicht mehr gebaut«, sagte ich. »Da fangen die morgen auch noch nicht an.«

Es war ausgerechnet Zork, der mir zur Seite sprang; mit seiner Hilfe hätte ich am wenigsten gerechnet. Majestätisch schlug er mit den Flügeln seines Ledermantels. Dann sagte er: »Und wenn sie zu schnell sind, pissen wir ihnen in den Zement.«

Einen Karton Haushaltskerzen hatte ich mitgebracht. Später kamen Chuck und Betty die Treppe hinauf, unter den Armen vier Ballen Dämmwolle. Sie schoben die weichen Kissen zu Matratzen zusammen; Schmiddel wies ihnen die Plätze zu. Dynamisch arrangierte er sie im Raum. Bevor er fertig war, war Betty schon auf einem der Lager eingeschlafen.

Schließlich kam die Stille. Es war nicht die Abwesenheit von Lärm, die diese Stille so stark machte, so jenseitig; es war ihre *Dichte*, die aus komprimierter Weite bestand. Es fühlte sich an, als wären die Längen- und Breitengrade der Welt in diesem Punkt verknotet. Es war die *göttliche Stille*, die anzeigt, dass Engel im Raum sind.

13

Ab jetzt streifte ich die Wohnung in der Bernstorffstraße nur noch im Vorübergehen, so wie man mitten am prallsten Ferientag, mit vor Licht glühendem Kopf, das Hotelzimmer aufsucht, um für einen Moment den Sand abzuschütteln, im Schatten zu ruhen und sich dann zum Abendessen umzuziehen. Ich legte mir sogar einen Wäschevorrat an, in einem leeren Karton auf der dreiundzwanzigsten Etage.

Ich hatte meine Villa Malaparte gefunden, mein Schloss Duino, meine Factory. Hier konnte höchster Glanz auf tiefste Düsternis treffen, konnten Überwesen sich verlieren und Verlorene über sich hinauswachsen. Ich hörte Pauls komplexen, muskulösen Reden zu, seinen Ausbrüchen aus allen Konventionen. »Im Winter bläst mancher das Horn«, sagte er und riss die Augen auf. »Und im Sommer soll's das gewesen sein.«

Manchmal blieb Paul wochenlang in seiner Klause, unten im alten Kaispeicher, in den Räumen, in denen einmal das Klingende Museum einziehen sollte, die musikpädagogische Einrichtung für die ganze Familie. Wir störten ihn nicht, wollten nicht wissen, was er dort unten trieb, machten uns keine Sorgen um seine Ernährung. »Vielleicht geht er nachts raus«, vermutete Schmiddel. Ich war unsinnig gerührt, und vorsichtig umarmte ich ihn, bis ich spürte, dass er starr wurde und zu schwitzen begann.

Ich stellte fest, dass meine Fotos keine Anstrengung mehr brauchten, keine Entscheidung. Ich drückte jetzt ab, wie man beim Tanz in die Hände klatscht. Hier war es unmöglich, schlechte Fotos zu machen; und so wurde mir das Fotografieren zum Kreislauf, zum Stoffwechsel, der ohne Bewusstsein ein Ding in ein anderes verwandelte.

Ich nahm kaum noch wahr, was ich fotografierte. Ich wurde zur Allesfresserin. Ich fotografierte Chucks Grinsen, sein Flimmern zwischen Boshaftigkeit und unwiderstehlicher Freundlichkeit. Ich fotografierte Paul, wie er Palettenstapel türmte, dann ganz oben thronte wie ein Fakir und in eine Cabanossi biss. Ich verschlang das Leben und überließ die Verdauung der Kamera, die es einspeichelte, mit Enzymen versetzte und aufspaltete in Nahrhaftes und Auszuscheidendes.

Patricks reuige Anrufe gingen ins Leere. Mein Smartphone verlieh ich je nach Bedarf an Chuck, Zebra oder Schmiddel, die einander fotografierten oder filmten, bis der Akku leer war. Auch mein Zeitgefühl verlor ich schneller, als ich erwartet hatte; die Tage und Nächte, die ich fast ohne Unterbrechung in der Elbphilharmonie verbracht hatte, wollte ich schon bald nicht mehr zählen. Schon der Unterschied zwischen Tag und Nacht war kaum noch von Bedeutung, umso weniger der zwischen Sonntag und Montag.

Die Tage verbrachten wir in unserem Schloss im Fluss, im kühlen, erdigen Geruch nackten Betons; Chuck schlafend, die langen Wimpern über den weichen, vom Bart umwucherten Wangen. Am späten Nachmittag rieben wir uns die Augen, setzten die nackten Füße auf den körnigen Boden, liefen am Fleet entlang bis zum Jungfernstieg. Im Vorübergehen probierten wir Barry-Taschen an, Hüte von Burmester & Senefeld, Gürtel von Capo d'Astra. Wahrer Luxus war ein Wirbelwind, ein Flash; eine Sache des Moments, nicht der Dauer.

Am Alsterpavillon saßen wir auf den Pollern, sahen im gelben Abendlicht Segelbooten zu, über ihnen durchsichtiger Himmel, nur noch zarte Membran. Schließlich fiel Dunkelheit über den See. Wir schlenderten hinüber zum Yachtclub, schaukelten noch eine Weile auf den Booten, deren Besitzer längst bei Krabbencocktail und Weizenbier auf dem Terrassenponton saßen und Immobilienpreise verglichen; Zorks Beine unter den hochgekrempelten Hosen schimmerten aristokratisch bleich im Abendlicht.

Später, wenn die Verkäuferinnen in der Altstadt seufzend die Ladentüren abschlossen, kehrten wir zurück in die Geschäftsstraßen, die jetzt unser Eigentum waren. Scheppernd hallten unsere Schritte durch die Colonnaden, dumpf über den Neuen Wall, hell an den Wasserflächen der Alsterarkaden. Manchmal machten wir Rast am Mönckebergbrunnen; »Wow«, seufzte ich selig, »la dolce vita.« Und Zebra zog die Stiefeletten aus, löste die Haare, raffte ihre zahllosen Röcke, stieg mit Storchenbeinen ins Wasser und tauchte schaumgeboren aus den Fluten empor.

Ich sah die Augen der Menschen, die aus den Kinos geströmt kamen, um noch ein Glas im *Neydhardt's* oder im *Sotto Voce* zu nehmen. Und ich konnte in diesen Augen, wenn sie dann Zebras Ekstase zusahen, ihrem Schleiertanz mit den Geweben des Wassers, die Sehnsucht nach dem besseren Leben lesen und den Kampf gegen diese Sehnsucht, die von ihnen verlangt hätte, ihr Leben zu ändern.

Manchmal stärkten wir uns kurz bei einer Vernissage, die am Weg lag. Wir standen im Neonlicht, schauten aus gebräunten Gesichtern auf graue, mühsam gespannte Häute. Wir kippten den Wein noch am Serviertisch die Kehlen hinab und griffen dabei mit der Linken schon nach dem nächsten Glas.

Wir kamen und gingen gemeinsam, ängstlich und ehrfürchtig bestaunt. Die anderen Gäste machten uns den Weg frei, hoben ihre Weingläser wie einen Abwehrzauber. Wenn der Auftritt rund war, wenn nichts mehr zu sehen und zu zeigen war, gab Schmiddel das Zeichen zum Aufbruch, und wir zogen weiter zu unserer nächsten ersehnten, gefürchteten Heimsuchung.

Eines Abends traf ich, in einer Gruppenausstellung bei *Klemke & Klemke*, auf Gesine Speyerling. Gesine trug ein langes perlmuttfarbenes Kleid von Takemitsu und aufgesteckte Haare, dazu ein Halstuch in Tarnfarben. Sie sah aus wie die Witwe eines Kamikaze-Fliegers. Ich erkannte sie nicht gleich, und auch sie hatte Mühe, mich einzuordnen; »Stella«, sagte sie schließlich, tonlos, wie zu einem Geist, den man nicht wecken darf.

»Gesine«, sagte ich heiter. »Geht's dir gut. Was machst du.«

Gesine sah mich an, als dächte sie über eine absurde Frage nach. Sie sah an mir herunter, an meinem Trenchcoat, den weiche Flecken sprenkelten wie Schatten von Sommerlaub; er harmonierte mit Gesines Tarnhalstuch. Sie musterte mich, als könnte sie an meiner Kleidung, meinem Teint etwas ablesen; die Antwort auf eine Frage, die ihr partout nicht einzufallen schien.

»Wo kommst du her«, fragte sie schließlich, offenbar dankbar für ihren Geistesblitz. »Warst du auf Reisen.«

Ich musste grinsen. »Wie man's nimmt«, sagte ich. Ich roch

ihre Kosmetik, ihren Duft nach Badezimmer, nach *Arrogance* von Chloe Sarrazin.

»Ja«, sagte ich dann, um des Friedens willen. »Schon.«

Sie sah mir nicht ins Gesicht. Sie ließ jetzt ihren Blick auf meine Schuhe sinken, meine Vintage-Sneakers von Maldorada, die binnen weniger Wochen so sehr Vintage geworden waren, dass man sie als Maldorada kaum noch erkannte. Lächelnd und hilfesuchend sah sie sich um; ihr Blick fiel auf Paul und Zork. Einträchtig steuerten die beiden auf uns zu, mit frisch gefüllten Gläsern, in denen der Wein grünlich strahlte.

»Ihr kennt euch«, fragte ich. »Das ist Zork, und das ist Paul. Und das ist Gesine Speyerling.« Ich nickte ihr zu und wandte mich, mit einer Stimme, die nachsichtiger klang, als ich wollte, an Paul und Zork: »Ihr gehört die Agentur Evidence. Wenn ihr mal ein Event organisieren müsst, eine Ladeneröffnung, eine Modenschau – das ist eure Frau.«

Ich lächelte Zork zu, doch es war schon zu spät. Längst hatte Zork die Angst gewittert, die durch Gesines Kosmetik quoll, durch die reinliche Schicht aus Creme und *Arrogance*. Er trat noch einen Schritt näher an Gesine heran; umweglos musste sein Weinhauch jetzt in ihre Nase strömen.

»Für eine kleine Modenschau sind wir immer zu haben«, gurgelte er. »Vor allem Unterwäsche. Was trägt man denn heute da so?« Und er senkte seine zartrote, immer wieder überraschend kleine Nase tief in den Ausschnitt ihres Etwas von Takemitsu.

Gesine tat mir leid. Doch ich konnte nichts tun, um die Situation zu entschärfen. Zork tat, was er wollte; er war ein Herr von eigenen Gnaden. Wahrscheinlich lachte ich sogar etwas zu laut, denn Zork hob die Nase aus Gesines Dekolleté, stieß Paul mit dem Ellbogen an, dass sein Wein in die Luft spritzte. Sommerregen sprühte auf Gesines Kleid.

Zork wandte sich anderen Zielen zu. Paul folgte ihm; ich blieb allein mit Gesine. Sie blickte den beiden hinterher, atmete tief und innig durch, fast versonnen, aber rührte sich nicht vom Fleck. Es war zu viel geschehen, um einfach weiterzugehen.

Wir standen voreinander und suchten nach Worten. Ich sah, wie sie versuchte zu begreifen. Ich sah, dass sie mich nicht verstand; dass sie rätselte, ob sie mich bewundern, bemitleiden oder beneiden sollte.

»Was macht Brenda Stern«, fragte ich unbarmherzig. »Hast du Harold Breuninger gesehen.«

Gesine antwortete nicht. Dann sah sie wieder Paul und Zork hinterher. Ich sah ihre Augen, ihr gerötetes Gesicht; fast sah sie verträumt aus. Schließlich erlöste uns Schmiddel aus unserem Patt. Er sprach kein Wort, aber sein Blick sagte: »Wir müssen gehen.« Aus seiner rechten Faust ragte ein Stapel Visitenkarten.

»Ein Satz neue Karten«, murmelte er vor der Tür, versonnen, mehr zu sich selbst als zu uns. »Wie beim Poker.«

Später fielen wir mit langen Schritten über die Alsterwiesen her, über den Elbstrand, wo jetzt, wie in den Zeiten der Rauchzeichen, eine endlose Kette von Feuern aufloderte, unterhalten von Männern mit Baseballmützen auf den schütteren Haaren, bewundert von Hanseatinnen mit glänzenden Schultern. Manchmal stand zwischen zwei Feuern ein Gartengrill, umzingelt von Praktikern mit glühenden Gesichtern, feuerfesten Schürzen und Petroleum-Anzündern in den zupackenden Händen. Aus den rosa Papierverpackungen von Niemeyer oder Kothenschulte wickelten sie Koteletts, Nackensteaks und bleiche, wippende Würste. Je dunkler die Nacht wurde, desto mehr Neuankömmlinge scharten sich um die Feuer; knapp grüßend kamen sie von Neumühlen oder Teufelsbrück her, mit Sixpacks und beidhändig getragenen, schwankenden Plastiktüten. Es waren Karawanen, und so war es für uns ein Leichtes, uns einzureihen.

Wir sanken mit ihnen in den Sand. Wir lächelten sanft und unergründlich. Von Zeit zu Zeit baten wir einen aufspringenden Nachbarn, uns eine Krakauer oder einen Chicken Wing vom Grill mitzubringen. Im Übrigen hielten wir Abstand zu den Gastgebern, die das Grillgut verteilten und wussten, wer eingeladen war. Nur Paul schlurfte oft wie ein Schlafwandler auf den Grill zu, ließ die Hand lange und unschuldig kreisen, bevor er einen in Zitrone und Senf marinierten Tofuburger wählte.

Doch je später es wurde, desto durchlässiger wurden die Grenzen. Bald saßen wir ohne Anstrengung im Zentrum des Geschehens. Wir waren umringt von Männern, die sich hoffnungsvoll unter Zebras herrische Launen duckten, und von Frauen, die unter Zorks großherzigen Beleidigungen kichernd zerschmolzen. Die Bierkästen, zur Kühlung abseits im Wasser gelagert, waren für alle da; Chuck, der einen kräftigen Brauenknochen besaß, brauchte nicht einmal einen Flaschenöffner. Es war unnötig, Vorräte zu sammeln, denn die Reihe der Feuer war lang.

Manchmal arbeiteten wir uns so bis zum Falkensteiner Ufer vor. Manchmal scherten wir schon in Teufelsbrück aus, machten Rast auf irgendeinem Kinderspielplatz, um wieder zu uns zu finden. Wir legten ein paar schweigende Runden auf der Wippe ein, rotierten versunken auf hölzernen Federsitzen oder sahen

Paul zu, der unter dem Kletternetz einen Igel gefunden hatte und mit zärtlich zitternden Händen aufhob, um ihn ins Gebüsch zu tragen.

Später nahmen wir die letzte U 3 Richtung Barmbek oder einen Nachtbus, dessen Fahrer unsere abgelaufenen Fahrscheine nur flüchtig musterte, stiegen über den Zaun des Stadtparkbads. Lachend fielen wir ins Gras der Liegewiese; Nachtigallen jubelten auf. Paul tat es ihnen nach, klemmte einen Grashalm zwischen die Daumen und blies Klagelaute durch den Spalt. Zork und Chuck packten ihn an Armen und Beinen, schaukelten ihn hin und her und warfen ihn in hohem Bogen in den Pool.

Prustend krabbelte Paul an Land, das Stirntuch über den Augen, die Windjacke triefend wie schwere Seide. Und da stand dann Zork in seiner donnernden Männlichkeit, reichte ihm den ersten Schluck aus der Gabba-Flasche, und Paul stemmte die Linke in die Hüfte und trank die halbe Flasche ganz alleine aus.

Wenn der Gabba verzehrt war, legten alle die Kleider ab. Die Lichter der Stadt beglänzten den Sommerhimmel über dem Park; ich sah die Blicke, die Chuck und Zebra tauschten. Plötzlich rannte Zebra los, über den schon taufeuchten Rasen Richtung Pool; ich hörte den dumpfen Klang ihrer Füße, das Klatschen im Wasser. Dann hörte ich das Trampeln der ganzen Horde, und ich sah die Fontänen.

Ich blieb, die Nikon im Anschlag, unter der Buche sitzen. Die Rinde massierte meinen nackten Rücken. Manchmal blitzte ich wie nebenbei in ein Gesicht, das empört und belustigt aufglomm, die Haare wie Tang; ich fotografierte Zorks Bauch. Oder ich fotografierte die Wölbung von Zebras Slip, die auf dem

Bauch lag und verwöhnt und wissend ins Gras grinste, während Chuck ihr mit einem Grashalm über den Rücken fuhr.

Gegen Morgen, am Lagerfeuer auf der Steinfläche vor der Imbissbude, lag Zebra auf dem Rücken, den Kopf in Chucks Schoß, und wedelte nur manchmal gespielt unwillig mit der Hand, wenn Chucks Finger auf ihren Nabel zukrochen.

Zu diesem Zeitpunkt verließ ich gewöhnlich die Runde. Ich kletterte die Leiter zum Sprungturm hoch und kauerte mich auf die Plattform. Aus zehn Metern Höhe blickte ich auf die Blüte aus trägen Körpern hinab, spähte über die Wipfel Richtung Alster, Richtung City, wo in den Bürotürmen schon die ersten Lichter aufglommen. Ich fühlte mich wie eine Archäologin im nächtlichen Regenwald von Guatemala, auf der Spitze einer Maya-Pyramide in Tikal oder Bonampak, unter mir die Geräusche des undurchschaubaren Dschungels – das Winseln und Schlürfen, das Fauchen und Bellen, das Zischen, Wimmern und Heulen –, die allmählich verstummen und der stumpfen Klarheit des Tages Platz machen.

Wenn ich wieder herabstieg, hatten Paul und Betty, manchmal auch Zork, Schmiddel und Zebra – Chuck nur selten – noch die Liegestühle vom Stapel hinter den Klohäuschen hervorgezerrt und sich für ein Stündchen hingelegt. Da lagen sie, meine Freunde, in sicherem Abstand zum aufblühenden Tau und in göttlich hingeworfener Haltung, als wären sie aus dem Himmel geschwebt.

14

Einmal, an einem unerwartet kalten Augustabend, besuchten wir eine der legendären Partys des Dirigenten Nikolaus Schwanthaler. Schwanthaler war ein Anhänger fernöstlicher Philosophien; so feierte er wie jedes Jahr am achten Achten, dem glücksbringenden Tag der Chinesen. Nie war ich zu diesen Partys eingeladen gewesen. Doch in den letzten Wochen war meine Zurückhaltung gründlich verflogen.

Die beiden schwarzen Männer am Portal der Nienstedter Villa trugen cremefarbene Anzüge und grandios gelangweilte Blicke. Auf einem Tischchen ruhte ein schwarz gebundenes Buch mit der Gästeliste; die Männer warfen keinen Blick hinein. Sie stellten nicht einmal Fragen; sie malmten mit den Kinnbacken und starrten durch uns hindurch. Erst als Schmiddel die Vorhut übernahm und an den Männern vorbeistrebte, öffnete der linke der beiden den Mund, ohne den dünnen Schnurrbart auf der Oberlippe zu verschieben.

»Wer hat Sie eingeladen«, sagte er mit der Lautstärke, die aus der Gelassenheit kommt. Sein Kollege kräuselte die Mundwinkel, als hätte der andere einen Witz gemacht; in aller Ruhe knöpfte er sich den obersten Jackettknopf zu. Im Gegenzug setzte Schmiddel die Sonnenbrille ab. Feierlich sagte er dann, mit seinem hochmütigsten Kamelgesicht: »Uschi.«

Die erste Reaktion der beiden Männer war Grinsen. Dann

zwangen sie sich zum Ernst, sahen einander an. »Uschi«, sagte schließlich der eine. »Uschi«, wiederholte der andere. Nachdenklich wog er den Namen wie ein bedenkenswertes Argument. Schließlich ließ es sich nicht länger vermeiden, und sein Kollege öffnete das Buch.

Sein Finger stoppte an einem Namen, und der andere Mann sah ihm über die Schulter. »Wir hätten hier Ursli«, sagte er streng, fast besorgt. »Ursli Mergenthal.«

»Uschi«, beharrte Schmiddel und löste wieder unterdrücktes Kichern aus. Wissend lächelte ich den Zerberus an, der unsicher wurde und sich wieder in das Buch versenkte. Nach ein paar Sekunden machte er eine knappe Geste aus dem Handgelenk. »Dann viel Vergnügen«, sagte er übertrieben laut zu seinem Kollegen. Der sah mich an, als wäre ich der einzige berechenbare Faktor in dieser konfusen Lage.

»Na also«, sagte ich. Hinter mir, vom Gartentor, hörte ich Gelächter, darin eine Männerstimme. Ich erkannte den Bass Ursli Mergenthals, des Siegfrieds von Basel; ich trieb die Freunde zur Eile an. Drinnen verzog ich mich ohne Aufschub auf die Toilette.

Lange genoss ich das Aroma der Putzmittel. Ich zapfte einen türkisfarbenen Schwall aus dem Seifenspender, verrieb ihn in meinem Nacken. Als ich vor die Tür trat, hatte sich die Gruppe glücklich zerstreut, und ich hatte meine Ruhe wiedergewonnen.

Ich schlenderte unter Kronleuchtern hindurch, unter Kassettendecken, durchquerte Salons mit Seestücken an der Wand. Ich spürte, wie mich eine Art Hochmut erfasste; ich sah reife Männer in identischen Anzügen, ihre zurückgeworfenen Schultern, ihre übereinandergeschlagenen Arme; sie sahen aus wie Kellner, die auf die Bestellung warteten.

Ich erkannte die Sopranistin Sandra-Zerline Gerlach, in den Händen die Leinen mit den dahliengeschmückten Dalmatinern. Der Impresario Lew Przemysl beugte sich mit züngelndem Schal über eine hydrantengroße Dame in einem togaartigen Überwurf; ich glaube, es war Berenike Schwielow. Perko Janowitz schloss die rechte Hand um drei Finger Virna von Bastens, verdrehte ihren Arm zu einer seltsamen Schraube.

Der göttlichen Beatrice Schwanthaler wich ich aus; von fern sah ich zu, wie sie Tyll Nikodemus begrüßte und wissend lächelte, als sie die drei jungen Frauen in Tylls Gefolge sah. Ich glitt weiter über das Parkett, watete durch Teppiche, streifte eine Regalwand entlang; die Bücher waren nicht alphabetisch sortiert, sondern nach Notenwerten: A, H, C, D, E. Leise summte ich mit; ich spürte die Schwingungen meiner Organe.

Kurz dachte ich an Nina Löwitsch, ihren Hass auf die Lüge, ihren unerbittlichen Willen zum wahren Glanz. Schwach dämmerte mir, dass Nina dieses Fest vermutlich schon nach fünf Minuten verlassen hätte. Ohne Zorn hätte sie sich umgeschaut, abwesend an einem Glas Barolo genippt und es achtlos stehengelassen, unbekümmert um den krustigen Rand auf dem Mahagoni. Ihre wilden Begleiter, die mit gleichfalls entleerten Gesichtern hinter ihr durch die Zimmer patrouilliert wären, hätte sie dabei nicht angesehen, hätte nicht einmal mit ihnen getuschelt; kein Verengen der Augen, kein Grinsen um die Mundwinkel hätte ihren Spott verraten. Dann hätte sie auf die Uhr gesehen, als hätte jemals in ihrem Leben die Uhrzeit den Ausschlag gegeben für irgendetwas.

Und jeder ihrer Gefolgsleute, der diesen Blick gesehen hätte, hätte sein Glas beiseitegestellt, auf irgendein Intarsientischchen, irgendein stummes Klavier, und wäre Nina zum Ausgang gefolgt. Bis auf den einen, dem immer alles egal wäre und der noch einmal einer der dünnlippigen, vor Ungeduld langsam gewordenen Servierinnen ein Glas Barolo und ein Glas Sancerre vom Tablett gepickt hätte, um sich noch vor dem Abschied gleichzeitig Rotwein und Weißwein in beide Mundwinkel zu gießen.

So dachte ich an Nina Löwitsch, und Trotz stieg meine Speiseröhre hoch. Zum ersten Mal hatte ich das Gefühl, etwas erreicht zu haben, das Ninas Erfolgen ebenbürtig war; das Gefühl, sie auf ihrem eigenen Feld zu besiegen. Ich bildete mir ein, dass ich mir endlich das Recht erworben hatte, meine eigenen Regeln zu machen, und einen Standpunkt, der mir erlaubte, sie zu einem Spielchen nach diesen meinen Regeln aufzufordern. Ich spürte einen überwundenen Neid auf Nina Löwitsch, der sich wie Frieden anfühlte. Und so verkapselt war ich in meinen himmlischen Frieden, dass ich den Radau, der plötzlich aus Nikolaus Schwanthalers Salon dröhnte, nicht sofort als Musik erkannte.

Außerhalb des Konzertsaals duldete Nikolaus Schwanthaler nämlich keine Musik. Doch jemand musste den Fernseher gefunden haben oder ein Radio. Ich trat durch die Flügeltür in den Salon, traf auf eine Wand aus Rücken; routiniert schlüpfte ich hindurch. In der Mitte des Kreises erkannte ich Betty.

Betty war glorreich betrunken. Ihr Tanz war nur noch ein letzter Versuch, das Gleichgewicht zu halten. Eine faszinierte Menge sah zu, wie sie ein Knie anzog und ihr rechter Fuß diagonal vor dem linken landete; wie die Arme durch die Luft ruderten, wie ihr Kopf taumelte, als wären die Halssehnen durchschnitten. Jedes Mal, wenn der Kopf auf die Brust sackte, entblößte er die weiße Haut zwischen den Haarstoppeln. Gebannt starrten alle auf den Bauchnabel, der unter ihrem engen, zerrissenen Top aufblitzte wie ein bionischer Diamant, aus einem Krater gewachsen und fiebrig schimmernd. Und nicht eine Sekunde lang verschwand das Lächeln aus ihrem Gesicht, das unverwüstliche Delphinlächeln ihres breiten Mundes unter der langen Nase.

Ich musterte die Runde, die lässigen Hände in den Hosentaschen, die amüsiert grinsenden Gesichter. Doch hinter dem Grinsen erkannte ich eine Dankbarkeit, eine Bewunderung für Bettys Sprung, den sie selber nicht wagten, aus dem Äther ins Wirbeln der Elemente. Ich überließ Betty ihrem Publikum und lief weiter. Längst hatte ich auf den Straßen gelernt, wie man die Übersicht verliert, um endlich zu *finden*.

In einem stuckprallen Zimmer hing ein riesiges, mit Nesseltuch verhülltes Gemälde. Ich strich über den Stoff; ich genoss das Alleinsein mit diesem großen Bild, das sein Geheimnis hütete, genau wie auch ein Engel sein Geheimnis nicht preisgab. Der Nesselüberzug gab leicht nach; ich achtete darauf, das Bild nicht zu berühren. Ich richtete mich ein in diesem Raum; ich beschloss, diesen Raum nicht mehr zu verlassen, als ich vom Flur her den schneidenden Alt einer Frau hörte.

»Die Klunker hast du den Negern geklaut.«

»Ich glaube, Sie sind nicht mehr ganz nüchtern«, antwortete liebenswürdig eine zweite Frauenstimme; ich hörte das Lächeln in dieser Stimme, die summenden Elbsilben. »Aber es ist faszinierend, was Sie zu sagen haben.«

Ich streichelte den Nesselstoff. Jetzt hörte ich Zebras Worte, irgendwie erstickt, aber triumphierend: »Du bist ein ganz, ganz kleiner Dreck.«

»Sie aber auch«, sagte die andere aufmunternd. Ich versuchte, die Stimme zu erkennen; es konnte Theres Mormacher sein oder Sara Theremin. »Hat mich sehr gefreut, Sie kennenzulernen.«

Dann verstummten die Stimmen. Ich schlich aus der Tür, wanderte flurabwärts, traf in einem maurisch gekachelten Raum auf Sandra-Zerline Gerlach und ihre Dalmatiner. Die Hunde standen vor einem achteckigen Brunnen mit türkisfarbenem Wasser, zur Quadriga vereint; vor ihnen kauerte Paul auf den Fliesen. Er griff in einen leeren Sektkübel und stopfte den Tieren Canapés vom Buffet in die spitzen Schnauzen. Ihr Knurren ging bald in freundschaftliches Brummen über. Ich sah Sandra-Zerlines verlegenes Lächeln; beruhigend nickte ich ihr zu und verließ den Raum.

In einem der Schlafzimmer, gegenüber einem flämischen Gobelin mit Jagdszenen und Fabeltieren, fand ich Zork vor dem Kleiderschrank. Er trug ein Abendkleid von Rashida Azazzane; die Spiegeltüren zeigten ihm sein Bild und die hingerissenen Zuschauer, die ihm in den Raum gefolgt waren. Zork vollzog eine Pirouette, strich die Seide glatt über der knochigen Brust. Dann griff er einen bronzenen Kleiderbügel vom Bett und jagte die Schaulustigen in die Flucht. Das Kleid rauschte, während die Vertriebenen lachend aus dem Zimmer stoben; ein Mann im Smoking fiel in hohes, verzücktes Japsen. Ich erkannte Bernd Wüstenhagen, den Leiter des Festivals *Con Temporis*.

Schmiddel traf ich im Foyer. Er hatte noch immer den Mantel an. Im Licht der Deckenstrahler sah er aus wie ein Denkmal, das jahrhundertealte Standbild eines hanseatischen Kaufmanns, verkrustet von Feinstaub und Taubendreck. Als er mich sah, hob er die Hand, seine ewig saubere, fremde Hand. Stolz lächelte ich ihn an; gelassen schlenderte ich ihm entgegen. Doch er ließ mich stehen, stakte weich den Flur hinab.

Etwas schien mit der Party geschehen zu sein. Aus der Küche hörte ich Scheppern; ich spähte hinein und sah Theo Seibmann und Ricky Zamorra. Sie schlugen, die Krawatten gelockert, auf Edelstahlkochtöpfe ein. Milena Trasicka zündete ihre Zigarette am Cerankochfeld an; Glut ergriff ihren Bubikopf, beschien ihre untertassengroßen Kreolen. »Ich liebe Farben und finde es gut, wenn auch ein Schuss Humor in meiner Kleidung steckt«, verkündete Vera Schamoni aus zwei Metern Höhe einem Mann, der aussah wie Danny deVito. Der Mann brach in brüllendes Gelächter aus. Ich lachte erst aus Höflichkeit mit, aber konnte schon bald nicht mehr aufhören.

In einem Esszimmer saßen Nicola Sernheimer und Ivy Ringier am endlosen Tropenholztisch und spielten ein Abzählspiel; zeitversetzt klatschten ihre Hände gegeneinander. Benedikt Wouters, dessen Filme für eine surrealistische und oft rätselhafte Bildwelt standen, wankte mit zwei halbvollen Weinflaschen in den Jacketttaschen herein. Theodor Reiss, der Mode, Technologie und Architektur vereinte wie kaum ein anderer Designer, saß gekrümmt auf dem Boden, formte Kegel aus Anchovispaste.

Nach einer halben Stunde fand ich Schmiddel wieder. Mit linkischem Lächeln starrte er an mir vorbei. Er drehte sich um, und ich folgte ihm, ohne zu wissen, was er vorhatte. Mit herrischer Geste patrouillierte er durch die Räume; er nickte den Gästen zu, leerte Aschenbecher in Topfpflanzen, hob hier ein Glas auf, trocknete dort eine Pfütze mit dem Ärmel.

Zebra fanden wir schlummernd hinter einem schwarzen De-

Grasse-Sofa. Paul bildete im maurischen Saal ein ruhig atmendes Knäuel mit den Dalmatinern Sandra-Zerline Gerlachs, die daneben auf einem Rattanstuhl saß und von Zeit zu Zeit unentschlossen an den Leinen zog. Betty saß in einem Ohrensessel, einem Unikat von Thorben Magnusson, die taubenblauen Lider gesenkt, die Arme hingen entspannt über die Lehnen. Schmiddel hob ihre Füße vom Boden; sie klappten auseinander wie ein Buch. Ich begriff, trat hinter den Sessel und schob ihr die Hände unter die Achsel. Als wir Betty aufhoben, pendelte ihr Kopf zur rechten Seite.

»Ist besser«, sagte Schmiddel und nickte. »Der gute Sessel.«

Die Tür zum Badezimmer öffnete er mit der Hüfte. Unschlüssig standen wir mit unserer Last vor der Wanne, in der schon Chuck lag, gebettet in ein Nest aus Handtüchern, Schlüpfern, herausgerissenen Seiten des *Cicero* und den eigenen Haaren. Mit einer knappen Kopfbewegung zeigte Schmiddel auf die Wanne; gemeinsam mit mir legte er Betty zu dem schlafenden Grafen.

Erschöpft ließ er sich dann auf den Klodeckel sinken. Er fummelte eine geschnorrte Zigarre aus der Manteltasche und steckte sie, die Augen zusammengekniffen, in den Mund. »Eine Zigarette küsst man«, sagte er, »aber eine Zigarre beißt man.« Er bot auch mir eine an; hustend rauchte ich, bis Schmiddel fertig war. Dann schritten wir zum Ausgang, vorbei an Cherno Salzkorn und Fred Ferdydurke, die sich im Musikzimmer um eine Schüssel mit Crevettensalat balgten.

»Alles klar«, sagte Schmiddel. Ich folgte ihm zum Ausgang. Ich sah, wie er Visitenkarten verteilte; ich sah seine knappen Verbeugungen. Auch Sergej Hofkötter, Marius Kreyenbaum und Briona Wesseltoft kramten in ihren Brieftaschen und drückten Schmiddel ihre Karten in die Hand. »Hat mich gefreut, Herr Hofkötter«, sagte Schmiddel und: »Küss die Hand, Frau Wesseltoft.« Die gaben, nach einem Blick auf die Karten, den Gruß zurück.

»Na, dann bis zum nächsten Mal, Herr von Buttlar.«

»Man sieht sich, Herr Doktor Spiel.«

»Herr Lindemann, war mir ein Vergnügen.«

Draußen, im Park der Villa, wurde Schmiddel noch einsilbiger als zuvor; ohne eine Wort wankte er auf den chinesischen Pavillon zu. Ich war noch nicht müde, und mit immer weiter ausgreifenden Schritten lief ich durch die Straßen, bis ich den Fluss erreichte. Die Flaschen voll Courvoisier und Amaretto, mit denen die anderen am nächsten Nachmittag wieder in der Philharmonie erschienen, die Pumpernickelschnittchen mit Flusskrebssalat und Rohmilchkäse, der Crevettensalat, die Wachtelbrüstchen und der Hummer reichten noch für Tage.

15

Eines Tages hörte ich, als ich über die Plaza ging, Mahlers »Kindertotenlieder«. Sie klangen dünn und zugleich dringlich, wie die fernen, aber anhänglichen Seelen der verschwundenen Kleinen, wie angefüllt mit einer mächtigen Präsenz, die aus einer Abwesenheit wächst. Ich ging die Treppe zum Konzertsaal hoch. Drinnen stand Schmiddel auf dem Podium, sein Transistorradio am Ohr.

Schmiddels Transistorradio war ein tschechisches Modell. Es war über zwanzig Jahre alt; Heftpflaster hielten die Teile zusammen. Als Schmiddel noch unter der Brücke gewohnt hatte, war er oft abends, wenn ihm die Gespräche zu sentimental wurden, zu wirr oder zu wild, allein den Hang zum Bismarckdenkmal hinaufgestiegen. Dort hatte er sich unter eine Laterne gelegt und seine Sinfonien gehört.

Jetzt dröhnte die Musik durch den Raum. Das japanische Klangdesign, simuliert am Eins-zu-zehn-Modell mit zweitausend Filzpuppen und empfindlichen Mikrofonen, stärkte und sättigte den Sound. Es versah die Schallwellen mit der optimalen Reflexionszeit von 2,2 Sekunden. Schmiddel hatte die Augen geschlossen; sein Mund spitzte und entspannte sich mit den Tönen. Ich hob die Nikon und machte ein Foto; Schmiddel öffnete die Augen und sah mich mit verstörtem Blick an.

»Mach mal was Lustiges«, schlug ich vor. »Was zum Tanzen.«

Schmiddel sah mich an; er zeigte sein schönstes, scheuestes und souveränstes Lächeln. Offenbar nahm er meinen Vorschlag an; andächtig drehte er den Regler. Scheppernd erklangen die ersten Takte von »Take My Time«. Es folgte »Ain't No Woman Hard Enough« von Brick Brown, dann knödelte Zoot Mitchell »Merciful People«. Schmiddel stand da, das Gerät in der Hand, als könnten seine Finger singen. Seine Füße bewegten sich keinen Zentimeter.

Ohne mich umzudrehen, konnte ich spüren, wie jetzt einer nach dem anderen den Konzertsaal betrat. Das Klangdesign sog sie alle hinein, in seine kosmische Blase. »Komm, lass uns tanzen«, schlug ich vor, berauscht von meiner eigenen Verwegenheit. »Hey, das ist Musik.«

Schmiddel blieb starr. Also begann ich, selbst mit dem Oberkörper zu wiegen. Ich begann, mit den Füßen zu zucken; ich ließ mich bewegen von der eigenen Bewegung. Und jetzt sah ich, wie auch Betty die Haare zurückwarf und in ihren wuchtigen Mammuttanz fiel, den ich von Schwanthalers Party kannte, und sie tanzte auch noch, als »Keine Feier ohne Meier« ertönte, abgelöst von »Tell Me You Are My Everywhere«. Jetzt machte auch Chuck mit, sogar Paul, der sich in Raserei steigerte. Er boxte in die Luft und schüttelte sein langes, dünnes Haar.

Es dauerte nicht lange, bis auch die anderen immer selbstverständlicher begannen, sich zu bewegen. Nur Schmiddel stand unverrückbar auf dem Podium. Standhaft reckte er das Transistorradio in die Luft, mit einer unberührbaren, fast schmerzhaften Würde.

Ich wurde übermütig, tanzte Zork an. Zork sah mich nicht; er wand sich längst in einer seiner selbstgenügsamen Posen. Er legte die Hände in den Nacken, schloss die Augen, stach mit den Ellbogen in die Luft. Er tanzte, ohne die Füße zu bewegen; nur die Knie rotierten in langsamen, fast schmerzhaften Kreisen. Als ich auf ihn zutanzte und ihn beim Hüftschwung leise am Arm streifte, gab er die Deckung auf. Ohne die Augen zu öffnen, versetzte er mir einen raschen, unkonzentrierten Hieb.

Ich hielt mich an Zebra, die mit ausgebreiteten Armen auf mich zukam. Sie kreuzte die Arme und packte meine Hände; dann drehten wir als Mühle durch den Raum. Als wir atemlos vor Schmiddel standen, der in Statuenhaltung verharrte, entdeckte ich zum ersten Mal ein Lächeln in Zebras mütterlich bitterem Gesicht.

Von nun an begann jeden Abend, wenn die Sonne in die Elbe sank und in den Bürohochhäusern am Nordufer die Lichter angingen, der Tanz. Wir standen im Penthouse am Panoramafenster, hoben die Gabba-Flasche, starrten durch die frostig schimmernde Flüssigkeit ins schwindende Licht. Wir warteten, bis die violette Nacht die Umrisse der Kräne und Schiffe schärfte. Dann verließen wir das Schauspiel, schlenderten hinunter zum Fitnessraum, nahmen den Fahrstuhl zur Plaza im achten Stock. Michel und Columbus-Tower warfen milde, sommerliche Reflexe durch die Fenster; wie auf ein Kommando rannten wir dann die Treppen zum Konzertsaal hoch. Kreischend und voller Vorfreude verteilten wir uns im Raum. Und Schmiddel, der König der Nacht, setzte sein Schamanenlächeln auf und brachte den Saal zum Kochen.

Unser kollektives Glück durchdrang bald die Mauern, strahlte aus in die Stadt. Es fing an mit den beiden schottischen Bildhauerinnen, die Zork eines Abends in die Philharmonie brachte; ihre nackten Bäuche bebten noch von der Erregung beim Hangeln über dem Fluss. Unter Zorks Führung klommen sie die Röhre hoch, machten skeptische Gesichter, als Chuck sie mit der Gabba-Flasche begrüßte. Sie tuschelten, als Schmiddel das Transistorradio reckte, als Paul und Zebra auf das Podium schlenderten und die Haare zum Schleiertanz durch die Luft wirbelten. Doch dann ergaben auch sie sich der Selbstvergessenheit, und zappelnd beteten ihre Arme dem Himmel entgegen, als das Radio »Sweet Little Trampoline« von Amoeba spielte.

Von nun an kamen Abend für Abend Fremde in die Philharmonie. Es kamen Kunststudenten, die zunächst etwas fröstelten in ihren bedruckten T-Shirts und der klammen Grandiosität der Hallen. Es kamen Kiezstreuner mit dünnen Menjoubärtchen, auch alte Bekannte vom Hauptbahnhof, mit Bärten aus Drahtwolle und Parkas mit Hoheitszeichen. Später kamen die Werberinnen mit den Karojacketts über den kniefreien Jeans, die Kampnagel-Schauspieler mit ihren Truckermützen, die Accessoire-Models, die Lippen geschminkt in der Farbe frisch verheilter Narben. Manche hatten den Einfall, Getränke mitzubringen, die sie für passend hielten, eine Flasche billigen Tempranillo oder ein Sixpack Wurzener Pilsener.

Allmählich merkte ich, dass meine Kamera das Strahlen nicht nur sichtbar machen konnte, sondern selber strahlte. Ich merkte, dass sie aus Schmiddel und seinen Leuten das Beste herausholte. Sie begannen, sich für die Kamera zurechtzumachen; eines Tages kam Chuck mit einer Cordhose zurück, deren monströser Schlag in fantastische zahnartige, erratisch flatternde Streifen mündete. Paul promenierte irgendwann in einem flamboyanten weinroten Frottee-Nicki, der seinen immer erstaunt aussehenden Bauchnabel frei ließ, über die Plaza; es sah irgendwie *classy* aus. Zork legte sich einen ledernen Motorrad-Nierenschutz zu, der mich an die Darkroom-Kollektion von Donald O'Donahue erinnerte. Zebra, die Keusche, beschränkte sich darauf, eine Radkappe wie ein Diadem auf ihr Haar zu setzen.

Selbst Schmiddel, der sonst keine Abweichung von seiner Kleiderroutine schätzte, rüschte eines Tages seinen Kamelhaarmantel mit einer Reihe von Strafzetteln auf, die er unter Scheibenwischern hervorzog und mit Sicherheitsnadeln im Pelz befestigte. Nur Betty blieb verstockt, beharrte auf ihre krummen Ballerinas, ihren ewigen pinkfarbenen Rock, ihr enges schwarzes Oberteil mit der Blümchenborte, die aussah, als würde sie nur aus Versehen die Brüste bedecken.

Ich aber fand in einem Karton vor einem Army-Shop in Ottensen einen ledernen Patronengurt. Und ich ertappte mich bei der Frage, ob er Zork gefallen könnte. Ich stellte mir sogar vor, wie er neben dem speckigen Motorrad-Nierenschutz aussehen könnte, den Zork Tag und Nacht trug. Der Gedanke, sein Leder an meinem Leder zu wissen, kam mir fast romantisch vor; es war beinahe wie Haut an Haut. Und ich konnte dem Diebstahl nicht widerstehen.

Es war der erste Diebstahl meines Lebens.

Eines Tages wuchteten Chuck und Zork ein Kingsize-Messingbett mit goldenen Eckpfählen in die Fitnesszone. Die Matratze sah aus wie neu. »So«, sagte Zork und warf sich auf das Lager, verschränkte die Arme hinter dem Kopf und kreuzte die Stiefel über dem Fußende. Zebra aber setzte sich auf die Bettkante, barfuß, und leckte sorgsam einen Becher Pfirsichjoghurt aus.

Dann fotografierte ich Chuck, der die Arme kruzifixhaft über das Messinggeländer hängte; der Verband bedeckte den ganzen linken Unterschenkel. »Sieht abgefahren aus, Chuck«, freute ich mich. Als ich den Edding aus der Handtasche kramte, fiel mein Schlüsselbund auf die Matratze.

Ich kritzelte CRASH auf den Verband, mit ausladenden, expressiv krummen Buchstaben; dann legte ich die Nikon an. Aber Chuck sah nicht in die Kamera. Er starrte auf den Schlüsselbund.

Vielleicht, dachte ich, ruft der Anblick etwas wach in ihm; Bilder aus einer Zeit, in der er selbst einen Schlüsselbund besessen hatte, Bilder von Topfpflanzen, von Kindern, die sich zur Schule verabschieden, von Regalen mit Büchern und Tonfiguren aus dem Ägyptenurlaub. Aber Chuck sagte: »Du hast ja ein Auto.«

Ich sah den Schlüsselbund an. Ich sah den sternförmig ausgebreiteten Haufen Metall, aus dem der Autoschlüssel ragte, der Schlüssel zu meinem Saab. Und natürlich war es nicht *der* Schlüssel zu *meinem* Saab, sondern *ein* Schlüssel zu *unserem* Saab, denn selbstverständlich besaß auch Patrick einen Schlüssel zu unserem Saab, und mittlerweile zweifellos den ganzen Wagen.

»Nee, Chuck«, sagte ich. »Ich hab kein Auto.«

Aber Chuck sagte: »Wart's ab.«

Im Abendlicht liefen wir dann die Reeperbahn hinunter. Unser sicherer, weicher Raubtierschritt entsprach hundertprozentig dem der Peter Pan Pipers in ihrem Clip zu »Taliban For Your

Love«; Häuser schrumpften um uns, Verkehrsampeln knickten wie welke Tulpen, Menschen sanken dahin, mit seligem Blick. Chuck schwenkte meinen Schlüsselbund; wir sahen hochgestimmt und betrunken aus wie jedermann. Wir umarmten uns; wir starrten in die Gesichter der Leute, bis sie wegschauten. Und so fiel es nicht auf, wenn wir von Zeit zu Zeit stehenblieben, uns umständlich um ein Auto gruppierten und fluchend mit dem Saab-Schlüssel in irgendeinem Schloss stocherten.

Schon beim zwölften Versuch öffnete sich die Tür eines marineblauen Audi. Zork wollte noch weitersuchen; ihm schwebte ein Cabrio vor. »Wenn's weiter nichts ist«, sagte Chuck. »Das Dach kriegen wir schon ab.« Tatsächlich brauchte es dann nur einen konzentrierten, gemeinschaftlichen Ruck.

Es war ein guter Einfall gewesen, nicht auf das Cabrio zu warten. Schon die Rückbank des Autos bot kaum Platz für vier Passagiere. Seiner Idee hatte Chuck es zu verdanken, dass er ohne Diskussion den Platz am Steuer bekam. Ich teilte mir mit Zebra den Beifahrersitz; Betty, Paul und Schmiddel drückten sich auf die Rückbank. Zork saß auf der Lehne; die Gabba-Flasche in der Rechten, konnte er sich nur mit einer Hand festhalten. Im CD-Spieler lag »Celebrate« von Laura Flynn.

Bald fuhren wir die Elbchaussee entlang. Wir fuhren hoch über dem Fluss, den Duft von Tang, Feuer und Schiffsbenzin im Fahrtwind, in den offenen Nüstern. Zebra schlug vor, für eine kleine Grillparty anzuhalten, irgendeine von denen da unten, wenn möglich eine mit Juristen. Zork und Schmiddel schüttelten die Köpfe. Wir wussten, dass man, wenn man fuhr, nicht mehr anhalten durfte, sogar an Ampeln nur im Ausnahmefall.

Ich fragte mich, ob es nicht das war, wovon ich geträumt hatte in den Schulpausen, an den papierenen Abenden im verrammelten Kiosk meiner Eltern. Ob es nicht das war, was ich später gesucht hatte in den Nächten im *Dodocop* oder im *Hoochie Coochie,* wenn ich mit Melanie Pankraz an der Wand stand, gegenüber der Bar, und Gin Tonics trank. Am Tresen standen Menschen, die Maler sein konnten, Musikerinnen oder Models, und Melanie verlief sich in Ratespielen: »Ich glaube, die hat mal mit Ben LeBrock gearbeitet«, oder: »Der sieht aus, als ob er die Visuals für Pia Luisa macht.«

Wir waren blind wie Katzenbabys gewesen in diesen ausgehenden Jugendtagen; kein Wunder, dass uns nicht viel in die Fänge kam. Ich küsste einen Lackiererlehrling, nur weil er Farbflecken auf den Jeans hatte wie die Malergötter von der Galerie Meyerbeer. Und den stillen, feinen Meredith Cooper, Produzent von »Sieben Tage Silber« und »Loreanna«, der mit mir nach Algier wollte, lachte ich aus, nur weil er eine Brille wie der Sozialsenator trug.

Und Patrick – Patrick hatte ich dann genommen, obwohl er Patrick war.

Manchmal hatte Melanie verkündet, wie gern sie ein paar Jahrzehnte früher geboren wäre, rechtzeitig für das New York der Sechzigerjahre, für die *Factory,* in der es auf viertausend Quadratmetern nicht einen einzigen unbedeutenden Menschen gab. Irgendwann kam dann regelmäßig einer der Männer vom Tresen auf uns zugeschlendert, erzählte von seinem Komparatistikstudium oder seiner Arbeit in einem Secondhandladen. Und ich flüsterte in Melanies Ohr und schlug vor, noch ins *Tribeca* zu fahren und vielleicht später noch zum Tanzen ins *Xox*. Und irgendwann endete die Nacht im Morgengrauen auf dem Elbbalkon, über dem Firmament der Hafenlichter. Und Melanie seufzte, wenn die Kräne aufwachten und einer von ihnen langsam, ganz langsam, begann, sich nach uns umzudrehen.

Vielleicht, dachte ich im marineblauen Audi, in der Wärme von Zebras Körper auf dem Beifahrersitz, würde mich Melanie jetzt beneiden. Ich wohnte im coolsten Haus der Stadt, in dem es auf viertausend Quadratmetern keinen einzigen unbedeutenden Menschen gab. Und jetzt fuhr ich mit Schmiddel, mit Chuck, Zork und Betty, mit Paul und Zebra an unserer alten Sehnsuchtskulisse entlang, an den sanft glühenden Stirnen blinzelnder Engel.

Am Anleger Teufelsbrück verließen wir den Fluss Richtung Norden. Chuck hatte das Bedürfnis, die Autobahn unter den Reifen zu spüren. »Das ist ja kein Fahren hier«, sagte er mit abruptem Ernst.

Es war nicht seine Schuld, dass uns kurz vor Osdorf das Benzin ausging. Souverän ließ er, auf dem Parkplatz des Elbe-Einkaufszentrums, den Wagen ausrollen.

In der S-Bahn sprachen wir nicht viel. Ich schloss die Augen; mir war, als spürte mein Hintern noch die muskulöse Sitzlandschaft des Audi, und ich konnte nicht verhindern, dass ich einschlief.

Ich öffnete die Augen, als ich Zorks Stimme hörte. »Hau ab, du Möhre«, bellte er. Ich sah, wie Betty ihm beidhändig einen Stoß versetzte und sich auf die andere Seite des Mittelgangs verzog. Selbst Schmiddel, der Allesverstehende, blickte streng; nur Paul, der sanfte Weise, starrte in seinen Schoß und putzte seine Brille.

Offensichtlich war es Betty gelungen, sich die Gabba-Flasche zu verschaffen; jetzt saß sie sicher auf dem anderen Ufer. Senkrecht hielt sie die Flasche an die Lippen und schielte mit herrischem Funkeln zu Zork herüber, der sein bösartigstes Lachen anschlug.

Ich wusste nicht, was ich von Bettys Haltung halten sollte. Manchmal konnte ich Gefallen an Bettys Rotzigkeit finden, ihrer Unabhängigkeit, ihrer herausfordernden Einsamkeit. Ich konnte Mitleid mit der fremden, seltsamen Frau haben, die jetzt nicht nur Zorks Säureblick ausgesetzt war, sondern auch den feindseligen Augen Chucks und Zebras.

Aber ich merkte, wie etwas in mir jetzt ihre Demütigung *wollte*. Dass Schmiddel und seine Leute sie genauso duldeten wie mich, hatte ich immer als Beleidigung empfunden – Betty mit den Pandaaugen, Betty mit den aufgeregten Brüsten und den Stoppeln auf dem Kopf. Betty, die nie sprach, die keinen Spaß verstand, die nicht mitmachte, wenn die anderen auf Hüpfburgen Saltos schlugen oder auf einem Gullideckel eine Taube grillten. Betty, die sich für nichts interessierte als Gabba, Gabba und nochmals Gabba; ein Faultier, das seine haarige Masse an Engel hängte und sie am Fliegen hinderte.

Und jetzt hatte sie uns die Stimmung verdorben. Es war, als hätte der Tag sich bewölkt; plumpe Vögel sackten aus dem Himmel. Betty hatte jetzt den Kopf zwischen den Knien. Hoffentlich fängt sie jetzt nicht wieder an zu kotzen, dachte ich, als an den Landungsbrücken drei Kontrolleure die S-Bahn betraten.

Die drei Männer schwenkten ihre eingeschweißten Ausweise. Sie beugten sich mit flüchtigem Blick über die Bankreihen und schritten mit knappem Nicken voran. Einer trug auf seiner Glatze, über den wulstigen Nackenfalten, eine Lederkappe, als käme er vom Abschlussball der SM-Akademie. Einer hatte seine Jeansweste mit Abzeichen spanischer Fußballvereine benäht, fast verdeckt von einem Pferdeschwanz, den er offensiv auf der Brust trug. Der dritte steckte, an diesem magischen Sommerabend zwanzig Meter über der Elbe, in Motorradstiefeln aus den Achtzigern, die ihm bis zu den Knien reichten.

Mit ausgesuchter Höflichkeit nahm der Lederkappenmann die Personalien eines der Angestellten in Torriani-Anzügen auf, der vorgab, seine Fahrkarte vergessen zu haben. Derweil baute sein gestiefelter Kollege sich mit einem Ausdruck hämischer Vorfreude vor uns auf, als kenne er seine Pappenheimer.

»So, dann mal bitte die Fahrausweise«, sagte er und sah von einem zum anderen. Dann blickte er aus dem Fenster, auf den Hafen, auf die munteren Barkassen der Hafenrundfahrer. Ich warte, sollte das heißen. Als er merkte, dass sich bei uns nichts regte, kein hastiges Suchen, kein verlegenes Rücken, wurde er ungeduldig.

Ich sah mich um. Diese Männer sahen uns ähnlicher als alle anderen in diesem Waggon. Auf den ersten Blick schienen sie uns verwandter als die Migranten-Teenager in ihren weißen Blousons, als die Rentner in ihren farblosen Windjacken, als die Torriani-Anzüge. Und trotzdem spielte sich der Gestiefelte jetzt zum Kapo auf.

»Los, Kameraden, jetzt aber bisschen flott«, sagte er. »Wir wollen doch alle mal Feierabend machen.«

Paul war der Erste, der mit der Pantomime anfing. Er zuckte mit den Schultern, winkelte die Arme aufwärts, wackelte mit den Händen hinter den Ohren. Zebra nahm den Impuls auf, streckte die Arme nach vorn, ließ die Handgelenke kreisen. Schmiddel, Chuck und Zork blickten aufmerksam zwischen Paul und Zebra und dem Kontrolleur hin und her. Auch die Kollegen des HVV-Manns ließen von ihren Opfern ab und verfolgten Pauls und Zebras stumme Rede.

Auf der anderen Seite des Gangs hatte Betty ihre Gabba-Flasche unter den Sitz gleiten lassen. Das Gefäß rollte im Zickzack durch das Abteil, kam endlich zwischen den Beinen eines Rentnerpaars zum Stillstand. Paul legte jetzt die Fingerspitzen zum Dach zusammen, schwenkte die Ellbogen. Zebra sah ihn an und begann, eifrig zu nicken; dann nahm sie Pauls Geste auf, und Zebra und Paul begannen ihren Sitztanz, ihre Wiegebewegungen mit gefalteten Händen, den Blick des Kontrolleurs suchend, als müsste der doch endlich verstehen.

Es lag auf der Hand, dass der Mann ratlos war. Er sah in Schmiddels Gesicht, in Zorks Gesicht, in mein Gesicht; er stieß auf mitfühlendes Interesse. Er blickte zurück zu Paul und Zebra, die ihre Anstrengungen verstärkten, die immer eifriger fuchtelten; jetzt kreuzte Zebra die Arme, wischte dann den rechten Arm heftig zur Seite, und Paul tat es ihr nach.

Der Kontrolleur drehte den Kopf, ohne seine drohende Haltung aufzugeben. »Nico«, rief er nach hinten ins Abteil. »Kommst du mal.« Nico packte die Knopfleisten seiner Jeansweste und stapfte kampfbereit nach vorn.

Seine Stimme war höher, als ich erwartet hatte. Es war die Stimme eines verwöhnten Schönlings, eine Kai-Trechel-Stimme, oder Marco Rott als Doktor Biermann. »Was los«, quäkte er. »Ärger.«

»Keine Ahnung«, sagte der Stiefelknecht. »Ich glaub, die sind taubstumm.«

Ich weiß nicht, warum nicht einer von ihnen einfach ein Blatt Papier herausholte. Stattdessen ließ Nico die Hände von der Weste rutschen. Er sah Zebra und Paul an, die jetzt Wellenbewegungen imitierten, dann die Hand unters Kinn legten – ein Taucherzeichen, das ich von einem Seychellen-Urlaub zu kennen glaubte. Es bedeutete, soweit ich mich erinnerte: »Ich habe keine Luft mehr.«

»Na gut«, sagte Nico. »Dann müssen wir zum Hauptbahnhof.«

Er zog sein Handy aus der Jeansjacke, hielt es ans Ohr: »Ja, Orkay hier. Kurz vor Stadthausbrücke. Könnt ihr mal Stefan Bescheid sagen.« Dann sah er uns an, triumphierend, Hände in den Taschen seiner Wildlederhose. Sein gestiefelter Kollege drehte sich derweil zu Betty um und winkte gleich mit resignierter Grimasse ab, als Betty ihn mit einer steilen Hand über dem Scheitel begrüßte. Ich erinnerte mich an das Taucherzeichen für »Hai«.

Der Mann, der uns am Hauptbahnhof auf dem Gleis empfing, war ein graubärtiger Mittfünfziger in Jeans und Tweedjackett. Ein roter Gürtel umgab seinen gemütlichen Bauch. Er sagte kein Wort, sondern nickte nur kurz. Dann wedelte er mit den gespreizten Fingern der rechten Hand in der Luft, deutete mit beiden Zeigefingern vor der Brust ein Herz an. Mit der offenen Rechten zeigte er in die Handfläche der Linken, als wäre etwas darin.

Keiner von uns wagte noch, sich zu bewegen; jedes Kopfkratzen hätte ein Missverständnis ausgelöst. Umso überraschter war ich, dass es nun Betty war, die den Dialog aufnahm. Sie salutierte mit der Hand an der Stirn.

Der Dolmetscher schien zu überlegen. In seine Stirn grub sich eine diagonale Falte. Und dann überschlugen, überstürzten sich Bettys Gesten. Es war ein mächtiges Wringen, Pumpen und Pochen, ein Rudern, Wedeln und Greifen, begleitet von Augenaufreißen und -zukneifen, vom extremen Öffnen und Dehnen ihres breiten, üppigen Mundes.

Der Gebärdendolmetscher versuchte ein paar zaghafte Einwände. Er ließ die abgeknickten Hände vor den Schultern flattern, bohrte den Zeigefinger in die Faust. Erwartungsvoll sah er Betty an, hoffte auf eine Antwort. Dann ließ er die Arme sinken.

»Tut mir leid«, sagte er zu den Kontrolleuren. »Das sind Engländer. Sie hat irgendwas mit ›Boot‹ gesagt oder mit ›Zigarette‹. Aber sonst versteh ich kein Wort.«

In der Abendluft war der Fußweg zurück zur Philharmonie ein Genuss. Für ein paar Takte erfrischten wir uns noch, wie in alten Tagen, unter der Klangdusche am Bahnhofsvorplatz, die Arme im Nacken verschränkt; es erklang Corellis »Folía« in einer wirbelnden, fast dämonischen Interpretation.

Verstohlen sah ich Betty von der Seite an. Sie erschien mir jetzt, an diesem schnellen, rauschhaften Abend, in einem neuen Licht. Sie kaute irgendetwas, sah fast gelangweilt aus – aber plötzlich ahnte ich, dass Betty in Wirklichkeit die Musik *war*; dass sie den Wahnsinn der Musik *verkörperte*, und dass ihre Unbegreiflichkeit, ihre Verschlossenheit daher rührte, dass Musik keine Worte hatte.

Auf der Oberbaumbrücke drehte Chuck sich noch einmal um, reckte die Faust Richtung Bahnhof. Ich erkannte das Signal; auch das war ein Taucherzeichen: »Ich habe hundert Bar in der Flasche.«

16

Ich glaube, dies war der Tag, an dem ich Bettys Besonderheit zum ersten Mal spürte. Bei den allabendlichen Partys blieb sie weiter im Hintergrund, arbeitete lange mit einem Streichholz an ihren zerkauten Nagelbetten. Dann stand sie auf, machte eine schwankende Runde, um die Reste aus den Plastikbechern zu schlürfen, die Paul beim FDP-Frühlingsfest an der Krugkoppelbrücke erobert hatte.

Für eine Viertelstunde oder zwei tauchte sie *backstage* ab. Schließlich kehrte sie zurück für ihren einsamen, machtvollen Walrosstanz, ihren Brontosauriertanz, den Hals hoch über prähistorische Regenwälder gereckt, während auf dem Podium Paul dem noch immer das Radio reckenden Schmiddel den Rest einer Gabba-Flasche in den halboffenen Mund goss und Chuck im zweiten Rang Zebra in seine Umarmung zwang, mit einer Bewegung, die der Ringer, soviel ich wusste, »Paketgriff« nennt.

Nur Zork lümmelte weiter im Parkett; der Plastikbecher baumelte zwischen seinen lockeren Knien, gehalten von seinen lockeren Händen. Das Transistorradio spielte jetzt »Es war in einer Sommernacht«, und Zork stierte mit blinzelnden Augen Bettys Tanz hinterher, ihrem Stampfen und Schlingern, ihrem Aufbäumen, das vor dem Versinken kam. Und mitten in Bettys Tanz stand er auf, marschierte mit unerwartet festem

Schritt auf sie zu und riss ihr die Blümchenborte ihres Oberteils herunter.

Ich hatte noch nie eine so weiße Brust gesehen. Sie zitterte kurz in der Luft und kam dann zur Ruhe, gemeinsam mit der konsternierten Betty.

»Zieh dir was an, du Tute«, sagte Zork, drehte sich um und zermalmte im Weggehen den Plastikbecher auf dem Beton. Mit lässig pendelndem Schritt marschierte er aus dem Auditorium, in Richtung der Empore, wo einst die viermanualige Orgel mit fünfundsechzig Registern stehen sollte. Seine Schultern rotierten; er klopfte seine Gesäßtaschen nach dem Tabaksbeutel ab. Noch im Gehen drehte er seine Zigarette.

Ich ging hinunter zu Betty, nahm sie in den Arm. Ich spürte ihren dichten, wolligen Atem in der Achselhöhle. Und während Betty noch meine Lederjacke knetete und knüllte, dass sie quietschte, suchte mein Blick über ihren anthrazitfarbenen Schädelflaum hinweg nach Zork.

Eine Polonäse schwankte an uns vorbei, angeführt von einer schnittlauchhaarigen Smiley-Frau; singend zog der Tross weiter die Zuschauerränge hinauf, mit Liedern, die Schmiddels Radioprogramm längst hinter sich gelassen hatten.

Mir wurde klar, dass ich mit Betty allein war. Es war, als hätte ich einen kleinen Vogel gefunden, der aus dem Nest gefallen war. Ich war verantwortlich für ihn, nur weil ich die Erste war, die des Weges kam. Und ich wusste ja, dass es keine Rettung für so ein gefallenes Vögelchen gab; dass jede Berührung seine Lage verschlimmern würde.

Und ich begann Betty, die sich jetzt im stillen Kampf mit meiner Lederjacke aufs Kratzen verlegt hatte, zu hassen. Ich hasste sie dafür, dass Zork sie schlecht behandelt hatte. Ich hasste sie dafür, dass sie mich zwang, nett zu ihr zu sein. Und ich konnte nur hoffen, dass niemand zusah.

So stand ich mit Betty in unserer gemeinsamen Dunkelheit. Wir standen in der doppelten Dunkelheit ihrer Schande und meines Hasses. Die Dunkelheit schien Bettys Geruch noch zu verstärken; sie roch nach Gabba und nicht nach Gabba, wie Gabba, gefiltert durch Schichten von Trauer und Talg. Ich spürte Bettys Brüste an meinem Bauch. Es waren die Brüste, die Zork entblößt hatte, Brüste, die lebten. Es waren Brüste, die Gehirne hatten, Augen und Ohren, Zentralnervensysteme und Magen-Darm-Trakte. Und einen Moment lang konnte ich Zork verstehen.

Seine verächtlichen Blicke, die meiner Lederjacke galten, meinen Vintage-Sneakers von Maldorada, meinen Autoschlüsseln, an denen längst kein Auto mehr hing, waren eine Beleidigung gewesen; jetzt waren sie eine Gefahr. Jetzt hatte ich die Verachtung in Aktion gesehen. Und jetzt wusste ich wirklich, wie Überlegenheit aussah.

So wartete ich, Betty im Arm, auf die endgültige Nacht. Als es ganz dunkel geworden war, ließ ich Betty los und zog mich in den zwanzigsten Stock auf mein Lager zurück. Im Punktraster der Fenster fing sich der Abglanz der Hafenlichter.

17

An einem bedeckten, schwülen Nachmittag spazierte ich mit Schmiddel, Chuck und Zebra über die Lange Reihe. Auf dem Carl-von-Ossietzky-Platz waren Bierstände aufgebaut; eine Ska-Band spielte »More Kisses Than You Can Take«. An einer Laterne lehnte ein junger Türke, eine Zigarette im Mundwinkel; er trug Wanderschuhe, schwarze Jeans mit durchgescheuerten Knien, ein viel zu weites, cremefarbenes Jackett und eine Narbe auf dem Hals, die ihm vom Kehlkopf bis zum Ohrläppchen reichte. Schmiddel packte Zebras Arm, hielt sie fest und zeigte ungeniert auf den Mann, der seine Taschen nach Streichhölzern oder Feuerzeugen abklopfte.

»Kuck dir den an«, sagte er. »Wow.«

Ich blieb ebenfalls stehen; mein Blick flog zwischen Schmiddel und dem Türken hin und her. Ich wagte nicht zu fragen, was Schmiddel meinte; den Schmiss, das Zeltjackett, vielleicht sogar die Wanderschuhe. Ich wusste, dass der Mensch nicht nur aus Körper und Kleidung bestand; ich wusste, dass es da noch etwas gab, etwas Unsichtbares, einen Astralleib, wenn man so wollte, den nur sah, wer Augen hatte zu sehen. Ratlos kniff ich die Augen zusammen.

Jahrelang war es mein Beruf gewesen, dieses Unwägbare zu erkennen, es sichtbar zu machen; seine Kraft, die uns aufwärtszieht, die unsere Träume nährt. Jetzt stellte ich fest, dass mein astrales Sinnesorgan verwirrt war, dass es Gleichgewichtsstörungen zeigte und kein Oben und Unten mehr kannte. Und ich spürte die Panik, die eine alternde Frau packt, wenn sie zum ersten Mal den Geburtstag ihres Bruders vergisst.

Schmiddel ging auf den Türken zu, an Biertischen und Sonnenschirmen vorbei. Er hielt ihm das flackernde Feuerzeug vors Gesicht. Der Mann nickte, nahm einen Zug aus der Zigarette und lachte albern; oben rechts blinkte ein goldener Eckzahn. Ich sah, wie die beiden noch eine Weile zusammenstanden; ich wollte so gern hören, was sie sich erzählten, doch ich hörte nur das hektische Pumpen der Ska-Band.

»Cool«, sagte Schmiddel bei seiner Rückkehr und hob den halb gefüllten Plastikbecher, den er von einer der Bierbänke mitgebracht hatte.

Wir bogen zur Alster ab, dem Yachtclub entgegen. Dort, erinnerte ich mich, hatte ich einmal bei der »Serious Slaughter«-Matinee mit Roger Zachary einen Knallbonbon geteilt. Ich hatte das größere Stück erwischt; es enthielt ein Glücksschwein mit psychedelischen Spiralen in den Augen. »Always lucky, you Germans«, hatte Roger gesagt und, wenn mich nicht alles täuschte, meine Hüfte berührt. »All the luck, and all the drugs.«

Jetzt hörte ich nur noch Schmiddels Schritt neben mir; Chuck und Zebra waren offenbar zurückgeblieben. Ich hörte Schmiddels hohe, weiche Stimme. Ich hörte das Flappen meiner Sneakers auf dem Kies des Uferwegs; es kam mir unanständig laut vor. Ich begann, meine Füße vorsichtiger aufzusetzen. Schmiddels Schritte waren kaum zu hören; es klang wie ein Rollen, wie Fahrradreifen auf Asphalt.

»Weißt du, Uschi«, sagte Schmiddel. Ich sah nicht mehr hin, als er fortfuhr. Ich hörte nur noch auf seine Stimme. »Die Galeristen, die Sammler, die Kritiker«, sagte Schmiddel, »das sind alles Zecken, Uschi. Die haben kein Hirn. Die haben auch keine Augen im Kopf. Die können sich auch nicht bewegen. Die sitzen in den Bäumen und warten, dass was vorbeikommt. Und wenn das nach Buttersäure riecht, dann lassen die sich fallen. Dann müssen die sich fallen lassen. Da können die nix zu. Und dann beißen die sich fest, Uschi. Und wenn du die loswerden willst, dann musst du denen den Kopf abreißen. Das ist eine Sauerei, Uschi, das sag ich dir. Da läuft dir das Blut die Beine runter. Und wenn du denkst, du bist sie los, dann merkst du, die haben dein Hirn längst weich gekriegt. Und deine Nerven, Uschi.«

Ich verbot mir, hinzusehen, als Schmiddel fortfuhr: »Alles bloß noch ekeliger gelber Schmodder. Bor-re-li-o-se sagt man dazu.«

Die Wolke von den Mundsburg-Hochhäusern kam näher; fast war mir, als senkte sie sich auf mich herab, auf meinen armen, verwirrten Kopf. Nie hatte ich Schmiddel so lange reden hören. Und so ausführlich war seine Rede, so gnadenlos hatte er seine Botschaft gedehnt, dass sie dünn klang und langgezogen, wie ein stimmloses Pfeifen, wie ein Tinnitus, der ortlos zwischen meinen Ohren oszillierte.

»Weißt du, ich war ein schwieriges Kind, Uschi. Meine Mutti hat mir Aquavit gegeben. Dann war ich ruhig. Manchmal haben die Typen den vorher schon weggetrunken, dann war nix mehr mit Ruhe. Dann hab ich die Präser aus dem Nachttisch geholt. Und mit der Nagelschere Muster reingeschnitten, Kreuze, Halbmonde, Sternchen. Einer von den Typen hat mir dann so ein Ding in die Fresse gestopft.«

»Wie ekelig, Schmiddel«, sagte ich. Dabei spürte ich alles andere als Ekel. Ich fühlte mich merkwürdig leicht und im Einklang mit allem, im Einklang mit der Uferlinie, mit Schmiddels rollenden Worten.

»Gar nicht ekelig«, bestätigte Schmiddel. »So lernt man Leute unterscheiden, Uschi. Das gibt immer solche und solche. Und da kommt das auf an, Uschi, ich sag dir das.«

Zwei Möwen sanken auf den Wasserspiegel, drehten kurz vorher ab; ihre Bahnen kreuzten sich in der Luft. Ich hatte das Gefühl, diese Möwen hätten etwas mit Schmiddel und mir zu tun; ich kam nicht darauf, was. Sie waren ein Kommentar zu einem Text, den ich nicht kannte. Vor uns lag jetzt der Yachtclub.

Ich hielt den Zeitpunkt für gekommen, jetzt meinerseits Schmiddel eine Geschichte zu erzählen. »Kennst du Roger Zachary, Schmiddel«, fing ich an. Schmiddel gab keine Antwort.

Ich drehte mich zu ihm um. Schmiddel hatte sich in eine Möwe verwandelt. Sie hockte auf dem Rasen und machte sich an einer weggeworfenen Eistüte zu schaffen.

Noch vor dem Eingang des Yachtclubs beschloss ich, dass ich urlaubsreif war. Ich hatte Halluzinationen; ich brauchte eine Pause, eine kleine Fahnenflucht. Auf der Terrasse des Yachtclubs bestellte ich einen Banana Split mit Sahne. Ich konnte mich nicht erinnern, wann ich zum letzten Mal Geld ausgegeben hatte; es fühlte sich an wie ein Regelbruch, eine aufregende kleine Schummelei. Aber in diesem Moment spürte ich ein Bedürfnis nach Unschuld, nach Kindheit, nach Point Zero.

Ich sah die Kellnerin auf mich zukommen. Ich fand kein Zögern, kein Befremden in ihrem Blick. Als sie sich über meinen Tisch beugte, um das Glas mit dem schlaffen Teebeutel abzuräumen, roch ich ihr Parfum; es war *Théorie* von Aline Badiou. Ich erinnerte mich, dass auch ich diesen Duft einmal getragen hatte; ich fragte mich, ob man mir das immer noch anmerkte.

»Was darf's sein«, fragte die Kellnerin. Ich bereitete mich auf den winzigen Schritt rückwärts vor, den suchenden Blick Richtung Küche, das kleine Naserümpfen, das sich mit einem angedeuteten Niesen verstecken ließ. Stattdessen strahlte die Kellnerin mich an, musterte wohlwollend mein Gesicht, erwartete meine Entscheidung geradezu hoffnungsfroh.

»Einen doppelten Bacardi«, sagte ich rauh. Ich holte die Stimme tief aus der Kehle, schleifte sie über Mandeln und Stimmritzen. »Und, sagen Sie mal, Gatorade« – ich versuchte so etwas wie ein irres Lachen – »haben Sie wohl nicht zufällig da.«

»Gatorade leider nein«, sagte die Kellnerin, und ihr Lächeln schien noch einmal aufzublühen. »Aber wenn ich Ihnen ein Pocari Sweat bringen darf.«

Es war hoffnungslos. Ich riss den Reißverschluss meiner putzbereiften Kapuzenjacke auf, ließ den ledernen Patronengurt aufblitzen; ich erntete keinen Respekt, keine Scheu. Die Kellnerin warf nicht einmal einen verlegenen Blick zur Seite, zur Tischdekoration oder zu dem Feuerwerk, das gerade in diesem Moment über der Kennedybrücke in den anthrazitfarbenen Himmel sprang.

Ich starrte aus dem Fenster. An Stelle der Kellnerin verfolgte ich das Feuerwerk. In diesem Moment, eine grüne Kugel schoss in den Himmel wie ein Zeichen für Seenot, glaubte ich zu begreifen, was Zork an mir hasste. Ich war eine Touristin, nicht heiß und nicht kalt; ich war lau. Ich war nicht kompromisslos genug. Dienstleister wie diese Kellnerin waren es, die einen Touristen auf hundert Meter Entfernung erkannten; Touristen, das waren die, die man bedient, die man verachtet. Erst wenn man nicht mehr bedient wird, kann man sicher sein, die Verachtung überwunden zu haben.

Ich kam mir fast trotzig vor, als ich nach dem Rum-Pocari noch einen Rotwein bestellte. Ich ließ mich sogar beraten. »Nehmen Sie den Spätburgunder«, sagte die Kellnerin, »der wird immer gern genommen.« Nie zuvor hatte ich etwas getrunken, das *immer gern genommen* wird; ich hätte mich gefühlt, als tränke ich etwas, das schon jemand im Mund gehabt hat. Jetzt war ich schon so weit, um Empfehlungen zu bitten.

»Hm – als Nächstes vielleicht einen Rémy Martin«, sagte die Kellnerin, die Augen nachdenklich zur Deckentäfelung erhoben. »Und dann – einen Sambuca. Eigentlich wollen über kurz oder lang alle immer einen Sambuca.«

An diesem Abend machte ich mich erst spät auf den Weg in die Philharmonie. Ich fühlte mich erholt, geölt mit den besten Tropfen der Welt, gepanzert mit harter Währung, die mir immer noch zu Gebote stand, auch wenn ich seit Wochen kein Foto mehr verkauft hatte. Es war eine Schwäche, mit solchen Hilfsmitteln die Selbstachtung wiederzugewinnen, doch an diesem Abend spürte ich darin eine Kraft. Ich spürte etwas, das mir allein gehörte; etwas, das Zork nicht bekommen würde, selbst wenn er wollte. Ich nahm sogar ein Taxi; die Adresse in der HafenCity entlockte dem Fahrer einen anerkennenden Pfiff.

Doch auf der Langen Reihe schaltete der Fahrer das Radio an, und die Zerknirschung holte mich ein. Er hatte Schmiddels Sender gewählt, Oldie 98. Oldie 98 spielte »I Can Do Better« von den Treasure Twins. Ich sah die linke Faust vor mir, die Schmiddel jedes Mal ballte, wenn in den Nächten der Elbphilharmonie dieser Song erklang. Ich dachte an sein konzentriertes Gesicht, das in die Ferne blickte und zugleich nach innen, dorthin, wo auch bei ihm wohl gewöhnliche Eingeweide saßen. Ich dachte an den Jubel, der dann von der Tanzfläche aufstieg. Und ich fragte mich, was ich im Auto von einem Mann zu suchen hatte, der nicht wusste, was »I Can Do Better« bedeutete.

Verstohlen, Zittern in den Fäusten, kletterte ich über den Zaun. Ich fühlte mich wie eine dumme kleine Ausreißerin, die sich nach einer sinnlos verausgabten Nacht ins ahnungslose Elternhaus zurückstiehlt und auf dem Weg in ihr Jugendzimmer hört, wie sich der Vater die Koteletten rasiert.

Noch in den Parkhausspiralen kamen mir zwei unbekannte Pärchen entgegen, die sich offensichtlich gerade gefunden hatten – die Männer schauten einander ständig an, als müssten sie beraten, was mit den Eroberungen zu geschehen hatte, als wollten sie vielleicht noch einmal tauschen. Im Vorbeigehen ließ der eine den Hintern seiner Begleiterin los und fasste mir auf den Bauch, als wäre ich schwanger.

»Du, lass mal«, sagte ich lahm.

Auf der Plaza stand eine Blondine und filmte das Geschehen; sie trug einen Anorak in der Farbe verdünnten Himbeersirups und zog beim Filmen den rechten Mundwinkel hoch. Vor ihr posierten drei Mädchen in Übergangsmänteln. Sie hielten in synchronem Winkel Weinflaschen an ihre Lippen; es sah aus, als bliesen sie ein Halali oder den Kleinen Zapfenstreich. Zwischen den verpackten Nasszellen im Hotelblock sah ich zwei nackte, unnatürlich weiße Frauenbeine ragen; meine verstauchten Gedanken kreisten um Mord. Dann erkannte ich, wie ein Mann in Schwarz sich zwischen den Marmorbeinen erhob; auf den zweiten Blick erkannte ich Chuck. Schließlich sammelte auch die Frau am Boden ihre Beine zusammen; ich war erleichtert und verstört zugleich, dass es nicht Zebra war.

Für diese Nacht verlegte ich mein Lager ins Sockelgebäude. Ich wollte fern vom Geschehen sein, fern vom Trubel, fern von den anderen und ihren unbarmherzigen Blicken. Es war mir lieb, dass ich von hier aus den Fluss nicht sehen konnte; es fühlte sich an wie Askese, wie eine wohltätige Nacht im Kloster.

18

An den folgenden Tagen fand ich endgültig heraus, wie einfach das Trinken ist, wenn einem jemand zu trinken gibt. Ich stellte sogar fest, dass ich begabt war; einmal trank ich im Kleinen Konzertsaal den überforderten Chuck unter den aus Euro-Paletten und Bierkisten kühn zusammengezimmerten Tisch. Wenn Zork frischen Gabba ansetzte, wartete ich kaum, bis er fertig gemischt und geschüttelt hatte; schon nahm ich ihm die Flasche aus der Hand. Ich sah Zork nicht an, sondern trank nur, den Blick auf die Elbe gerichtet. Meine Seele schwang mit den Kränen, den akrobatischen Möwen, dem feuchtbraunen Dunst über der Köhlbrandbrücke. Als ich absetzte, konnte Zork neu anfangen zu mischen.

Ich schluckte jeden Tropfen Gabba, der mir in die Quere kam. Und so füllte ich mich praller denn je mit dem reinen Geist an, der uns Philharmoniker von den Followern unterschied. Es war der Geist der Sinnlichkeit und der Rohheit, der Geist des Leckmichamarsch.

Ich erzählte Witze über Nazis und Schönheitschirurgen. Ich packte Chuck, der nicht zuhören wollte, an den Ohren. Ich senkte meine Stirn gegen seine, zischte ihm ins Gesicht: »Deine Ohren sind echt nichts wert. Ich glaub, die brauchst du nicht mehr.«

In einer Freitagnacht griff ich dem Twen von der Hochschule

für Gestaltung, der an einer Säule auf der Plaza lehnte, mit halb geschlossenen Augen, die Brauen hochgezogen und die Locken an den Beton gepresst, in den Ausschnitt seines Tischdeckenhemds. Ich nestelte auch noch die beiden restlichen Knöpfe auf und schob ihn unter Grunzen in den Hoteltrakt, zwischen die eingepackten Sanitärelemente, wo nur noch das Wispern und Zischen junger Marder an unsere Ohren drang.

Und ich lernte zu kotzen, ohne mich zu schämen. Ich lernte kotzen vor begeistertem, abwartendem oder gleichgültigem Publikum. Mal kotzte ich wie ein Wasserfall am Sambesi, dann wieder mit dem zierlichen Sprudeln eines römischen Brunnens; ich kotzte wie ein Schrei oder wie ein Flüstern. Ich kotzte mit gelebtem Selbstbewusstsein, frisch, unangestrengt und mit britischem Humor. Ich lernte, das ganze Füllhorn der Gerüche zu lieben, die unsere Welt für mich bereithielt; ich fand sogar Geschmack an meinem eigenen Aroma.

Nur Zork ließ sich nicht beeindrucken. Einmal, als er wie Vito Churrasco seine Faust in ein Dämmwolle-Polster trieb, sah er mir nicht einmal mehr ins Gesicht, sondern gleich auf die Nikon. »Och nee, nich«, stöhnte er. »Nich schon wieder die Scheiß-Kamera.«

»Ich finde ja, du hast es verdient«, sagte ich laut. Aber Zork winkte nur ab und zimmerte noch einen linken Haken in die Dämmwolle.

Es war eine der grandiosen, verstörten Ideen Pauls gewesen, die Hochzeit von Zebra und Chuck auf dem Dach zu feiern. Schon im Abendrot standen jetzt die Gäste in der Eislandschaft, inmitten der Gletscher, deren Leuchten den Gabba glühen ließ. Sie standen an den Hängen wie Skifahrer, Standbein gestreckt und Spielbein gebeugt. Chuck und Zebra saßen auf den Holzstufen zum Gipfel; Chuck trug die Krone, die Paul ihm aus einem Stück Drahtgitter geformt hatte. Unablässig strömten Neugierige auf das Dach, schauten sich um und bestaunten die rotvioletten Wolkenschlieren, die sich vom auberginenfarbenen Fluss in den diesigen Himmel fächerten.

Ich hatte beschlossen, mich schnell zu betrinken. Ich wollte nicht mehr beobachten. Ich wollte nicht mehr komponieren und choreographieren; ich wollte nicht mehr Gruppen und Paare in Konstellationen zwingen. Ich wollte mich treiben lassen, wohin die Party mich haben wollte, die Gang, das Schicksal.

»Heute geht hier noch ganz was Besonderes«, sagte ich zu Schmiddel, der schon nickte, bevor ich fertiggesprochen hatte. »Ich hab so ein Gefühl.«

Als ich geendet hatte, hörte sein Nicken auf.

Eine Gruppe junger Leute quoll auf das Dach. Sie schleppten zwei Bierkästen, trugen Unterhemden und Hawaiishirts und bohrten in den Nasen. Die Mädchen, angetan mit Faltenröcken und Kassenbrillen, blähten Kaugummiblasen in die Abendluft. Eins der Mädchen wandte sich gleich an mich, ehrfurchtsvoll, doch mit vorsichtiger Distanz: »Gehörst du hier dazu.«

Ich war froh, einen Anlass zum Grinsen zu haben. Natürlich gehörte ich hier dazu. Ich gehörte sogar so sehr dazu, dass es ohne mich diese Party nicht geben würde; dass ohne mich diese Party ein trüber Umtrunk unter der Brücke wäre. Und so sehr gehörte ich dazu, dass ich nichts davon sagte, sondern nur lässig und einnehmend grinste und mit den Schultern zuckte.

Ich hob die Hand und mischte mich unter die Leute. Sie warfen Tabletten ein und zündeten Knallkörper; von Zeit zu Zeit sah ich das Sprühen einer Lunte, hörte ein überdrehtes Kichern, dann eine fröhliche kleine Explosion. Betty trank bereits mit vollem Einsatz. Zork flüsterte etwas in Pauls Ohr, einen Fluch oder eine Offenbarung; dann rieb er ihm die Schultern, massierte ihm seine Botschaft in die Haut. Das Ergebnis klopfte er mit ein paar herzlichen Hieben fest.

Chuck hatte Zebra verlassen und lief hinter einer Frau her. Sie sah wie eine Stewardess aus in ihrem De-La-Ferro-Kostüm, das sie mit einem grobmaschigen weißen Strickschal verhüllt hatte. Sie drehte sich um und strahlte ihn an. Chuck senkte die Hände in die Taschen und pfiff ihr sein Lied vor, von der ersten bis zur letzten Strophe. Ich erkannte »Rise And Shine My Blue Suede Shoes«.

Schmiddel war noch nicht zu sehen. Wahrscheinlich brütete er noch in der Garderobe, den Daumen am Rädchen des stummen Radios. Ich stolperte über Betty, der die Zunge schon wie ein Kloß im Mund lag. Ich sprach Zebra an, deren Blick über die Dachlandschaft schweifte; offenbar suchte sie Chuck und wollte sich nichts anmerken lassen. Im Norden glomm das Columbus-Hochhaus auf, in stetig zunehmender Lichterpracht.

»Du«, sagte Zebra, »ich glaub, ich muss da mal schnell jemand begrüßen. Wir sehn uns.«

Auf halber Strecke drehte sie sich noch einmal um und rief: »Amüsier dich gut!«

Ich griff mir ein Bier, machte es mir auf einem Abhang bequem. Ich hörte das Lachen einer Gruppe Blondinen; es waren tiefgekühlte Mädchen in Kleidern aus Haushaltsfolie. Ein junger Mann im Muscleshirt hatte den Jägerhut so tief in den Nacken geschoben, dass ihm die klebrigen Pechlocken in die Stirn rollten. Chuck kam mit der Stewardess um die Ecke, zeigte kurz auf mich und flüsterte der Frau etwas ins Ohr. Ich winkte, bekam von Chuck einen halben Winker zurück und einen ganzen von der Stewardess. Dann war das Paar verschwunden, verschluckt von einer Gruppe üppig geschminkter Männer, die mit suchenden Blicken über die Betonwellen kreuzten.

Als Schmiddel den Gipfel bestieg, war die Sonne gerade untergegangen. Gemessen nahm er Stufe um Stufe, das Radio schlenkerte fast achtlos in seiner Hand, im gleichmäßigen Takt seiner langen Arme. Er schien keinen Blick für das Fest zu haben; Stufe für Stufe schritt er den Hang hoch, konzentriert, das Kinn im hochgeschlagenen Mantelkragen geborgen. Ich sah, wie er durchatmete, als er am Gipfel angelangt war; es war, als filterte er das Fest, als atmete er es ein und wieder aus.

Es war wie immer ein großer Moment. Jeder musste jetzt Schmiddels Anwesenheit spüren, auch wenn viele noch immer nicht hinschauten, beschäftigt mit Trinkspielen, Tablettenmissbrauch und burschikosen Flirts, oder hinüberstarrten zur Traglufthalle am Südufer, wo die sechstausendsechshundertsechsundsechzigste Vorstellung des Musicals »König der Löwen« ihrem traurigen Höhepunkt zustrebte.

Mit einem einzigen Blitz gelang es mir, die Aufmerksamkeit zu sammeln. Die Köpfe ruckten herum, und jetzt sahen alle, wie Schmiddel das Radio hob; über ihm Sterne, Flugzeuge, ein träger, pulsender Satellit. Alle sahen, wie Schmiddels Daumen das Rädchen drehte; es sah aus, als setzte das Drehen sein Strahlen in Gang. Die Musik ergriff ihn, so wie er die Musik ergriffen hatte.

Wir alle sahen dieses Strahlen. Und wir alle spürten jetzt, wie der Wind über den Fluss kam; ein warmer, absichtsloser Wind, ein verspieltes, beiläufiges Rauschen. Doch es war ein Wind, der mit der Fülle des Weltalls hereinbrach und von der Musik nur ein fernes, jenseitiges Flüstern übrigließ.

Wer sich Mühe gab, konnte, wenn der Wind abebbte, zwei, drei Takte von »You Can't Always Want What You Get« erhaschen, bevor ein neuer Wind kam, vielleicht auch der alte, mit neuem Anlauf. Jedenfalls starrten alle angestrengt Schmiddel auf seinem Gipfel an, der so stumm war wie sein Radio; und alle sahen, wie er leicht mit dem Kopf nickte, wie seine Lippen den Worten folgten. Alle sahen, wie er hineinwuchs in diese Musik, die nur er hören konnte; die ihm allein gehörte und die er nun für alle verkörperte, mit jeder Falte seines Gesichts, seines Mantels; in seiner Sphäre, die unter den versammelten Blicken zu zittern schien wie die Sommerluft über einer ländlichen Asphaltstraße.

Es waren zwei Jungen, kaum erwachsen, mit Topffrisuren und quergestreiften, weit ausgeschnittenen Leibchen, die als Erste zu tanzen begannen. Sie warfen die Arme diagonal vor den Körper, hoben die Knie bis zu den Brustkörben. Ich sah hinauf zu Schmiddel und wieder zurück zu den Jungen; sie schienen zu seinen Atemzügen zu tanzen, zu seinen Lippenbewegungen, zu den Gezeiten seines hoch aufgerichteten Körpers.

Von Zeit zu Zeit hörte ich leise Musik, ein paar verzerrte Akkorde von »Weiter als weit«, die verwischten Rhythmen von »Baby, I Wanna Hold Your Daffodil«. Die beiden Jungen hielten noch immer den Takt; und längst wogten zwei Dutzend Tänzer zwischen den Betongipfeln, tanzten zu den Schwingungen, die Schmiddel ihnen schickte, zuckten knapp mit den Becken, warfen Arme und Beine in die Luft. Sie überließen sich den Signalen, den unsichtbaren Wellen, die Schmiddel aussandte und die sie empfangen konnten wie das Transistorradio, das locker in Schmiddels Faust lag wie eine Startpistole für den Wettlauf in die Glückseligkeit.

Ich setzte die Bierflasche an und lehnte mich zurück. Ich fühlte mich einverstanden mit meinem Posten; kaum vermisste ich die Gesellschaft von Schmiddel, Chuck und Zork, von Zebra, Betty und Paul. In diesem Moment hätte ich ihnen nichts zu sagen gewusst. Nur einmal, als ich sah, wie Chuck und Zork die widerstrebende Zebra in die Mitte nahmen und zur Tanzfläche drängten, gegen das Trampeln ihrer langen, vom Glockenrock umspielten Beine anschiebend, höhlte ein kurzer Augenblick der Eifersucht meinen Magen aus.

Dann drehte sich Zebra mit geschlossenen Augen, gezähmt und entfesselt zugleich, zwischen ihren Begleitern. Sie schwang die Fäuste gegen den Himmel, und Chuck und Zork klatschten in die Hände, die Oberkörper vorgebeugt wie Buschmänner auf Jagd. Ich beschloss, einen kleinen Spaziergang zu machen.

Längst hatte die Party die Grenzen der Dachterrasse gesprengt. Sie überspülte jetzt das ganze Gebäude. Im Kleinen Konzertsaal lag eine Frau rücklings auf Kartons mit technischen Aufschriften, die Ballerinas am Fußende aufgestellt. Sie starrte an die Decke, kraulte den Kopf eines Mannes, der die Zunge in ihren Bauchnabel bohrte; sie seufzte: »Ach nee.« Auf der Plaza kletterten Gäste die schrägen Säulen hoch, versuchten, den Biergüssen auszuweichen, die aus Plastikbechern in ihre Richtung schossen. Ein Frauenquintett, das ich vage von ein paar Eröffnungen bei *Supp Contemporary* kannte, rodelte auf Plastikfolien die Rolltreppenröhre hinab, Augen aufgerissen und Zähne gebleckt. Statt der üblichen Surimi-Ledertrenchs, Neonjeans und Kitten-Heels von Nagorny trugen sie Deutschland-Trikots von der WM 1998; unter Kampfschreien pflügten sie durch den Gegenverkehr, der unablässig vom Erdgeschoss aufwärtsdrängte.

Ich fing den Blick Chucks auf, der vergeblich auf Zugang zur Rolltreppe wartete, und lächelte ihm aufmunternd zu. »Ich glaube, das ist mir bisschen zu sportlich hier«, sagte ich. »Wollen wir den Fahrstuhl nehmen?«

»Jeder, wie er Bock hat«, sagte Chuck, blieb stehen und starrte weiter auf das Loch, das in die Tiefe führte.

Schließlich kehrte ich zurück zum Dach. Schmiddel führte noch immer seine stumme Show auf; doch jetzt hatte er angefangen, sich zu bewegen. Jetzt schwenkte er das Radio rhythmisch in der Luft wie ein Feuerzeug, hinterließ unsichtbare Leuchtspuren, Spray-Tags, Flaggenzeichen. Er hatte die Augen geschlossen, spürte der Musik nach, die stoßweise aus dem Gerät drang, in dünnen Schlieren; bisweilen durchsetzt von weißem Rauschen, wenn Schmiddel in seiner stillen Ekstase an das Senderrad stieß. Doch am Himmel, das hätte ich beschwören können, blakte der Mond.

Die Menge zu Schmiddels Füßen war selig. Ohne zu hören, tanzten die jungen Römer zu der Musik, die Schmiddel *war*. Ihr Tanz hatte eine Ernsthaftigkeit, die mich rührte; nur an Schmiddels Lippenbewegungen konnten sie ablesen, ob sie zu »Sexy Schlauch« tanzten, zu »Küss mich dumm« oder zu »Schatzi, schenk mir ein Abendbrot«. Bei »Zu jung (um alt zu sein)«

streckte Schmiddel den schmalen Hintern hervor, dann wippte er mit dem rechten Unterschenkel. Wie auf Befehl verebbte der Wind und ließ laut und brüchig den Refrain aufwimmern. Ein einziger Freudenschrei antwortete aus hundert Kehlen.

Ich hielt mich am Rand des Geschehens. Ich nickte mit dem Kopf; eine bewährte Methode, mit der ich es manchmal schaffte, mich in Stimmung zu bringen. In der Menge entdeckte ich Betty, zwei Meter von mir entfernt. Ihr Mund grinste, noch breiter als gewöhnlich; die Wimpern lagen lang und erschöpft über geschlossenen Lidern.

Längst hatte sie sich von Schmiddels Rhythmen befreit. Ihr Körper folgte jetzt seinen eigenen Gesetzen, seiner eigenen Choreographie. Es war ihre Peristaltik, die sie in Gang hielt, der Taumel ihrer Organe; als schwappten die achtzig Prozent Wasser, aus denen jeder Körper besteht, in ihrer Haut ohne Widerstand hin und her.

Dass ihr schlaffer Leib unablässig gegen einen der anderen Tänzer prallte, schien sie nicht zu bemerken. Auch schien sich niemand um sie zu kümmern; nur manchmal streckte sich ein Arm aus, stellte einen Abstand wieder her oder gab Hilfestellung. Bettys rechte Hand krallte sich in ein T-Shirt mit dem Aufdruck »Bier formte diesen wunderschönen Körper«. Natürlich war es eine Frau, die das T-Shirt trug. Und ich musste zugeben, dass sie wirklich wunderschön war.

Die Frau lachte. Über dem T-Shirt trug sie eine Strasskette von Treblinski, die ihre weißen Zahnreihen verdoppelte. Sie warf feurige Seitenblicke zu ihrem Freund, der unter der blauen Handwerker-Latzhose weiße Socken trug; aufmunternd hob er den Daumen. Betty rotierte gefährlich auf dem Absatz, streckte suchend die Linke aus, packte schließlich die Latzhose, erwischte sie genau am Latz. Ein paar Sekunden lang taumelte sie, schwankend zwischen T-Shirt und Latzhose, taumelte vor und zurück, bis sie Shirt wie Hose losließ und in flüssigem Bogen zu Boden sank.

Zögernd öffnete sich eine Lücke in der Menge. Menschen wichen Betty aus, kurz lächelnd, dann wieder auf Schmiddels unhörbare Musik konzentriert. Sie umtanzten Bettys gestrandeten Körper, der jetzt auf allen vieren bebte und versuchte, Höhe zu gewinnen. Ich sah Bettys Augen, Bettys ziehenden, noch im Desaster ungerührten Katzenblick. Sie starrte mich an. Und es war nicht zu entscheiden, ob sie Hilfe suchte oder Streit.

Ich streckte die Hand aus. Und als Betty ebenfalls den Arm hob, dabei ihr heikles Gleichgewicht in Schieflage brachte, trat ich einen Schritt näher und packte sie am Unterarm.

Zentimeter um Zentimeter arbeitete Betty sich an mir hoch. Ich spürte die Kraft ihrer kleinen Hände. Es tat weh, wenn sie in mein Fleisch griffen. Ich nahm einen scharfen Geruch wahr, der stärker und stärker wurde. Doch erst als Bettys Frisur auf meiner Schulterhöhe war, als sie die Arme um mich schlang und den Kopf in meine Achselhöhle wühlte, wurde mir klar, dass Betty sich eingenässt hatte.

Es war keine Überlegung, keine bewusste Abwehr. Es war nicht einmal Ekel. Es war Mechanik, eine physikalische Reaktion aus Druck und Gegendruck, die dazu führte, dass Betty plötzlich wieder am Boden lag. Ich sah Betty benommen zu meinen Füßen liegen; ich sah die verständnislosen Blicke ihrer Katzenaugen. Betty wälzte sich über den Boden auf mich zu, den Kopf hart über dem Beton; dann spürte ich, wie ihre Arme meine Beine umschlangen. Fang jetzt bloß nicht auch noch an zu kotzen, dachte ich; ich weiß, dass du das kannst.

Ich war gefangen. Um mich herum sah ich Menschen, die munter Arme und Beine schwangen, die Sprünge vollführten, quer über die Fläche. Ich aber stand gefesselt in Bettys Umklammerung, im Gefängnis von Bettys Uringeruch, der sich mit jedem Schütteln des krampfenden Körpers stoßweise in meine Nase drängte. Und da sah ich Zork, der lässig, Hände in den Taschen, auf die Skulptur zuschlenderte, zu der ich mit Betty zusammengeschweißt war.

Ich zwang mich zum Lächeln. »Kuck dir das an«, sagte ich souverän. »Die hat's nicht mehr bis zum Klo geschafft.«

Zork antwortete nicht. Er marschierte nur weiter auf mich zu, und als er auf Handbreite vor mir stand, starrte er mir in die Augen. Sein Blick war wie Steinschlag, wie Melodien. Sein Mund stand halboffen, als hätte er gerade etwas gesagt, als könnte er sich nur nicht erinnern, was. Einen Moment lang war der leichte, bittere Geruch seiner Haut stärker als die Urinschwaden aus dem Abgrund unter mir. Dann neigte er den Mund an mein Ohr und zischte hohl: »Na. Und.«

Er zog den Kopf zurück, um zu sehen, was seine Worte bei mir angerichtet hatten. Ich muss ihn verwirrt angesehen haben, denn auf seinem Gesicht breitete sich das sieghafte Grinsen aus, das er immer aufsetzte, wenn er eine seiner vielen Schlachten gewann. So stand Zork vor mir, Fäuste in den Hüften, die Stiefel knapp neben Bettys Ohren. Und ohne Betty anzusehen, die noch immer meine Beine umkrampfte, fing er an, sie zu preisen.

»Das ist eine ganz Große«, sagte er. »Eine ganz Große.«

Er blickte jetzt auch über mich hinweg, über mein Unbehagen, meine reglose, ausgelieferte Gestalt.

»Die hat was«, sagte er, »davon träumst du bloß.«

Und als erinnerte er sich jetzt erst wieder an mich, sah er mich an, forschte mit zusammengekniffenen Augen in meinem Gesicht: »Und du. Wo kommst du überhaupt her. Wer bist du eigentlich, Mensch. Was willst du hier. Wer hat dich überhaupt eingeladen.«

Ich konnte es nicht sagen. Keine seiner Fragen hätte ich beantworten können. Ich wollte auch längst nichts mehr; schon gar nicht wollte ich mich rechtfertigen; ich wollte nur noch weg von diesem Ort. Ich versuchte, einen Fuß zu heben, aber die Klammer hielt mich fest. Endlich beugte sich Zork über Betty, griff ihr unter die Achseln, und ihre Arme lösten sich von meinen Beinen. Dann zog er sie hoch, drehte sie zu sich, hielt ihren pendelnden Kopf mit seinen langen, aristokratischen Fingern fest und wälzte ihr einen endlosen Kuss auf den Mund.

Ich konnte nicht zusehen; ich schloss die Augen. Zugleich war ich unfähig, mich von der Stelle zu rühren. Als ich wieder hinschaute, dauerte Zorks Kuss immer noch an; ich sah, wie Betty halbherzig auf ihn einging; ich sah Bettys breite Lippen, die sich träge regten unter Zorks konzentrierter Arbeit. Breitbeinig stand er da, den Kopf im Mondlicht, die halbtote Betty im Arm. Dann wandte er sich zur Tanzfläche und dröhnte: »Umdrehen, ihr Muschis. Hier ist erst ab achtzehn.«

Ich wollte etwas sagen.

»Zork«, sagte ich, aber Zork hörte nicht zu.

»Du hast recht«, sagte ich. »Das war nicht schön von mir.«

Aber Zork nahm Bettys Hand und zerrte ihren Körper, der jetzt zuckte, als hätte ihn Zorks Kuss noch einmal kurzfristig belebt wie Stromstöße einen toten Frosch, über den Beton und verließ mit ihr, ohne mich noch einmal anzusehen, den Dachgarten.

Mir blieb nichts übrig, als mich auf die Tanzfläche zu retten. Ich war nicht mehr betrunken. Es war, als hätte Bettys Klammergriff den Alkohol aus meinem Blutkreislauf gesogen und in ihren eigenen eingespeist. Ich stürzte mich in den Tanz, als wäre er ein Teich, der Sonne und Geräusche dämpft und nur grünes, körniges Licht unter die Wasseroberfläche lässt. Von irgendwoher, von jenseits des Wasserspiegels, hörte ich manchmal die schütteren Klangstöße aus Schmiddels Transistorradio, ihr stockendes Wehen. Doch ich schwamm willenlos in der Masse, die mich umgab; in ihren Wellen, ihrem walhaften, verspielten Stampfen.

In der Morgendämmerung fand ich auf meinem Dämmwolllager zwei junge Brillenträger in Löffelstellung. Sie trugen keine Hosen, aber Hemden, die mit Tiermotiven bedruckt waren. Ich nahm den Fahrstuhl in die Fitnessetage, stieg die Stufen zum Penthouse hoch und starrte durch das Panoramaglas, starrte in das erbleichende Dunkel über dem Fluss. Hinterrücks schlich sich die Sonne an, rötete die Wasserfläche, und ich schloss schnell die Augen.

Ich muss geschlafen haben, im Sitzen, auf dem nackten Beton. Denn als ich die Augen wieder aufschlug, sah ich den Tag in seiner ganzen Banalität im Fenster stehen, seine Containerschiffe, die blau spiegelnden, zweidimensionalen Fassaden seiner Hochhäuser. Ich machte mich auf den Weg durch das Gebäude; plötzlich war mir, als wäre es auch nur noch eins dieser Hochhäuser, flach und geheimnislos. Ich wollte niemandem begegnen. Ich stand im Lift, spürte den Abstieg im Bauch und hielt auf jedem Stockwerk den Atem an.

Als ich die Plaza überquerte, saßen schon alle auf der Treppe zum Großen Konzertsaal. Schmiddel hockte in der Mitte, die Knie zusammengepresst, in seiner bezaubernden Schüchternheit. Rechts von Schmiddel hatte Zork die Arme verschränkt, sein Blick war aus warmem Chrom. Zu seiner Linken fuchtelte Paul mit den Armen auf den lachenden Chuck ein, in dessen Schoß Zebras Kopf lag und sich von Zeit zu Zeit drehte, träge und aufmerksam, wenn ein neuer Sprecher das Wort ergriff. Und drei Meter abseits kauerte Betty, das wilde Haustier mit den Pandaaugen; sie packte ihren Berliner mit beiden Händen, riss in kurzen Abständen ihr weites Maul auf und trieb ihre Zähne in den Teig. Allen rannen, wie in »Fahrschule der Vampire«, rote Fäden aus den Mundwinkeln. Und ich musste zugeben, dass das Gruppenbild stimmig aussah, wie von genialer Hand arrangiert; wie das Cover der »Last Supper«-CD von Justine Kidding.

»Uschi sieht gut aus«, sagte Schmiddel zwinkernd und sah mich an. »Sieht Uschi nicht gut aus?«

»Super sieht Uschi aus«, sagte Zork. »Komm, kriegst auch einen Berliner.«

»Sollst auch nicht leben wie ein Hund«, fügte Chuck nickend hinzu.

Ich streckte den Arm aus, als Zork mir den Berliner reichte. Da zog Zork das Gebäckstück zurück; erst als ich den Berliner mit den Zähnen packte, ließ er los.

Trotzdem kam mir alles richtig vor in diesem Moment. Ich erzählte einen Witz, in dem David Princeton vorkam, eine Penisprothese und Shakespeare; beim Wort »Penis« lachte sogar Paul. Chuck schlug sich immer wieder grunzend an die Stirn. Ich lehnte mich zurück; ich schaute in die Runde, den Kopf hoch wie lange nicht mehr. Ich fand meinen Platz neben Zebra und Paul auf der Treppe; ich fühlte mich geborgen. Ich vergaß sogar meine Kamera; ich fragte: »Und ihr?«

Und Schmiddel antwortete: »Ach weißt du, Uschi.«

Und dann lächelte er mir offen ins Gesicht. Vor lauter Freude wuchsen seine Zähne, so kam es mir vor, fast einen Zentimeter über seine Lippen hinaus. Es war ein Blick der Gnade. Und dieser Blick genügte, um mich davon zu überzeugen, dass ich diese Gnade verdient hatte.

Leichtherzig verabschiedete ich mich von den Gedanken an die vergangene Nacht. Mein Blick folgte den lustigen Sonnenstrahlen, die der frühe Nachmittag auf die Plaza schickte, den flimmernden Staubkörnchen vor den schrägen Säulen. Und aufmerksam hörte ich Chuck zu, der die Bierflasche in der Hand schwenkte wie einen Taktstock und seinen Plan für den Abend ausbreitete.

»So lange du lebst«, sagte Chuck jetzt zu Zebra. »Und was du willst. Ich meine, so viel kannst du gar nicht trinken, wie du da leben müsstest.«

»Ich kann nicht singen«, warf Zebra ein.

»Ey, hast du mal Madonna gehört oder wie die heißt«, gab Chuck zurück. »DIE kann nicht singen.«

Natürlich hatte Chuck wieder gewonnen. Und als er dann noch seine zarte Zunge herausstreckte, um sich die letzten Marmeladenreste aus dem Bart zu lecken, war auch ich von seinem Plan überzeugt.

19

Als wir um halb elf die Stufen zum *Super Sound* hinabstiegen, hatte die Konkurrenz schon die besten Plätze besetzt. Uns blieb nur ein Tisch unter der Treppe, ohne Sicht auf die Bühne. Doch vielleicht war es von Vorteil, die Gegner nur zu hören und nicht zu sehen.

Es gab nur sechs Stühle für uns. Zebra musste auf Chucks Knien sitzen; dafür konnte sie, wenn sie den Hals reckte, über die Bar hinweg das Geschehen verfolgen. Zork nutzte umgehend unsere Abgeschiedenheit, um aus seiner Ledertasche eine Zweiliterflasche Gabba auf den Tisch zu zaubern.

Dass er mir als Erster zu trinken gab, versetzte mich in eine unsinnige Euphorie. »Möge der Beste gewinnen«, krähte ich und: »Dabeisein ist alles.« Ich sah Pauls stumme Lippenbewegungen; ich wusste nicht, ob er seine Gedichte memorierte oder schon lautlos für den Wettbewerb übte. Als eine sommersprossige, irgendwie weise aussehende Philippinerin an unseren Tisch trat, lud Chuck sie mit großer Geste zum Mittrinken ein. Schmiddel nickte, um das Angebot zu unterstreichen, mit ernster Miene.

»Würd ich gerne«, sagte die Philippinerin. »Aber ich bin im Dienst.«

»Schade«, sagte Chuck und wandte sich wieder der Flasche zu. Die Asiatin bewegte sich nicht vom Tisch fort. »Was«, fragte sie, »darf ich Ihnen bringen.«

»Eine Runde Champagner«, meldete Zork. »Aber italienischen, hörst du.«

»Haben wir leider nicht«, sagte die Frau.

»War nur ein Witz.« Zork sah sie an, geduldig, als müsste man ihr noch viel erklären. »Wir müssen ja gleich noch singen«, erläuterte er sanft. »Da knallen wir uns doch nicht schon vorher zu.«

»Tut mir leid«, sagte die Frau. »Sie müssen hier schon was verzehren.«

»Na gut«, meldete sich jetzt Zebra. »Eine Runde Kognak. Das ziehn Sie dann nachher von unserem Gewinn ab.«

»Welchem Gewinn«, fragte die Kellnerin mit verwundertem Blick. Sanft und forschend lagen ihre Lippen aufeinander; sanft und forschend blickte sie uns der Reihe nach an. Chuck beruhigte sie: »Das lass man unsere Sorge sein.«

Als der Kognak kam, sang schon ein Mann mit flehendem, kurzatmigem Bariton »Teenage Forever« von Barry Drinkwater.

»Voll das Arschloch«, urteilte Zebra, die den Überblick hatte.

Dann trat eine Pause ein, gefüllt von Gläserklirren und verstohlenen Beratungen. Der Barmann, ein mächtiger, schlafäugiger Malaie, ging selbst zum Mikrofon und brachte eine näselnde Version von »Sunshine In My Saxophone« zu Gehör; es klang wie *sunshibe in my saxophobe*.

Allmählich fanden auch die anderen Kandidaten Mut. Eine Frauenstimme, die aus den Tiefen einer Gasheizung zu kommen schien, interpretierte »If I Only Could Love You« von den Vevettes. Ein gemischtes Duo, angeführt von einer gepressten Ziegenstimme, die einen bauchigen Mezzotenor im Schwitzkasten hielt, versuchte sich an Paul Prescotts »Some Girls Have Something«.

»Interessant«, sagte Schmiddel.

»Was sind denn das für welche«, fragte Chuck, und Zebra reckte folgsam den Hals.

»Reaktionäre Spießer«, informierte sie uns.

Mit überlegenem Lächeln sahen wir uns an. Und in der Pause, die nach einer bestürzenden Darbietung von »My Love Is Like A Hovercraft« entstand, schickten wir den ersten Mann ins Rennen.

Paul stand auf und sprach mit dem Mann am Computer; kurz darauf pumpte das Intro zu »Weil du mich nicht willst« aus den Boxen. Wir erhoben uns von den Stühlen und konnten sehen, wie Paul mit dem Rücken zum Publikum stand, um kein Wort der Schrift zu verpassen, die über den Bildschirm lief.

Er stand mit gespreizten Beinen; er sah heroisch aus. Er war ein düsterer Schattenriss vor dem Farbgeflimmer, das sich zu Heidelandschaften ordnete, zu Gesichtern junger Paare im Nebel, zu Möwen über schimmernden Flüssen. Ich hörte sein Atmen zwischen den Sätzen, sein Husten, einmal einen Anflug von Weinen; er gab uns seine Seele, er hielt nichts zurück. Als er fertig war, waren wir die Einzigen, die Beifall klatschten.

Wir brauchten nicht viele Worte, um uns zu einigen, dass es wichtig war, sofort nachzulegen. Wir klatschten Chuck ab, der mit schlenkernden Beinen auf die Bühne marschierte; er ließ das Mikrofon kreisen, das knurrend gegen die Spiegelsäule flog. Jeder konnte Chucks Unbeschwertheit sehen, seine Überlegenheit über die Dinge. Als er die ersten Takte von »Mein kleines blindes Murmeltier« anstimmte, spürte ich eine Art Unruhe im Publikum, hörte Füßescharren; hier war offenbar etwas, das für reaktionäre Spießer nicht leicht zu schlucken war.

Als Chuck zum zweiten Mal den Refrain sang, der in dem charakteristischen Murmeltierpfiff endete, und als noch während des Refrains ein Paar in identischen Jeansjacken das Lokal verließ, reagierte Schmiddel geistesgegenwärtig. Für Chuck schickte er Zebra in den Ring. Halblaut flüsterte er ihr Anweisungen ins Ohr.

Es dauerte ein paar Minuten, bis der überrumpelte Mann am Computer Zebras Lied gefunden hatte. Zebra ging ohne Zögern daran, den Zeitverlust aufzuholen. Sie wartete nicht auf das Ende des Intros, auf das Anrollen der Schrift. Sie schrie ihr Lied heraus, wie es in ihr wohnte, wie es ihr auf der Seele brannte, unbekümmert um Konventionen, um das Korsett abendländischer Liedform.

»Jede Nacht lieg ich wach«, schrie sie, ließ das letzte Wort virtuos aufheulen, um sich noch mitten in der Zeile zu steigern:

»UND ICH TRÄUME!«, trumpfte sie auf.

Und dann war ihr Gesang nur noch Sturm, nur noch Tsunami, nur noch reines, unverfälschtes Gefühl. Niemand, der das Lied nicht kannte, wäre in der Lage gewesen, den Wortlaut der Fortsetzung zu verstehen: »– von dem kleinen Fischerdorf am Kaspischen Meer.« Doch auf die Worte kam es ohnehin nicht an.

Das war der Moment, in dem der Manager des *Super Sound* an unseren Tisch trat. Er trug eine Brille, wie sie Leute tragen, die an Autoritäten glauben; und so war es kein Zufall, dass sein Instinkt ihn dazu anhielt, sich sofort an Schmiddel zu wenden. »Hören Sie, Herrschaften«, sagte er. »Jetzt lassen wir vielleicht auch mal die anderen ran.«

Schmiddel blinzelte ihn irritiert an. Dann starrte er auf den Tisch; es sah aus, als kicherte er in sich hinein. In das Schweigen hinein, das auf ihren Auftritt folgte, kehrte Zebra an unseren Tisch zurück. »Was, schon«, fragte sie beim Anblick des Managers. »Haben wir schon gewonnen.«

Der Manager schob die Brille auf die Nase. Über den Rahmen hinweg stierte er Zebra an, die sich umdrehte und der Philippinerin einen Wink gab, um eine Bestellung aufzugeben. »Was denn gewonnen«, fragte der Manager; jetzt war es uns endgültig gelungen, ihn aus der Fassung zu bringen.

Es war erbärmlich, wie der Manager nun versuchte, sich aus seinem Versprechen zu stehlen. Wie er glattweg abstritt, jemals lebenslänglich Freigetränke für den Sieger des Gesangswettbewerbs ausgelobt zu haben. Wie er leugnete, dass es sich überhaupt um einen Gesangswettbewerb handelte. Es war ein Schauspiel, das Schmiddels Gelassenheit umso weisheitssatter strahlen ließ.

»Sag bloß«, sagte Schmiddel.

Es klang nicht nach Häme, sondern nach Neugier. Neugierig blickten Schmiddels kleine Augen auf den Manager hinab, der jetzt mit aufgeregtem Gefuchtel die Kellnerin zurückscheuchte und das Tablett mit Kognaks, das sie auf den plötzlich zitternden Armen trug.

»Haben Sie überhaupt Eintritt bezahlt«, fragte er drohend in die Runde. Er zeigte auf den Tisch am Eingang, an dem eine brünette Statistin mit einer geöffneten Stahlkassette wachte; auf den Tisch, den er nachträglich aufgestellt haben musste, um seine Ausrede zu beglaubigen.

Ich sah Schmiddel an. Ich sah seine weiße, durchsichtige Stirn; ich wusste, dass hinter dieser Stirn längst die einzig treffende Antwort auf die Zumutungen des Wirtes schlummerte.

Ich sah Chuck an, die gespannten Sehnen an seinem Hals. Ich sah Zebra, die den Kopf gesenkt hatte, eine Nashornkuh kurz vor dem Angriff; ich wartete auf den entscheidenden Satz. Es war seltsam ruhig geworden in dem Lokal; erst jetzt fiel mir der Ventilator auf, der an der Decke rotierte. Neue Gäste betraten den Keller, sahen sich um, schienen auch arglos zu zahlen; und es war so still geworden, dass ich deutlich die Stimme der Kassiererin hören konnte: »Acht Euro bitte.«

»Sonst muss ich Sie leider bitten«, sagte der Manager und blickte zur Tür. Wieder sah ich Schmiddel an, der aus irgendeiner Ferne durch den Manager hindurchblickte; er schwieg, aber ich konnte sehen, dass etwas in ihm arbeitete. Ich wusste, dass sein Schweigen nur eine Stille vor einem Sturm sein konnte. Und wahrhaftig war dies der Moment, in dem mit dramatischer Lautstärke die Musik wieder einsetzte.

Ich erkannte den Song sofort. Ich erkannte das Schlagzeug, ich erkannte den Bläsersatz. Es war »Rehab« von Amy Winehouse, und die gute alte Betty, die aus heiterem Himmel auf der Bühne stand, passte mit ihrer Nase, ihrem Mund und ihren Pandaaugen so perfekt zu dem Song, dass sich alle Köpfe ihr zuwandten und sich gleich darauf zueinanderneigten, um die Beobachtung weiterzugeben. Betty trug das zusammengewürfelte Zeug, das sie immer trug – ihre babyfarbenen Mallorca-Ballerinas, ihr halbseidenes Oberteil, in dem die Brüste lagen wie Eiskugeln in der Zwillingstüte. Sie trug auch ihren pinkfarbenen Minirock mit dem zickigen schwarzen Aufdruck in vergrößerter Schreibschrift, wie sie holländische Textildiscounter führten. Auf ihrer Glatze trug sie eine hysterische, zottige Perücke, die sie vom Müll gepflückt haben musste.

Doch auf dieser Bühne, in den Klangwolken dieser sehnigen, trotzigen Musik, gewann ihre Kluft eine ungeahnte Würde. Sie stellte Forderungen, verlangte einen frischen, unverbrauchten Blick. Mit einem Mal sah es aus, als hätte unsere Betty sich für diesen Abend als Amy Winehouse verkleidet.

Dann fing sie an zu singen. »They tried to make me go to rehab / But I said no, no, no«, sang sie. Ich konnte es nicht glauben. Es klang, als sänge Amy selbst; ich erkannte das lässige Fauchen in der Unterströmung ihrer Stimme, den Löwinnensound, der trotzdem wie nebenbei gesungen klang, als erzeugte sie ihn allein mit dem linken Lungenflügel.

Ich sah noch einmal hin. Betty verschwendete keinen Blick an die Textzeilen, die über den Monitor rollten; dafür ließ sie das Publikum nicht aus den Augen. Sie sang, als würde sie sich an etwas erinnern; mit leisem Lächeln, weil es ihr wieder eingefallen war. Ich sah noch einmal hin, aber jetzt sah ich nur noch Betty, die gute alte, arme, stinkende Betty, und es war nicht schwer zu erkennen, dass Betty ohne Zweifel die Lippen zum Playback bewegte.

Ich schaute zu dem Mann am Computer hinüber. Er verriet den Trick mit keiner Miene. Längst schaute er nicht mehr auf sein Display, sondern verfolgte Bettys Auftritt mit einem Blick, als hätte er eine Vision.

»Yes, I've been black«, sang sie, »but when I come back you won't know, know, know.«

Ich starrte auf Bettys Perücke. Sie sah kompakt aus und räudig zugleich; Fladen aus schwarzem Teig, von einem betrunkenen Koch mit schwerer Kelle an den Kopf geklatscht, die über dem linken Ohr zäh herunterhingen und ständig drohten, zu Boden zu tropfen. Doch mit einem Mal hatten Bettys Bewegungen die Schwere verloren, die ihre Tänze in der Philharmonie gehabt hatten; ich erkannte das hilflose Krängen nicht wieder, nicht das seufzende Schlingern eines Schiffs vor dem Untergang. Jetzt stand Betty sicher auf ihren Beinen, hielt das Mikrofonkabel in der Linken und beschränkte sich auf sparsame Gesten; ihr Tanz war ein Tanz des rechten Knies.

Ich konnte mir nicht helfen. Ich musste mich fallen lassen in diesen Song. Mein Hirn sang mit, automatisch; es kannte ja jede Zeile, jedes Wort, jeden Trompetenstoß.

»I ain't got the time«, sang es, »and if my daddy thinks I'm fine –«

Dann hörte mein Hirn wieder Amys Stimme aus den Boxen – »The man said, why d'you think you're here / I said I got no idea« –, und willenlos antwortete es: »I'm gonna, I'm gonna lose my baby / So I always keep a bottle near.«

Da hörte ich auf zu singen. Denn Amy sang nicht mehr mit.

Ich sah Betty an, die ebenfalls aufgehört hatte, die Lippen zu bewegen. Ich hörte die mechanische, leerlaufende Schlagzeugbegleitung, die scharfen Fanfaren der Blechbläser; plötzlich stießen sie in ein Vakuum. Betty schien kein bisschen nervös; sie stand da in ihrer souveränen, schläfrigen Haltung, schlackerte weich mit dem Knie, richtete wie abwesend mit der rechten Hand die Haarskulptur.

Beharrlich und vergeblich schlug das Schlagzeug, bliesen die Bläser eine Melodie herbei, die nicht kam. Dann, mit einem Räuspern, das ich auf keiner Aufnahme je gehört hatte, setzte Amy wieder ein, und Betty bewegte von neuem ihre breiten, plötzlich wie höhnisch unter die Nasenspitze gezogenen

Lippen: »It's not just my pride / It's just till these tears have dried.«

Und in diesem Moment fing ich an zu weinen.

Was mir die Tränen in die Augen trieb, war nicht so sehr die Erkenntnis, der jähe, überirdisch klare Gedankenblitz, dass es wirklich Amy Winehouse war, die hier auf der Bühne der Karaoke-Bar *Super Sound* in der Hamburger Seilerstraße ihre Auferstehung feierte. Es war die zutiefst körperliche Wahrnehmung einer nahen, fremden Energie, die mich packte; ein Gefühl ähnlich dem, wenn man an der Lufttemperatur spürt, dass man eine Herdplatte abzustellen vergessen hat, oder der Gewissheit, dass ein atmender Mensch hinter einem steht. Es war ein Moment elementaren Erkennens, wie ein Geruch, der einen an ein Land erinnert, das man vielleicht nur in einem Traum gesehen hat. Oder das Sirren in der Luft, das von einer Starkstromleitung kommt; das Gefahr signalisiert und Kraft.

Amy setzte zum Schlussrefrain an, und alles passte jetzt zusammen; die in die Hüfte gestemmten, tätowierten Arme; das Ferrari-Logo auf der Haut, der Schriftzug »Daddy's Girl«.

Nur kurz fragte ich mich, wie es möglich war, einen Tod zu fälschen. Ich hatte einiges gehört; ich erinnerte mich an Berichte über Eheflüchtlinge, über Versicherungsbetrüger, über fingierte Abschiedsbriefe von portugiesischen Steilküsten. Ich hatte von Bootsfahrten ohne Zeugen gelesen, vom Großbrand im Wochenendhaus, der nichts als Asche hinterließ. Ich kannte die Theorien über Elvis, über Michael Jackson; unscharfe Bilder von einer Tankstelle in Nebraska, Videos von einem Leichenwagen, dem ein Schatten entsteigt. Ich fragte mich, ob es überhaupt Bilder gegeben hatte von Amys vorgeblichem Tod;

ob es überhaupt etwas geben konnte, von dem es keine Bilder gab.

Dann hörte ich auf, mir Fragen zu stellen. Ich überließ mich dem Glauben, der Erscheinung, der Evidenz. Und als Amy das Mikrofon wieder auf die Halterung steckte, mit einer Beiläufigkeit, als legte sie die Gabel neben den Teller, da merkte ich, dass ich komplett vergessen hatte, ein Foto zu machen.

Ich spürte den Drang, auf Amy zuzugehen. Ich wollte mit ihr weinen, sie lachend in die Arme schließen. Doch ich saß da wie gelähmt an unserem Tisch, an dem jetzt Schmiddel die Finger verschränkte, Zork einen Bierdeckel in die Kerzenflamme hielt, Zebra zum Klo aufbrach, Paul der Kellnerin auf den atmenden Bauchnabel stierte. Chuck lachte sein schroffes, vollmundiges Lachen; es galt dem Lokalmanager, der immer noch an unserem Tisch stand, in der Bewegung erstarrt, und mit entrücktem Blick das Geschehen auf der Bühne verfolgte.

»Die kann's, Alter«, sagte Chuck zu dem Manager. »Wo einem so viel Gutes wird beschert und so weiter.«

»Chapeau«, sagte der Manager. »Imelda«, wandte er sich dann an die Kellnerin, »die letzte Runde geht auf mich.«

»Die haben wir doch gar nicht gekriegt«, brauste Chuck auf. Er wollte aufstehen und den Manager schütteln, aber Zork lehnte sich zurück und hielt Chuck dabei am Gürtel fest wie ein Pferd am Zügel.

»Lass stecken, Alter«, sagte er. »Über Geld streiten ist was für Loser.«

In diesem Moment kam Amy zurück. Ich konnte spüren, wie ihre Ankunft den Manager bedrängte, wie er die Hände fast zwanghaft aus den Hosentaschen zog.

»Madame«, murmelte er und verbeugte sich, die Augen listig zusammengekniffen. »Sie sind ja eine ganz irre Nummer.«

Er spitzte den Mund, als wollte er flöten. Dann griff er nach Amys Hand, um sie zu küssen. Aber Amy war längst wieder in ihre Betty-Existenz zurückgesunken, ihre Bettizität, die sie zum Sack machte, zur Wolke, zur Molluske. Und ich konnte das Schaudern sehen, mit dem der Manager die Hand ergriff, mit schmalen Lippen antippte und fallen ließ, bevor das Weichtier ihn sich einverleiben konnte.

Ich aber war unfähig, mich zu bewegen. Denn jetzt setzte Amy sich hin, und sie setzte sich nicht neben Schmiddel, nicht neben Chuck, sondern neben mich. Sie saß in einem Abstand, dass die Härchen unserer Unterarme sich berührten. Ich hielt ganz still, verglich meine Arme mit Amys Armen, meine fleischigen, mit Blut und Lymphe gefüllten Arme, das Muttermal und die Gänsehaut und die blauen Äderchen in der Beuge, und Amys Arme aus Licht, aus Prana, aus leichter Materie, über die Tätowierungen zuckten wie Kondensstreifen am Himmel. Ich wollte Amy etwas sagen, wollte meine Begeisterung stammeln, bis mir aufging, wie unpassend dieses Kompliment wäre, das einer Selbstverständlichkeit galt. Es war, als würde ich eine Verkäuferin im Supermarkt für die Fertigkeit loben, den Kassenbon abzureißen.

Der Manager hatte unseren Tisch verlassen. Auch die Kellnerinnen bedienten uns nun nicht mehr. Stumm saß ich neben der ebenfalls stummen Amy, während Schmiddel und Zebra, Chuck und Paul längst über Geburtstage sprachen, über kasachische Zuhälter und die Hartz-Gesetze. Ich kostete das Schweigen aus, das mich mit Amy verband, spürte ihrer Kraft nach, die meinen

Körper unendlich langsam auffüllte, und fand endlich den Mut, ihr eine Zigarette anzubieten.

»Betty raucht nicht«, sagte hinter mir eine Stimme, die Zork gehörte. »Stimmt's, Schatz.«

Zork war hinter Amy getreten, nahm ihr die angezündete Zigarette wieder aus dem Mund. Dann steckte er sie sich selbst zwischen die Lippen. Amy sackte zusammen, als hätte er einen Stöpsel gezogen; teilnahmslos starrte sie jetzt ins Leere. Zork hielt den Rauch zwischen gehöhlten Wangen, blies endlich eine brezelförmige Wolke aus und gab Amy einen harten Kuss auf den Mund. Dann richtete er sich auf, schlenderte um den Tisch und setzte sich zu Paul, der nur kurz aufblickte, als Zork ihn freundschaftlich ans Schlüsselbein boxte.

Erst jetzt nahm ich wahr, dass sich noch immer Gäste auf der Bühne versuchten; von fern hörte ich eine fiepende Version von Sheena Malones »If All The Stars From Outer Space«, ein Massaker an »Talk Like Me« von den Parallels und eine haltlose Improvisation über MC Knickerbockers »As Simple As That«. Es war Schmiddel, der beim Intro zu Cern Corinos »Leaving Any Time You Want Me To« schließlich aufstand, mit einem Gesicht, als hätte er Migräne. Und als wir die Treppe zur Straße hochstiegen, kichernd, breitbeinig und mit baumelnden Armen, bog ein Feuerwehrwagen mit heulender Sirene um die Ecke; und Chuck und Zork rissen die Arme hoch und stimmten, wie Hunde, fuchtelnd in das Heulen ein.

20

Ich hütete meine Entdeckung wie einen Schatz. Mein Wissen fühlte sich an wie ein Backstage-Pass, die Einladung zu einer After-Show-Orgie mit mir als einzigem Gast. Unauffällig hielt ich mich in Amys Nähe, brachte ihr halbe Hähnchen, rasierte ihr sogar die Glatze nach, während sie aus den Fenstern starrte wie auf einen Bildschirm. Amy gab noch immer nichts preis, aber sie stellte auch keine Fragen; auf ihre Stummheit konnte ich mich verlassen.

Ich konnte nicht anders, als Amys Nähe zu suchen. Meine Seele sehnte sich nach Levitation. Tatsächlich spürte ich Leichtigkeit in Amys Gegenwart; die Leichtigkeit, die aus der Erleichterung kam, wenn ich etwa den Mut fand, gemeinsam mit ihr vom Penthouse aus die Einfahrt der Englandfähre zu verfolgen. Amy sah mich nicht an dabei; und so war ich frei, nach Herzenslust die Blicke auf Amy grasen zu lassen, auf ihrem grandios und heldenhaft zerstörten Körper.

Ohne mich zu beachten, zog sie die Schuhe aus, entblößte schwarz bröckelnde Fußnägel, einen flachen, freundlichen Spann. Und je unsichtbarer ich für sie wurde, desto wirklicher wurde ich mir selbst, desto plastischer fühlte sich mein eigener Körper an, mein elegant geschwungener Magen, meine schmerzenden, sehnsüchtigen Lungenflügel, die mich vielleicht hinauftragen konnten in die jodhaltige Luft.

Ich versuchte nicht, Amy zu begreifen. Engel waren unbegreiflich. Auch wenn ich gern gewusst hätte, was Amy an Zork fand, der sie nicht achtete; der sie an der Nase packte und währenddessen mit Paul in belehrendem Ton über Bierpreise sprach. Der sie in ihrem Erbrochenen liegen ließ, wenn sie sich manchmal frühmorgens im Hoteltrakt einrollte, um ein leeres Zentrum gewunden wie eine Fibonacci-Spirale, die Grundform des Universums.

Ich nahm dann eins der zahllosen Gratisexemplare der *Geldzeitung*, die wir bei unseren täglichen Patrouillen im Eingangsbereich des Verlagsgebäudes mitzunehmen pflegten, und wischte den Beton sauber. Es machte mir nichts aus, Amys Essenz an meinen Fingern zu spüren; ich wusste ja, dass es nichts Körperliches war, vielmehr leicht, fast wie Tau.

Diese Momente, da Amy kaum noch sprechen konnte, waren die einzigen Momente, in denen sie sprach. Doch ich war schockiert, als ich das erste Mal ihr leises »Leave me alone« hörte. Es war ein Wimmern, das nichts mit der Kraft ihrer Stimme gemein hatte, das aus einer anderen Welt zu dringen schien, einer anderen Lunge. Ich versuchte, nicht auf dieses fremde Organ zu hören; ich griff unter Amys Achseln, packte ihren Unterarm. Sofort sackte ihr Kopf auf die Brust; die Lider senkten sich tief. Ich drapierte Amy auf ein paar Dämmwollkissen; es war schön, diesen Körper zu arrangieren, eine Form zu finden für eine Seele oder was immer es war, das die Engel am Leben hielt.

Einmal legte ich leise, um Amy nicht aufzuwecken, ein paar Kissen für mich selbst dazu. In sicherem Abstand zu Amy reihte ich sie auf, mindestens vier, fünf Meter. Dann streckte ich mich aus, lag, das Kinn in die linke Hand gestützt, vor mir die Nikon, die ich nie aus den Augen ließ. Ich fragte mich, ob ich es fertigbrächte, Amy so zu fotografieren: in diesem Zustand, in diesem Arrangement, das ich mir ausgedacht hatte; das Menschenwerk war, das der Natur der Engel nicht entsprach. Mittlerweile kam es mir frivol vor; ein Betrug, der seine Strafe in sich selber fand.

Ich sah zu, wie Amy sich wälzte. Ich wusste, dass dieses Wälzen etwas zu bedeuten hatte; es war eine Sprache, eine Botschaft, wie alles, was Engel tun. Ich versuchte, Amys Botschaft zu entziffern; ich hörte ihr Grunzen, ihr schlürfendes Brabbeln. Und als ich ihr »Fuck off« hörte – es klang müde und beinahe bedauernd –, da wusste ich, dass Amy aufgewacht war und mich ansah.

Ohne Widerrede räumte ich das Feld. Ich rollte den Schlafsack ein, hängte die Nikon über die Schulter. Ich schleppte meine Kissen in den Nebenraum und schlief, auf seltsame Art zufrieden, angefüllt mit Träumen von Baumhotels, von Raubkatzen auf drei Beinen. Doch am nächsten Mittag sah ich, wie sich aus Amys Schlafsack ein zottiger Kopf hervorwühlte, der Zork gehörte.

Ich starrte den Schlafsack an. Zorks täglich massiger werdender Körper füllte ihn schon fast ganz allein; seine Masse schien Amy zu neutralisieren, ihre Kraft zu verschlingen, ihre Energie zu verbrauchen für seinen unersättlichen Stoffwechsel. Ich sah, wie Zork ein Auge öffnete; ein träges Walauge beim Auftauchen, knapp über dem Wasserspiegel. Ich hob die Hand auf halbe Höhe, drehte mich um und verließ auf Zehenspitzen den Raum.

Dass Amy nicht zu berechnen war, machte es mir nicht leichter. Manchmal kam sie sogar auf mich zu, schwenkte eine fast volle Flasche Gabba oder den bitteren Rest eines Biers. Herzhaft griff ich dann nach der Flasche, lächelte Amy an, lächelte in die undurchschaubare Maske ihres Gesichts. Doch im selben Moment sah ich, dass Amys Blick schon über meine Schulter glitt. Ich brauchte nicht hinzusehen, um zu wissen, dass dort irgendwo Zork stand und den Bauch drohend in meine Richtung wölbte. Und tatsächlich riss mir Amy die Flasche aus der Hand, rempelte mich im Vorbeigehen an und brachte Zork die Flasche dar, der sie an den Hals setzte und in einem Zug austrank, ohne Amy anzusehen.

Dann zog er mit lächerlicher Konzentration eine Zigarette aus der Schachtel. Locker legte er den rechten Arm mit der Zigarette um Amys Hals. Mit der Linken zündete er vor ihrer Brust den Tabak an. Er rauchte ein paar Züge; dann deponierte er die Zigarette in Amys Mund, damit er die Hände frei hatte, um sich gründlich und neugierig zwischen den Beinen zu kratzen.

Die Fotos, die ich von Amy machte, löschte ich gleich nach dem Schuss. Die Exklusivität meines Wissens, das war mir klar, war die einzige Nähe, die mich mit Amy verbinden konnte; und so tat ich, als wüsste ich von nichts. Ich genoss mit den anderen die Nachsaison, die letzten Feuer an der Elbe, die letzten Nächte im Volksparkbad. Ich beobachtete mit gepresstem, aber auch stolzem Herzen vom Dreimeterturm herab, wie Zebras Hand hinten in Pauls Hosenbund fuhr, wie Zork rauchend auf dem Bauch lag, die Füße unter Amys Nase, die längst nichts mehr roch.

Manchmal, wenn abends die Schaulustigen in die Philharmonie kamen, wenn die Werbegrafiker ihre Handykameras zückten und die Nachwuchsmodels ihre Trinkspiele zelebrierten, wenn Amy dann irgendwann auf dem Höhepunkt von Schmiddels Radioshow ihren Waschbärentanz aufführte, vollständig abwesend, schwer um eine ferne, finstere Sonne kreisend – dann stand ich zuverlässig in ihrer Nähe wie ein Bodyguard.

Und manchmal stellte ich mir vor, Nina Löwitsch stände neben mir. »Das ist so toll hier«, würde Nina sagen, mit dem Kopf nickend, in Schmiddels Rhythmus. Doch dann stände plötzlich Zork neben Amy, und Ninas Blick glitte zehn Zentimeter an mir vorbei, kröche fast in Zorks tief ausgeschnittenes T-Shirt hinein. Und ihr Lächeln gälte nur noch Amy und ihm, einladend und warm, ein sonniges Tal: »Aber kommt doch noch nachher mit mir raus nach Travemünde, ihr beiden. Warren Turloine ist auch da, und Peggy Michels. Und Nick – Nick Petrescu? – freut sich sicherlich auch.«

In diesen Momenten wurde mir klar, dass etwas an sein Ende gekommen war. Ich dachte an all die Mühe, die ich investiert hatte, und ich fragte mich, ob nicht jede Mühe das Ergebnis schon immer von vornherein wertlos macht. Ob nicht die wirklichen Siege, die wirklichen Ausbrüche, das wahrhaft gelungene Leben nur mühelos geschehen konnten, in blindem Einklang mit der kosmischen Ordnung, mit den Hierarchien, die auch Blutkreisläufe in Gang hielten und Sonnensysteme. Die sauber gestaffelt von den Seraphim reichten, die den Planeten Flugbahnen einrichten und Supernovä zünden, bis hinab zu den erdnächsten Engeln, die sich um die kleinen, wichtigen Dingen der Menschen kümmern – um die Vorabendserien, die städtischen Kunstvereine, die Englischen Wochen der Bundesliga.

Und im Rückblick kam es mir wie Frevel vor, wie armselige Blasphemie, einen selbstgemachten Himmel an die Stelle des

Himmels setzen zu wollen, den die Engel seit Anbeginn der Zeiten bewohnten und auf ewig bewohnen würden, weil es verdammt noch mal ihr Job war.

Immer öfter hatte ich den Drang, klammheimlich zu verschwinden; mich einfach herauszukürzen aus einer Gleichung, in der ich längst keine Rolle mehr spielte. Doch ich kam nicht über den neuen Faktor in der Gleichung hinweg, der das Ergebnis verfälschte, der die Sphären vermischte, auf deren Trennung die himmlische Ordnung beruhte. Ich wollte gehen. Aber ich wollte keine offene Rechnung hinterlassen.

21

Der Herbst überfiel die Stadt mit einem Temperatursturz. Schmiddel verlegte unsere Soireen aus dem Großen in den Kleinen Konzertsaal. In der Mitte des Raums türmten Zork und Chuck die *Geldzeitung*-Stapel, die der Sommer angestaut hatte, zum Scheiterhaufen, umrahmten ihn mit Betonblöcken. Ich sah den Stolz im Blick des Literaturagenten, den Zebra um Feuer bat, ihr Terroristenlächeln, als sie das Streichholz an den Papierberg hielt. Verspielt blies Paul in die Flammen. Schmiddel wich zurück, als die Funken flogen; dann griff er zum Transistorradio.

Es war noch einmal ein starker, fast prähistorischer Moment, als die Ersten begannen, um das Feuer zu tanzen. Ein Paar machte den Anfang, ein dünner, langhaariger Mann mit tiefen Augenwülsten und eine Willendorfer Venus im Petticoat. Sie beugten die Rücken, warfen die Knie, gruben mit den Armen in der Luft, als wäre es Erde. Schmiddels Radio spielte »Wenn du mir zuhörst, muss ich weinen«, und von irgendwoher galoppierte ein Pudel auf die Tanzfläche und begleitete das Geschehen mit wütendem Kläffen.

In diesem Moment erschien Amy in voller Leibhaftigkeit. Haltlos schlenkerte der Kopf. Ihre Arme schwappten, der Flügelschlag einer teerverklebten Möwe. Mitten im Tanz blieb sie stehen. Ein Zittern ging durch ihren Leib, und ein rötlicher

Schwall, der im Licht glühte, brach aus ihrem Mund und überschwemmte den Pudel.

Alle starrten auf Amys Nase, den armdicken Katarakt, der darunter hervorschoss. Der Pudel, gelähmt vor Schreck, wich nicht von der Stelle. Ich tat, was getan werden musste, marschierte auf die Tanzfläche und packte Amy am Arm, redete besänftigend auf sie ein. Amy wehrte sich schwach, trat unbeholfen gegen mein Knie; ihr wortloses Röhren endete in einem schwachen Blubbern. Der Auswurf auf ihrem T-Shirt sah aus, als wäre er aus ihrem Ausschnitt gequollen.

Ich führte sie aus dem Konzertsaal, die geschwungene Treppe hinab auf die Plaza. Die Weite der Ebene schien sie zu beruhigen; hier gab es Raum für Begegnungen und urbanes Erleben. Jetzt ließ Amy sich willig steuern. Das Hafenpanorama war spektakulär; bogenförmig öffnete sich die Plaza und erweiterte den ohnehin schon grandiosen Blick. Unsere Blicke schweiften von der Köhlbrandbrücke über die Werft Blohm + Voss, den Arningkai mit der Deutschen Shell AG, den Segelschiffhafen am Amerikakai, über Afrikaterminal und Überseezentrum bis zur Eisenbahnbrücke am Freihafen und der Neuen Elbbrücke. Noch schoss der Wind durch die Öffnung, aber einst würde hier eine enorme Glasscheibe verhindern, dass sich jemand, von der tragischen Schönheit des Ausblicks verführt, die ganzen siebenunddreißig Meter in die Tiefe stürzte.

Ich sah hinab ins schwarze Wasser, und ich musste kurz und unpassend an Brigitte Bardot denken, wie sie in »Le Mépris« nackt im Meer schwimmt, immer um die Felsen der Villa herum.

Darum soll uns die Leichtigkeit der Flügel daran erinnern, dass das Wesen der Engel in keiner Weise irdisch ist. Ganz unvermischt und der Schwere nicht unterworfen, erheben sie sich zur Höhe.

Flieg, Englein, flieg, dachte ich. Und im nächsten Moment verschränkte ich meine Arme, als hätten sie sich nie bewegt.

Als ich in den Konzertsaal zurückkehrte, spürte ich die Musik. Doch mir war, als gelangte sie nur bis zu meinem Ohrläppchen, ohne Kontakt zu Hammer, Amboss und Steigbügel. Ich sah die seligen Gesichter der Tänzer, die wachsende Wucht ihrer Bewegungen, das Gedränge, das von Song zu Song zunahm und immer wieder einen der Akteure fast in die Flammen trieb. Ich aber stand daneben, heizte mit Gabba nach und wunderte mich, dass ich nichts empfand.

Ich brauchte eine Weile, um mich daran zu erinnern, dass es Amy war, die fehlte. Um mich daran zu erinnern, warum mir die Feiernden, mich eingeschlossen, wie Betrüger erschienen, wie Hochstapler, wie Prätendenten einer Königswürde, die uns nicht zukam. Amy war gegangen und hatte uns ihren Glanz entzogen; und jetzt stellten wir fest, dass es nur ihr Glanz war, der gemacht hatte, dass auch wir glänzten.

Ich bin sicher, dass auch Schmiddel und Chuck, dass auch Zebra und Paul und vielleicht sogar Zork diese Abwesenheit spürten, dass sie unsere plötzliche Nacktheit wahrnahmen, unsere Nichtigkeit. Vielleicht kannten sie nicht den Grund für diese Leere; aber mit einem Mal bewegten sie sich wie Leute, die es nicht *hatten*. Die ES verdammt noch mal einfach nicht HATTEN.

Ich verließ die Philharmonie noch in derselben Nacht. Ich verabschiedete mich von niemandem, nicht einmal von Schmiddel, der mich verstanden hätte. Ich stopfte meine Kleider in einen Einkaufswagen, kratzte sinnlos an einem Eifleck auf meinem Trenchcoat herum. In der Morgendämmerung saß ich auf dem Elbbalkon über dem Hafen, umringt von jungen Menschen, die nicht nach Hause wollten; auch sie hatten offenbar Momente, in denen sie ahnten, dass ein Zuhause immer eine Falle war. Eine Falle, mit einer Mauer vom Himmel getrennt, so wie auch jeder Himmel mit einer Mauer getrennt war vom nächsten Himmel.

Ein lockiges Mädchen mit kurzer Stirn und einem Gesicht, das auf verweinte Art fröhlich war, bot mir einen Schluck aus ihrer Wodkaflasche an.

»Ganz lieben Dank«, sagte ich und lächelte sie an. »Ich hab schon.«

Als ich am frühen Mittag vor dem Haus in der Bernstorffstraße stand, hatte ich das vertraute Gefühl von vorläufiger Heimkehr, wie ein Besuch bei den Eltern in der Studentenzeit. In meinem Einkaufswagen lag der blau glänzende Müllbeutel mit der Schmutzwäsche, und einen Moment lang fragte ich mich, was es wohl zum Mittagessen gebe. Ich wusste, dass Patrick, der Asket, in der Mensa der Universität aß. Aber da war der Kühlschrank, von Patrick gewöhnlich beflissen befüllt mit Büffelmozzarella und Pastinaken aus der Region. Im dritten Stock stand ich ratlos vor unserer Stahltür, deren paranoide Wucht mir jetzt lächerlich vorkam; ich las den Klebestreifen aus Krepppapier an der Tür: »FITZLEIN«.

Fitzlein.

Ich trat einen Schritt zurück. Über mir, unter mir lebte das Haus seine vielen kleinen Leben. Jede Wohnung war ein Universum; darin bewegten sich Menschen, als bereisten sie Galaxien. Sie gingen ins Bad wie nach Neuseeland, sprachen mit ihren Ehemännern, als hielten sie eine Weihnachtsansprache vor sechs Millionen Zuschauern. Sie verrückten eine Araukarie, reinigten die Badewanne, saßen weinend mit einer Flasche am Küchentisch. Manchmal drang ein Laut aus dem Nachbaruniversum durch die Wand, ein Wutausbruch, ein Rülpsen, ein Stöhnen; ein Lachen über einen Witz, der außerhalb der Wohnung schon nicht mehr zündete. Das waren Kometen am Himmel, Lichtjahre entfernt, oder Sterne, die es schon längst nicht mehr gab.

Ich hörte ein Trappeln über mir, einen Galopp. Theres Brunckhorst aus dem vierten Stock preschte vorbei, im Samtkleidchen, den Oboenkoffer in der Hand. Ich lief ihr hinterher: »Theres«, sagte ich. »Warte mal.«

Theres Brunckhorst drehte unwillig den Kopf. Sie schien mich nicht zu erkennen; sie hatte keine Lust, ihre Geschwindigkeit zu drosseln. »Ist irgendwas passiert im dritten Stock«, setzte ich nach.

Sie sah mich an, als wäre ich ein Gespenst. Und ich war fast erleichtert, als Theres Brunckhorst dann mit den Schultern zuckte, wie um eine Sinnestäuschung zu vertreiben, den Zopf nach vorn warf und ihm folgte, treppab, dem Oboenunterricht entgegen.

Ich erinnerte mich, wie lange die Wohnung mein Beweisstück gewesen war, mein Ausweis des richtigen Lebens. Das richtige Leben war ein Leben, das den Engeln gefällig war; ihnen schuldete ich den Settembrini-Esstisch, die Deckenlampe von Evangelista. Wir hatten nicht oft Gäste; unsere Wohnung richtete ich für die Engel ein, die zu jeder Tageszeit unsichtbar anwesend waren, liebend und streng. Die Evangelista-Deckenlampe rückte mein Leben für sie in ein Licht, das von oben kam – ein Abglanz von Tina Menelaos' Louis-XV-Kronleuchter, der in ihrem Wohnzimmer über den Algarveklippen an einem endlosen Strang baumelte; von Chuck Persicos Terra-incognita-Aluminiumampel, die wie eine Tulpe aus ihrem Stahlsockel spross und ihre bissige Blüte dem Panoramafenster von Chucks Arbeitszimmer entgegenreckte, in dem besänftigend der Piz Palü stand. *Da die Engel Menschen sind und wie die Menschen der Erde untereinander leben, so haben sie auch Kleider, Wohnungen und Ähnliches, nur mit dem Unterschied, dass bei ihnen alles vollkommener ist.*

Den Engeln nachzufolgen war nicht einfach gewesen; es hatte Verschwendung gekostet und Verzicht, Anstrengung und Anstrengungslosigkeit. Und manchmal war ich abends so erschöpft gewesen von der Anstrengungslosigkeit, dass ich, noch während ich, im Diamanti-Sessel sitzend, die Anti-Aging-Creme von Proulx auftrug, in zähen, Fäden ziehenden Tiefschlaf fiel.

Dass mein Schlüssel so widerstandslos ins Schloss fahren würde, hatte ich jetzt nicht mehr erwartet. Auf dem nächstgelegenen Sofa streckte ich mich aus, legte die Fußknöchel auf die Lehne. Es kam mir vor, als wären die Polster Wolken, Wellen, gasförmige Elemente, die meinem Körper keinen Widerstand boten. Im Kontrast dazu kam ich mir plötzlich hart vor und massiv, ein rohes Stück Materie. Ich versuchte, mich mit den Armen aufzustützen. Dann ergriff mich eine wohlige Schwäche. Eine Minute später war ich eingeschlafen.

Eine Zunge, die mir träge und rauh über die Wangen fuhr, brachte mich in den Tag zurück. Ich starrte in den verständnislosen Blick eines Golden Retrievers; ich hörte eine Männerstimme: »Ist gut jetzt, Kapitän.« Ein Mann mit Designerglatze und hellgrauen Augen blickte auf mich herab; unter dem anthrazitfarbenen Anzug trug er ein schwarzes, offenes Hemd. »Was machen Sie hier«, grollte er vorsichtig und hielt den widerstrebenden Kapitän am Halsband fest. In seinen Augen las ich Angst, Verachtung und wachsenden Zorn.

Erbittert schritt er zum Vitrioni-Sideboard. Er riss Schubladen auf und stieß sie wieder zu, kontrollierte die Unversehrtheit des Laptops auf dem gläsernen Schreibtisch. Er lief aus dem Zimmer; ich hörte sein erregtes Hantieren im Flur. Bevor ich die Kraft wiedergewonnen hatte, mich vom Sofa zu erheben, stand die Polizei schon in der Tür.

Meinen Personalausweis untersuchten die Beamten wie eine Scherbe von einem Maya-Altar. Sie drehten ihn um, stellten ihn auf den Kopf, als enthüllte sich so sein geheimer Sinn. Schließlich wandte sich der blonde Beamte verstohlen an die brünette Beamtin: »Bernstorffstraße 72«, sagte er. »Da gibt's kein Vertun.«

»Vielleicht wohnt sie irgendwo anders im Haus«, schlug der Glatzkopf vor. Er erntete einen strafenden Blick des Polizisten. »Und was will sie dann bei Ihnen, bitte schön«, sagte der Beamte müde. Dann hatte er einen Einfall und wandte sich an mich: »Wie sind Sie überhaupt reingekommen.«

»Mit dem Schlüssel«, sagte ich und ließ den Bund in der Luft klirren. »Wie denn sonst.«

Die Beamtin raffte ihr Haar, das immer brünetter wirkte; es sah aus, als gäbe sie sich Mühe, strenger auszusehen. Mit ernster Miene wandte sie sich an die Glatze: »Dann würden wir doch gerne auch mal Ihren Ausweis sehen.«

Der Mann sah zu Boden, auf den kühn gemusterten Teppichboden von Cro-Magnon. »Natürlich. Aber wir sind gerade erst vor drei Wochen eingezogen. Im Ausweis steht da natürlich noch nichts.« Er regte sich nicht, bis das Schweigen der Beamten unerträglich wurde und der Mann das eingeschweißte Kärtchen aus der Brieftasche zog.

»Sie wissen, dass Sie sich spätestens nach einer Woche ummelden müssen«, sagte die Beamtin und nahm das Dokument in die Hand, ohne es anzusehen; sie ergriff es beiläufig, wie ein Papiertaschentuch. Dann las sie vor: »Alsterufer 16.« Sie sah den Mann an, als sei er eine Erklärung schuldig.

»Ich hab doch den Mietvertrag«, sagte er mit plötzlichem Strahlen. »Das heißt, meine Frau. Kein Problem. Ich ruf sie an, und sie bringt ihn aus dem Büro mit.«

»Tun Sie das«, sagte der Beamte. »Und halten Sie uns auf dem Laufenden. Sie finden uns in Revier 16 an der Lerchenstraße. Bis dahin müssen wir davon ausgehen, dass die Dame hier rechtmäßig wohnt.«

Als der Mann und die Beamten gegangen waren, war es in der Wohnung noch stiller als vorher.

22

Ich ließ es auf die Entscheidung nicht ankommen. Als ich aus dem Fahrstuhl trat, den Müllsack über der Schulter, wartete mein Einkaufswagen auf mich. Ich sah ihn an wie einen Ehering, ein Zeichen von Treue und Beständigkeit. Ich drehte ein paar Runden durch den Schanzenpark mit ihm; mein Kind, dachte ich unsinnig, meine kleine Familie.

Dass der Geldautomat der Commerzbank mich im Stich lassen würde, hatte ich erwartet. Auch mein Smartphone verweigerte inzwischen das Gespräch. Der junge Angestellte, den ich am Dammtorbahnhof um sein Handy bat, ließ mich während des ganzen Telefonats nicht aus den Augen.

Ich stellte fest, dass ich nicht mehr ins Weite wollte, dass ich lange genug im Weiten gewesen war. Ich wollte in die Nähe; was ich dort wollte, war mir noch nicht klar. Annika Sellheim ging nicht ans Telefon. Beatrice Chang hatte mir bei unserer letzten Begegnung einen seltsamen Blick zugeworfen; Bert von Stock war, wie ich mich fast erleichtert erinnerte, in den Emiraten. Carl Minkovic war nach Paris gezogen, und unter der Nummer Cecilia Nungessers schrillte ein Tinnitus-Fiepen, das mir das Telefon vom Ohr schlug. Ich sah in das Gesicht des Angestellten, das vor Ungeduld fast traurig aussah, und wählte widerstrebend die Nummer von Gesine Speyerling.

Im Hintergrund hörte ich Stimmengewirr. Ich hörte leise

Clubmusik, ein hilfesuchendes Auflachen. Ich wollte den Anlass gar nicht kennen, bei dem ich sie störte; ich sagte: »Hör zu.« Gesine klang, als ob sie sich freute; sie sagte: »Stella«, und: »Geht's gut.« Und ich brachte es nicht übers Herz, die gute, treue Gesine zu betrüben, und ich sagte: »Na klar.«

Ich gab dem Bankangestellten sein Handy zurück. Dann griff ich meinen Einkaufswagen und schob ihn langsam, mit aufreizender Lässigkeit, durch Planten un Blomen zum Fluss.

Der Tag war noch einmal sonnig gewesen und klar, doch schon im Abendrot wurde mir kalt. Ich parkte meinen Einkaufswagen am Uferweg, suchte den Strand nach Feuern ab.

Zwei Studentenmädchen rückten respektvoll auseinander, machten mir bereitwillig Platz. Unbequem lehnten sie sich zurück, führten ihr Gespräch hinter meinem Rücken weiter; sie sprachen über einen Kommilitonen namens Boris. »Wollen wir uns noch was zu trinken holen«, sagte die Schwarzhaarige mit dem Pferdeschwanz endlich. Ich rief ihnen hinterher und bestellte ein Glas Rotwein. Als die beiden nicht wiederkamen, stand ich auf.

Auf der anderen Seite des Feuers saß ein einsamer junger Mann. Er hatte dünne Lippen und ein fliehendes Kinn. Seine Haut glänzte ölig im Schein der Flammen, aber bereitwillig goss er mir aus seiner Flasche Bier in einen Plastikbecher. Dann fragte er mich nach meinem Tierkreiszeichen. »Lass mich raten«, sagte er. »Du bist Löwe.«

Ich bin Zwilling, aber höflich fragte ich: »Woran hast du das gemerkt.«

»Am Geruch«, sagte er. Als er den Arm um mich legte, stand

plötzlich ein Mädchen vor uns; die Weinflasche hielt sie wie einen Baseballschläger. »Was will die Pennerin hier«, kiekste sie. »Hat die jemand eingeladen.« Ihre Stimme klang ängstlich, aber zu allem bereit.

Jetzt stand ein kleiner Dicker, offenbar der Anführer der Gruppe, neben der Furie. Er legte ihr die Hand auf die Schulter; mit debiler Langsamkeit ließ sie die Flasche sinken.

»Tut mir leid«, sagte der Dicke; er hatte die schnarrende Stimme eines Burschenschaftlers. »Das ist hier eine geschlossene Veranstaltung.«

Ich sagte ihm nicht, dass das meine Spezialität war; dass es ausschließlich geschlossene Veranstaltungen waren, die ich besuchte. Ich sagte ihm nicht, dass der Strand keine Anstalt war, dass es nichts Offeneres gab als Zusammenkünfte in der freien Natur. Ich stand auf und ließ ihn stehen. Ich watete durch den Sand zu meinem Einkaufswagen. Ich warf ein paar leere Flaschen und aufgerissene Würstchenfolien hinaus. Dann schob ich, den Kopf gereckt und den Rücken gestrafft, das Gefährt den Hohlweg zur Elbchaussee hinauf.

Als ich den Bahnhof Altona erreicht hatte, fühlte ich mich unendlich müde. Vor dem Zeitschriftenladen stand ein verschnürter Stapel *Abendpost*; ich packte ihn ein als Vorsorge für schlechtere Zeiten. Am liebsten hätte ich mich in den Wagen gesetzt, nur noch gewartet, bis mich jemand anschöbe, irgendwohin; ich wollte nichts mehr entscheiden. Dann trottete ich mit dem Gefährt in die Fußgängerzone.

Vor einem Kaufhaus sah ich eine Batterie Schlafsäcke, die mir nie zuvor aufgefallen waren; sie sahen aus wie zur Abholung aufgereiht. In Reih und Glied lagen sie, als warteten sie auf eine

Erweckung oder auf die Müllabfuhr. Einer der Schlafsäcke regte sich, drehte sich um wie eine Wurst am Spieß. Ein Wind fuhr scharf und grimmig von Norden her durch die Baulücken; ich konnte kaum noch sagen, ob es der Luftstoß war oder der Anblick der gestrandeten Menschen, der mich zum Frösteln brachte.

In der Auslage eines Juwelierladens zeigten die Uhren Mitternacht an. Nebenan war ein Sportgeschäft; aus schmalen Augen musterte ich das Schaufenster. Wenn ich schon draußen schlafen musste, dachte ich, dann wollte ich es hier tun, bewacht von Sneakers von Berenice Coulthard und Rüthi, Leggins von Pura Gioia. Im Kopf maß ich den Ladeneingang aus, stellte mir meinen müden, eingerollten Körper darin vor, den Wind, der entlang der Fassade vorbeiflöge. Die Vorstellung, einfach so dazuliegen, der Schwerkraft zu folgen, den gegebenen Formen, ohne Anstrengung oder Wahl, fühlte sich an wie eine Verheißung.

Meine Schmutzwäsche, in Plastiktüten verpackt, reichte für ein Polster aus. Die gesammelte *Abendpost* ließ sich zum Deckbett stapeln. Von weitem hörte ich den Gesang eines Betrunkenen; er geht bald schlafen, dachte ich dankbar, dann schlafen wir beide. Schließlich lag ich in Embryohaltung, das Gesicht zur Tür gedreht. Ich hörte, wie der Wind hinter mir an den Ladenfronten entlangwütete, ohne mich noch berühren zu können; das Sausen genügte, dass ich auf Anhieb einschlief.

23

Der Morgen war weiß, gesprenkelt mit schwarzen Buchstaben. Ich nahm die *Abendpost* vom Gesicht und setzte mich auf. Ich las die Schlagzeile: »Bela und Patrizia Holten: Nestbau in Hamburg«. In meinem ausgeschlafenen Kopf wuchs eine Idee.

Die Wohnungsanzeigen nehmen drei Seiten ein. Sie boten Unbezahlbares an in unbewohnbaren Stadtteilen. Die Eppendorfer Dreizimmerwohnung, 90 Quadratmeter, hochwertig möbliert, 2100 Euro kalt, stand noch für denselben Nachmittag zur Besichtigung.

Um viertel vor fünf stand ich vor der Wohnung. Die marmornen Treppenstufen waren poliert; weiße Säulen flankierten den Eingang. Grüppchen in langen Mänteln belagerten das Haus, Ehepaare mit Kostümen und Seitenscheitel; sie warteten auf den Makler, die Zeitung in der Hand. Als der Makler erschien, fand er beim vierten Versuch den richtigen Schlüsselbund.

Ich setzte mich an die Spitze der Prozession. Umgehend nahm ich den Makler zur Seite. »Ich nehme an, die Türklinken werden noch ausgetauscht«, sagte ich mit einem Anflug von Betrübnis. »Das sieht ja aus wie in einem Fertighaus.«

»Die Klinken sind aus hochwertigem Titan«, sagte der Makler zu einer Dame im Lodenmantel; er schien meinen Blick zu meiden.

»Schade um das schöne Titan«, ließ ich ihn wissen. Dann marschierte ich durch die Räume, die Hände auf dem Rücken verschränkt.

Die Ehepaare schwärmten jetzt aus; vorsichtig stiegen sie durch weich ausgelegte Flure. Ich fuhr mit den Händen über Ledertapeten, setzte mich auf ein Paolo-Rizzoli-Sofa aus containergroßen Kuben, streichelte wellige Knorrholm-Stühle, tauchte unter einer tropfenförmigen Deckenlampe von Schlock hindurch. Ich spähte in Ecken, öffnete Türen, stützte mich auf eine Fensterbank und betrachtete meine Fingerspitzen: Respekt, kein Körnchen Staub zu sehen. Nervös trat der Makler näher, rückte schnell wieder ab und wandte sich einer kleinen Dame zu, die über die plötzliche Aufmerksamkeit erschrak.

Ich wich dem Mann jetzt nicht mehr von der Seite. Ich konnte die chemische Reinigung seines Anzugs riechen, sein Rasierwasser; im Windschatten der Schwaden segelte ich durch die Räume. In einer Abstellkammer am Ende des Flurs hatte ein Arbeiter eine leere Bierdose hinterlassen. Bevor die Interessenten hineinschauen konnten, schloss der Makler die Tür und führte die Prozession ins Schlafzimmer. In der Küche standen wir vor Apparaturen aus gebürstetem Edelstahl. DeLanieri, stellte ich fest; Gesichter drehten sich mir entgegen. Nur der Makler wagte nicht mehr, mich anzusehen.

Ich legte den Kopf in den Nacken. Ich wusste nicht, ob tatsächlich ein Fleck an der Decke war, aber der Makler folgte beunruhigt meinem Blick. Jetzt rissen sich auch die Ehepaare von Herd und Spüle und schauten nach oben; ich zog mein Notizbuch aus der Handtasche und schrieb schwungvoll etwas hinein. Dann trat ich ans Fenster und blickte streng in den Hof. »Sagen Sie«, machte ich gedehnt.

Das Ehepaar, dem der Makler vergebens die Heizkostenumlage erklärte, hörte ihm nicht zu, sondern starrte nur auf mich. »Diese fröhlichen Zecher da unten im Hof«, fuhr ich fort. »Wohnen die immer dort?«

»Welche fröhlichen Zecher«, knurrte der Makler; er atmete jetzt flach.

»Diese munteren Vaganten«, sagte ich. »Diese Saufnasen, diese ungewaschenen Schluckspechte. Sitzen im Hof und lassen den lieben Gott einen guten Mann sein. Während wir das Staatsdefizit verringern, vierzehn Stunden am Tag.«

Der Makler öffnete das Fenster und lehnte sich hinaus; neugierige Köpfe drängten mit ihm ins Freie.

»Ich kann nichts sehen«, sagte der Makler.

»Na dann ist ja gut«, sagte ich achselzuckend. »Dann war das Ganze wohl nur ein Kurzauftritt. Womöglich wohnen die gar nicht hier. Vielleicht sind die nur zu Besuch.«

»Ganz sicher«, sagte der Mann und sah mich misstrauisch an.

Für den Rest der Besichtigung mied der Makler meine Nähe. Wenn unsere Blicke sich trafen, schaute er weg, verbarg sich im Besucherstrom. Wenn möglich, verbarg er sich in sicheren Nachbarräumen. Deutlich hörte ich seine Stimme durch die Wände; die Schallisolierung war eindeutig mangelhaft. Erregt dozierte er über Mahagoniparkett, über den Carport, über den Südwestbalkon, als ginge es um sein Leben.

Die Tür zur Abstellkammer öffnete sich lautlos. Als ich sie schloss, hörte ich die Maklerstimme nur noch dumpf. Ich hörte noch, wie sie näher kam, wie sie im Vorbeigehen hastiger wurde und lauter, als wollte der Mann um jeden Preis vermeiden, dass noch jemand die Abstellkammer mit der Bierdose sah.

Schließlich stand der Trupp an der Eingangstür. Ich hörte, wie der Makler letzte Fragen beantwortete, Bewerbungsbögen verteilte und Abschiedsgrüße. Dann war es still in der Wohnung.

Ich griff nach der Titanklinke. Ich hielt inne, als von neuem Schritte über das Parkett knarrten. Der Makler patrouillierte noch einmal durch die Räume, näherte sich meinem Versteck. Er klang wie ein einsamer, gebrochener Mann. Vor der Abstellkammer kamen seine Schritte zum Stillstand.

Ich hob die Bierdose auf, warf mich in Positur. Ich probierte Sätze: »Nennt man das hochwertig möbliert?« Ich hörte nur einen Seufzer, dann etwas, das sich nach einem Furz anhörte. Noch ein Schritt, dann öffnete sich die Tür nebenan.

Das Sprotzen, Flatschen und leise Wimmern, das ich durch die Wand hörte, erinnerte mich daran, dass nebenan die Toilette war. Der Tumult endete, doch die Tür schien sich nicht wieder zu öffnen.

Nach zehn Minuten wurde mir bang. Ich stellte mir Szenarien vor; der eingeschlafene Makler, die Hosen heruntergelassen, den Kopf auf den Spülkasten gelehnt. Ein Selbstmord, ein Herzinfarkt aus heiterem Himmel; endlose Verhöre, die Schreibtischlampe im Gesicht. Endlich, nach zwanzig Minuten, verließ der Makler sein Verlies, tappte gebrochen zur Tür. Endgültig fiel sie ins Schloss. Er hatte sich nicht einmal die Hände gewaschen.

Ich trollte mich ins Wohnzimmer. Ich streckte mich aus auf dem Sofa von Paolo Rizzoli, seiner südlichen Landschaft. Ich lag noch wach, als vor dem Ostfenster lachsfarben die Herbstsonne aufstieg.

Der schmale Blechstreifen, den ich mit dem Taschenmesser aus der Bierdose schälte, deckte das Schloss im Türrahmen sauber ab. Ich löste eine Schraube aus der Zarge und hängte den Streifen vor das Schließblech. Ein leiser Druck genügte jetzt, um die Tür zu öffnen und zu schließen; unsinnig oft machte ich die Probe. Dann hatte ich genug von dem Spiel und trat entschlossen ins Treppenhaus hinaus.

24

Auf der Straße stellte ich fest, dass ich die Sesshaften fast nicht mehr wahrnahm. Ich konnte verfolgen, wie sie Tag für Tag an Wirklichkeit einbüßten und mir schließlich unpersönlicher erschienen als Hunde oder Spatzen. Ich versuchte, mir ihre Gegenwart ins Bewusstsein zu zwingen, ihre Leben, ihre Laufwege. Durch die Fenster der HafenCity sah ich das Flackerlicht der Fernseher und Schreibtischleuchten, die Menschen an Geräten beschienen. Ich folgte Touristen, die auf den polierten Kaiflächen entlangrollten, panisch, wie geschoben, an ihre Segways gekrampft. Ich schlenderte an Cafés vorbei, sah Menschen, die ihre Gesichter in die Sonne hielten; mit geschlossenen Augen, dachte ich, hatten sie immerhin die Chance zur Sehnsucht.

An den Magellanterrassen beobachtete ich einen jungen Mann mit seinem Skateboard. Er sah aus, als hätten sich alle Wünsche, die unter den Lidern der Sonnenfreunde wucherten, in dieser Figur verkörpert. Er hatte den Wuchs einer gut gedüngten Pflanze aus den Elbvororten, gestählt durch Polo, Skiurlaube und proteinreiche Kost, und gleichzeitig die Zähigkeit eines Barmbeker Unkrauts, abgehärtet von Bandenkriegen, Machtkämpfen und Promiskuität. Und er hatte dieses Jungsgrinsen um die Unterlippe, die auch im Grinsen noch satt herabhing und prächtige Zähne zeigte.

Ich setzte mich auf die Stufen der Terrasse, schlug die *Abendpost* auf. Über den Blattrand hinweg fixierte ich den Skater. Der Junge stand an der Reling, ließ träge das Board vor sich hin- und herrollen, trat mit dem Fuß auf das gebogene Ende, um es durch die Luft wirbeln zu lassen. Ohne hinzusehen, fing er es auf Bauchhöhe auf. Dann stand er wieder da, das Spielbein auf die Querstrebe der Reling gestemmt, mit verwegen zusammengekniffenen Augen, die Unterlippe im Wind.

Nach einer Weile beschloss ich, ihn nach einer Zigarette zu fragen. Er sah mich an, als hätte er nicht mit mir gerechnet, als sei es ein Schmerz, aus einer Skaterwelt gerissen zu werden in die Welt von Leuten, die auf den Stufen der Magellanterrassen die *Abendpost* lesen. Dann entspannte sich sein Blick, und sein Grinsen wurde straff und reptilisch.

»Sorry. Ich rauch nicht«, sagte er. Es war eine original Dino-Pinone-Stimme, hart und knapp, ohne Nachhauch der Wörter, aber mit diesem gewissen reizbaren Überschwang.

»Klar, Mann«, sagte ich. »Sportler.« Ich zeigte auf sein Board: »Wann fängst du denn an.«

Er blickte hinab auf das Brett, als sehe er es zum ersten Mal. Und auch mir kam das Ding plötzlich absurd vor, ein Dada-Gegenstand wie eine Pelztasse, ein Treppenlift. Dann strahlte er mich an, die Wellen von Malibu in seinen Augen: »Fürs Anfangen werd ich nicht bezahlt.«

Es dauerte eine Weile, bis ich begriff. Dann sagte ich: »Oh.« Ich sah sein Grinsen, das schon wieder ganz bei sich selbst war, im Bewusstsein der gelungenen Überraschung; ein Jack-Solomon-Grinsen, das Grinsen des jungen Mack MacFarlane. »Dann«, sagte ich tapfer, »will ich das auch.«

Er griff in die Brusttasche seiner Jacke, entfaltete einen Merkzettel; er brauchte nur eine Hand dafür. Ich erkannte irgendein Logo in Schiffsform, etwas wie »ProHafenCity« oder »Hafen Solutions«, gefolgt von einer Handvoll Namen mit Telefonnummern. Er fragte: »Hast du einen Stift?«

Ich schüttelte den Kopf, und so hielt er das Blatt vor seine Brust, seine zweifellos rasierte Brust, und zeigte mit der Linken auf meine Nikon. Und mit dem Gehorsam, den die Schönheit nun einmal fordert, machte ich das Foto.

»Die suchen eigentlich immer Leute«, sagte der Skater.

»Obwohl –«, sagte er dann und sah mich mitten im Satz noch einmal an. Dann drehte er sich um, angelte mit dem Fuß nach seinem Skateboard, ließ es in einem bissigen Schwung aufwärtsschnellen. Ich sah den Hintern in seinen Jeans, seinen kleinen, sehnigen und doch viskosen Hintern, und ich sah, wie er die Promenade Richtung Westen entlangstolzierte, das Skateboard neben sich mit kleinen Fußtritten vorantreibend; es sah aus, als führte er es an der Leine. Vor *Columbus Coffee* bezog er seinen nächsten Posten.

Eine Dreiergruppe näherte sich von Westen, ein älteres Ehepaar und ein Wesen, das bis auf einen Augenschlitz von einer Burka umhüllt war. Der Mann trug einen Übergangsmantel und eine Baskenmütze, die Ehefrau eine Pelzjacke und ein marineblaues Kleid. Schweigend liefen sie neben der Burka her; aus dem Stoff drang eine Frauenstimme, nicht laut, aber ohne Unterbrechung. Erst als das Trio auf meiner Höhe war, hörte ich, wie der Mann zu der Burka sagte: »Komm, jetzt halt's Maul, Katrin.«

Im *Samowar* bestellte ich Beef Stroganoff, ließ es mitsamt Teller in meiner Sylvie-Turenne-Tüte verschwinden und stellte nach einer Dreiviertelstunde die Kellnerin zur Rede. »Habe ich Ihnen das denn nicht gebracht«, flötete sie bekümmert. Mitleidig schüttelte ich den Kopf. »Ich muss noch mal fragen«, sagte sie verzweifelt. »Ist sicher sofort fertig.«

»Lassen Sie mal«, sagte ich großzügig und schaute auf die Uhr. »Ich habe sowieso keine Zeit mehr. Lassen Sie's gut sein.«

Nervös blickte die Kellnerin sich um, linste aus verängstigten Augenwinkeln dem Mann im schwarzen Anzug entgegen, der mit beunruhigter Miene hinter einer golden und cremefarben tapezierten Säule hervortrat und sich unaufhaltsam meinem Tisch näherte. »Das tut mir wirklich sehr leid«, sagte sie hastig. »Der Rotwein geht selbstverständlich aufs Haus.«

»Schade«, antwortete ich. »Das Stroganoff soll ja ganz hervorragend sein hier.«

Erleichtert stellte ich am Abend fest, dass meine Schlosssperre in der Eppendorfer Wohnung unversehrt geblieben war. Ich schaltete die tropfenförmige Deckenlampe von Schlock an; stumm begrüßte ich das Paolo-Rizzoli-Sofa, die Knorrholm-Stühle. Stumm kündigte ich an, mit ihnen wieder wohnen zu lernen. Ich setzte das Beef Stroganoff in die Mikrowelle der DeLanieri-Küche, verfolgte mit wohlwollendem Blick die Drehungen der Scheibe. Dann saß ich am Tisch, gabelte versonnen Filetstreifen aus der Soße und freundete mich in Gedanken mit dem Kikkomainen-Bett an, das ich in dieser weltverlorenen Neumondnacht in aller Sorgfalt einweihen würde.

Viel Zeit verbrachte ich an den folgenden Tagen in den Restaurants der Stadt. Ich begann, mich meinen Ursprüngen zu nähern, der tierischen Existenz, der gründlichen und ganztägigen Beschäftigung mit Nahrungsbeschaffung. Ich genoss die Vereinfachung und Schärfung meines Lebenssinns. Stufenlos erweiterte ich meinen Radius, prüfte Lokale in Stellingen, Rahlstedt und Lurup, kostete ungekannte Gerichte: Zahlmeisterschnitzel, Türkische Eier, Sprottensalat. Während ich im *Neuengammer Fährhaus* den schnauzbärtigen Wirt zurechtwies, der eigens an meinen Tisch getreten war, um sich die Belehrung abzuholen, begann ein Cockerspaniel vom Nebentisch, wimmernd und knurrend meine Tüte zu untersuchen. Mit Bedauern gab ich dem Tier einen Tritt in die Leber, bevor es das Vierländer Schmökfleisch zu Tage fördern konnte.

Am vierten Tag, als ich mit einer Tüte voller Milchsardinen aus dem *Pessoa* in meinem Eppendorfer Hausflur stand, fand ich die Wohnungstür verschlossen vor. Von drinnen hörte ich Stimmen, ehrerbietige Stimmen von Frauen und Männern, beherrscht und beschnitten vom vertrauten Organ meines Maklers. Ich klingelte und entschuldigte mich für die Verspätung. Im Türrahmen fehlte der Blechstreifen.

Der Makler maß mich mit einem feindlichen Blick, der mir zeigte, dass er mich wiedererkannte. Ich schlüpfte an ihm vorbei in die Wohnung, prüfte mit einem schnellen Blick den straffen Sitz der Tagesdecke auf dem Kikkomainen-Bett, bezog dann meinen Wachposten vor der Tür zur Abstellkammer. Hinter meinem Rücken lauerte der blaue Müllsack mit meinen Besitztümern, bereit zum Verrat.

Menschen zogen an mir vorbei, ruhelos, auf der Suche nach Heimat. Einige Gesichter erkannte ich wieder. Sie gehörten Verzweifelten, die sich eine zweite Chance gaben, oder dem Makler oder dem Leben, und doch wussten, dass es nicht mehr viele geben würde. Ich sah ihre flackernden Blicke, ihr schicksalsergebenes Tasten nach der Hand des Partners. Eine junge Frau im Businesskostüm stützte sich beidarmig auf die Bank des Schlafzimmerfensters und starrte wie in Todesgedanken auf das verblühte Rotbraun der Gartenrabatten.

Nach zwanzig Minuten war Stille in der Wohnung eingekehrt. Ich gab meinen Posten vor der Abstellkammer auf und schritt ins Wohnzimmer, wo der Makler mit einem älteren Paar in halblautem Gespräch stand. Der Mann, schön und weißhaarig mit mächtigen, aufgewühlten Brauen, zog bei meinem Anblick die ausgestreckte Rechte wieder ein. Kurz bevor sie in der Tasche seines marineblauen Dufflecoats verschwand, konnte ich noch ein Bündel Geldscheine darin erkennen.

»Oh«, sagte der Makler. »Sie haben den Ausgang nicht gefunden. Einfach immer rechts. Sie sehen dann schon.«

Ich sagte kein Wort, rührte mich nicht vom Fleck. Ich blickte in die Augen des Mannes im Dufflecoat; sie hatten das künstliche Tiefblau eines Kühlbeutels, mit dem man Gewebeschwellungen lindert. Mich traf der strafende Blick eines Gottes.

»Wenn Sie noch ein paar Minuten im Nebenzimmer warten«, sagte der Makler jetzt ungeduldig, »dann nehme ich Sie gleich mit raus.«

Der Mann im Dufflecoat starrte mich weiter an, mit einem Blick, in dem Ekel stand und existenzielles Befremden. Auch seine Frau fixierte mich jetzt unter müden, hängenden Lidern hervor, verschränkte die Arme und sah spitzmündig und auffordernd den Makler an.

Ich nickte verstohlen und räumte das Feld. In der Abstellkammer atmete ich tief, schmiedete und verwarf Pläne. Ich konnte nur abwarten; vielleicht würde alles gut. Ich zwang mich zur Geduld; ich wusste, das war meine schwache Seite. Schritte näherten sich; ich hörte die weiche, kognakgebadete Stimme des Mannes im Dufflecoat. »Sagen Sie, die Tür da vorhin neben der Toilette«, sagte der Mann, »ist dahinter eigentlich noch ein Zimmer?«

Ich warf den Müllsack über die Schulter und schlüpfte ins Freie. Auf der Treppe hörte ich, wie das Trio lachend die Wohnung verließ. »Für den Vertrag kommen Sie doch am besten Montag in mein Büro«, sagte der Makler und warf mit einem schaurigen Geräusch der Endgültigkeit die Wohnungstür zu.

Als ich auf der Straße stand, fühlte ich mich lächerlich heroisch. Ich gehörte zu denen, die ihre Geworfenheit annahmen, ihre Unbehaustheit, und auf den billigen Trost verzichteten, den eine Fußbodenheizung und ein paar Knorrholm-Stühle versprachen. Am Isebekkanal fuhr mir ein kraftvoller Wind in Nase und Lungen; er roch nach Meer, nach Aufbruch, nach Küsten voller Gold und seltenen Erden.

An diesem und an den nächsten Abenden kehrte ich regelmäßig zu meinem Sportgeschäft zurück. Meine innere Uhr stellte sich um; sie ging jetzt schon um Stunden vor. Lange vor Mitternacht machte sie mich schläfrig, zu einer Zeit, da die Partys in der Philharmonie erst richtig begonnen hatten. Morgens weckte sie mich pünktlich um halb sieben, bevor die Angestellten des Sportgeschäfts den Laden für die Kunden herrichteten.

Eine Mikrowelle, in der ich erbeutete Genüsse aus Restaurants hätte aufwärmen können, hatte ich nun nicht mehr. Doch mein neuer Schicksalsglaube maß der Nahrung keine besondere Bedeutung mehr bei. Ohne Scheu durchschritt ich den Eingang zum Gebäude der Arbeiterwohlfahrt, stand dann gleichgültig Schlange für fleischarmes Labskaus oder Kartoffelsuppe, die Kapuze eines fleckigen Parkas vor der Nase oder das strähnige Grauhaar einer früh Gealterten. Mein selbstbewusster Blick beeindruckte die Freiwilligen an der Kelle derart, dass ich schon bei der ersten Runde einen Nachschlag bekam.

An meinem fünften Tag im Eingang des Sportgeschäfts spürte ich beim Aufwachen eine Wärme in der Nierengegend. Meine Nase war kalt, doch von hinten umfing mich ein Arm. Im Nacken spürte ich einen fremden Schopf. Ich machte mich los und setzte mich auf.

Die Besitzerin des Arms war jung, höchstens zwanzig Jahre alt. Sie hatte die Augen noch fast geschlossen. Ihre Lider waren geschwollen; ihr Pony hatte sich zum Zopf verklebt. Als sie die Augen aufschlug, sah ich ihr Lächeln; es sah beinahe aus, als wäre sie verliebt.

»Geht es schon los«, fragte sie aufgeregt. Ich schaute an ihr vorbei, denn hinter ihr breitete sich ein Meer aus Leibern aus.

»Was«, fragte ich zurück.

»Machen die schon auf«, setzte sie nach und streckte ihr Handgelenk mit der Armbanduhr aus der Steppjacke. »Ist doch noch gar nicht acht«, knatschte sie dann.

Um sie herum begann sich das Menschenmeer zu regen. Es schlug Wellen; es gähnte, brummte und knurrte. Hier und da reckte sich ein Oberkörper, streckte sich ein Arm aus, schüttelte sich ein Haarschopf. »Ist es so weit«, fragte ein Schlaks mit schwerem, massivem Kinn. Ein Mädchen schob sich die Truckermütze aus den Augen und stieß entsetzt ihre Nachbarin an: »O Gott. Da sind ja bestimmt noch fünfzig vor uns.«

»Cool«, sagte das Mädchen mit dem verklebten Pony zu mir. »Da sind wir auf der sicheren Seite.«

Ich hörte ein Murren über dem Menschenmeer, ein gemeinschaftliches Jaulen, in dem Enttäuschung lag und Wut.

»Hey, du«, rief schließlich ein Langhaariger aus der siebten Reihe, »du mit dem Mantel.« Ich brauchte eine Weile, um zu begreifen, dass er mich meinte; ich richtete mich auf und reckte den Kopf.

»Fünfhundert Euro«, schrie er. »Okay? Ich warte hier auf dich.«

In diesem Moment spürte ich die Ladentür im Kreuz; ich konnte längst nicht mehr ausweichen. Meine Füße waren umrankt von menschlichen Schlingpflanzen, die, sobald ich aufstand, in die Lücke gestoßen waren. Vier massive Kerle in Security-Uniformen ragten im Eingang auf; zwei packten mich an den Armen, zogen mich ins Ladeninnere.

Eine Verkäuferin im Basketballtrikot trat auf mich zu, sie sagte: »Herzlichen Glückwunsch.« Sie legte den Kopf schief; sie strahlte mich an, als müsste ich antworten. »Wie heißt du?«

»Danke«, sagte ich freundlich. Ihr Mund blieb offen, als genügte ihr die Antwort nicht, und ich sagte: »Ich bin Stella.«

Ihre Wangen glühten auf, als hätte sie einen Heiratsantrag bekommen. »Dreihundert für die ganze Welt«, jubelte sie. »Siebzig für Deutschland. Zwanzig für Hamburg. Und du bist die Erste, Stella. Wahnsinn, absoluter Wahnsinn. Wie lange hast du da draußen gewartet?«

»Fünf Tage«, sagte ich freundlich.

Irritiert sah sie mich an. Sie sah die Flecken auf meinem Trenchcoat, meine wild geblähten Haare. Dann schüttelte sie den Kopf und lächelte wieder: »Wahnsinn, absoluter Wahnsinn.«

Durch die Glasscheibe konnte ich die Körper sehen, die sich von außen gegen die Tür warfen. Ein Spalt klaffte auf, zitternd; Hände drängten sich hinein, wurden immer mehr. »Einer nach dem anderen, Herrschaften«, sagte einer der vier Muskelmänner. »Sind doch noch neunzehn da.« Die Ordnungskräfte massierten sich vor dem Spalt; mit vereinten Kräften drückten sie die Tür wieder zu. Ein Satz Fingerkuppen zog sich im letzten Moment zurück.

Jetzt erst sah ich die Turnschuhe. Sie rotierten, warm bestrahlt, auf einer beleuchteten Plexiglassäule; hinter ihnen glänzte ein Plakat. Es zeigte einen schlechtgelaunten Schwarzen mit silberner Bomberjacke und acht Ringen an den Fingern, die er dem Betrachter entgegenstreckte. Natürlich erkannte ich Uhuru MC; ich erinnerte mich auch an die Ankündigung seiner Sneakers-Edition für Berenice Coulthard, die limitierte Auflage, die Schnürsenkel aus gedrilltem Hanf. Ich erinnerte mich sogar an die Plakate. Einmal hatte ich unter einem zu Mittag gegessen.

»So, Stella, dann bräuchte ich mal deine Schuhgröße«, sagte die Verkäuferin. »Lass mich raten – sechsunddreißig? Wir haben nur siebenunddreißig, aber darauf kommt es ja wohl nicht an.«

Die Kartons standen spiralförmig aufgestapelt; ich dachte, wie beabsichtigt, an die Pirouette eines Basketballers unter dem Korb. Ich starrte durch das Schaufenster nach draußen, wo sich die Menge jetzt anschickte, die Scheibe einzudrücken. Hinter dem Gewoge erkannte ich den Langhaarigen; er sah mich an, schwenkte die Arme wie ein Fluglotse.

»Dreihundertachtundneunzig, das weißt du ja, Stella. Zahlst du bar oder mit Karte?«

Ich sah nach draußen, wo der Langhaarige jetzt begann, mit Luftsprüngen auf sich aufmerksam zu machen. Er ließ mich nicht aus den Augen. Mit den gespreizten Fingern der rechten Hand signalisierte er eine Fünf; er reckte den Arm, als hoffte er auf den Segen von oben.

Die Verkäuferin legte den Kopf schräg und sah mich lächelnd an. Den Karton, der jetzt vor ihr auf dem Tresen stand, öffnete sie mit einer Vorsicht, als enthielte er Skorpione. Ich winkte dem Langhaarigen zu. Ich reckte acht Finger in die Luft. Ich sah seine wegwerfende Geste; lächelnd hob ich den Schuhkarton in die Höhe. Sein Gesicht verklärte sich, verzog sich in Schmerz und beißendem Glück.

Die Sicherheitsleute hatten jetzt offenbar beschlossen, ein Ventil zu öffnen. Für eine Sekunde ließen sie die Tür los, um sie sofort wieder zu schließen. Das Mädchen mit dem verklebten Pony war knapp durchgeschlüpft; schwer atmend stand sie im Laden, mit leuchtenden Augen und einer Schnittwunde auf der Stirn. Sie sah sich um, als hätte sie ein Nahtoderlebnis.

»Zu dumm«, sagte ich zu der Verkäuferin. »Mein Freund hat das Geld. Sehen Sie? Da drüben steht er.«

Die Verkäuferin folgte meinem Finger, sah den Langhaarigen, der uns jetzt ekstatisch zuwinkte, sieben Finger in der Luft. Ein Hüne mit Sonnenbrille und Kapuzenjacke stieg plötzlich vor ihm auf; fuchtelnd bemühte sich der Langhaarige, seine Armsignale an ihm vorbei zu plazieren.

»Das ist doch gar kein Problem, Stella«, sagte die Verkäuferin. »Du hast fünf Tage gewartet, jetzt soll es daran nicht mehr scheitern, hab ich recht? Du holst dir von deinem Freund das Geld, und dann holst du dir von mir diese fetten Sneakers ab, okay? Und du nimmst am besten den Hintereingang.«

Verzweifelt sah mich der Langhaarige an, als ich mich zehn Minuten später durch die Menge gekämpft hatte, aber ohne die Turnschuhe vor ihm stand. Doch dann hellte sich sein Gesicht schnell auf, und pfeifend vor Vorfreude folgte er mir um den Block zur Rückseite des Sportgeschäfts. Sechs der vierzehn Fünfziger stopfte ich gleich in die Innentasche meines Trenchcoats; acht nahm die Verkäuferin in Empfang. Feierlich übergab sie mir den Schuhkarton.

Als ich ihn weiterreichte, blickte sich der Langhaarige ängstlich um. Es sah aus, als fürchtete er, dass ihm auf den letzten Metern noch jemand die Beute entrisse. Dann rannte er, von kleinen Luftsprüngen unterbrochen, stadtauswärts die Fußgängerzone hinab.

25

Die Tage wurden kälter. Die dreihundert Euro reichten für vier Nächte in einem Künstlerhotel. Dann rollten Regenwolken von der Nordsee über die Stadt, ballten sich kurz und wie nachdenklich über dem Fernsehturm. Kurz entschlossen vergossen sie dann ihre Wassermassen. Ich mied die Orte, die ich mit Schmiddel, Zork und den anderen aufgesucht hatte, die Solarien, das Tropenhaus, das Zoologische Museum. Ich genoss es sogar, mein Gesicht in den Regen zu halten, an den durchnässten Haarspitzen zu lutschen, die mir der Wind in den Mund blies. Ich genoss es, die Tränen abzulecken, die nicht meiner kleinen Freude oder Trauer entsprangen, sondern direkt einem der zahllosen Himmel.

Wenn ich genug hatte vom Hamburger Wetter, verzog ich mich in die Passagen am Gänsemarkt oder am Neuen Wall. Ich spazierte durch Kaufhäuser, Bahnhöfe, den Fuhlsbütteler Flughafen oder die Lobby vom *Atlantic*. Ich hielt kurze, stärkende Siestas im Michel, in Sankt Katharinen oder Sankt Nikolai. Oder ich machte es mir in einer der Bücherhallen bequem, an einem sauberen Resopaltisch, den leichten Kopf auf einem Fotoband von Dwight Cumberland oder Rosalie Zoltan.

Um die Männer in den zerschlissenen Parkas, um die Frauen mit den 80-Liter-Taschen von Ikea machte ich nach wie vor einen Bogen. Sie hatten kein Geheimnis, keine Magie; ich war unbeugsamer als sie, wilder, als sie jemals werden würden. Mich langweilten ihre unverständlichen Sätze; in mir spürte ich eine Unverständlichkeit, die selbst ihnen Ehrfurcht einjagen würde.

Ich fühlte, wie ich leichter wurde. Es war, als würde ich selbst zum Bild, zur wirkmächtigen Vorstellung. Ich merkte, wie eine Allgemeingültigkeit in mir wuchs, eine exemplarische Qualität.

Nachts nahm ich jetzt mit allem vorlieb, was mir meine Umgebung bot. Was die Welt, was das Leben für mich vorsah, war mir recht; eine Bank im Schanzenpark, ein Strandkorb am Falkensteiner Ufer, ein mild schwankendes, sicher vertäutes Segelboot auf der Außenalster. Vom Lüftungsschacht der U-Bahn-Station Mundsburg vertrieb mich ein Mann in einer pinkfarbenen Outdoorjacke; er hatte einen graumelierten Kinnbart und die Statur einer Telefonzelle. »Das ist mein Platz«, sagte er mit mächtiger Stimme. Sein linkes Auge zwinkerte; ich wusste, dass es keine Nervosität war. Ruhig packte er meine Sachen zusammen, türmte sie im Einkaufswagen zu einem präzisen Stapel.

Ohne Widerrede räumte ich das Feld. Erstaunt stellte ich fest, wie gleichgültig mir Orte geworden waren. Vielleicht war das schon die Ortlosigkeit der Engel, die auf dem Rathausmarkt wachen können und zugleich im Andromedanebel, immer aufmerksam, doch immer auf Abruf. Auch ich horchte auf diesen Abruf, der aus jeder Richtung kommen konnte; in mir war eine ruhige Selbstverständlichkeit, die keinen Zweifel kannte.

Im Parkhaus an der Drehbahn legte ich mich auf Kühlerhauben, die noch warm waren. Aus einem Papierkorb an der Spaldingstraße, nicht weit vom Jobcenter, zog ich ein Bündel Rosen; sie waren gelb mit feurig orangefarbenen Spitzen. Kühn entschied ich, dass die Blumen ein Geschenk an mich waren; sie waren noch in Papier eingeschlagen, und die Stiele waren noch nass. Ich setzte mich auf die Treppe, die zu einem Hauseingang führte; ich blätterte die Rosen aus der Folie, hielt sie eine Weile andächtig in beiden Händen. Sie fühlten sich an wie eine Waffe, die Waffe der Schönheit.

Am Gänsemarkt rollte ich mich im Vorraum einer Bank zusammen. Ich machte es mir bequem zwischen Geldautomaten; ich hatte nie etwas gegen Reichtum gehabt. Manchmal brauchte ein Enttäuschter, dem der Automat das Geld verweigert hatte, meinen Trost. Manchmal weckte mich die Polizei, und ich setzte meinen Schlaf in einer Zelle fort. Manchmal blickte ich in drohende Gesichter – rachsüchtige Fußballfreunde oder eine verzweifelte Männerrunde, die über die Hochzeit eines ihrer Mitglieder trauerte. Wenn ich ihnen die Rosen entgegenstreckte, gaben sie Ruhe. Dann nahm ich meine Sachen, trollte mich und nahm die nächste Einladung an, die die Stadt an mich aussprach. Die Rosen trug ich bei mir, bis sie verwelkten. Ein Ort war wie der andere, der Äther überall gleich.

Ich gewöhnte mich an den heiligen Schrecken, den ich erzeugte. Wenn ich mich in der U-Bahn nach einem freien Platz umsah, löste ich Unruhe aus, zogen sich Schultern zusammen, drehten sich Köpfe zur Seite. Arme verschränkten sich vor jeder Brust. Blicke senkten sich, vergruben sich in Bücher, Zeitungen und Rätselhefte. Hier und da erhob sich ein Mann im billigen Anzug oder eine Frau in einer Kunstlederjacke mit Knitterlook, um sich einen Fluchtweg zu sichern.

Ich hatte die freie Auswahl. Ich besetzte einen Fensterplatz in der Mitte des Waggons. Ich verzichtete sogar darauf, die Füße auf den Sitz gegenüber zu legen, der zuverlässig frei blieb. Zwischen Rödingsmarkt und Landungsbrücken schwebte ich dreißig Meter über dem Boden, sah aus dem Fenster, unter mir Bürohäuser, Ladenzeilen, Kräne; das kleine Streben der Welt. Um mich herum flüchteten Menschen, um mir zu entkommen, in ihre Telefongespräche; ich hörte wahnwitzige Dialoge, Dokumente einer großen, abgrundtiefen Verwirrung.

»Eigentlich war er ja ganz süß, aber –«, sagte ein junges Mädchen mit hoher, roter Stirn.

»Wenn ich das gewusst hätte«, kam die Antwort, irgendwo hinter mir.

»Schau einfach noch mal nach«, empfahl ein Dritter. »Auch unter dem Wäschestapel auf der Waschmaschine.«

»Wie geil ist das denn«, staunte das Mädchen.

»Hauptsache, die Präsentation klappt«, mischte sich ein Kräftiger mit wuchtigen Koteletten ein.

»Also«, wies ihn das Mädchen zurecht, »das geht schon mal gar nicht.«

Als ich mich zum ersten Mal einnässte, saß ich auf einem Poller an den Landungsbrücken. Es war vielleicht zehn, elf Uhr vormittags, der Himmel wollig und weich, von einem bunten, reich geschichteten Grau. Lächelnd legte ich den Kopf in den Nacken; die Wolken sahen aus wie Start- und Landebahnen. Eine Barkasse zog Kreise, beschrieb einen Rechtsbogen, tauchte den Bug ins Wasser und stieg wieder aus den Wellen.

Ich fühlte keine Scham, keinen Schrecken, nur Staunen über das neue Gefühl. Ich dachte an Amy, die sich in meinen Armen eingenässt hatte; wenn sie sich für das Nässen entschieden hatte, nässte ich auch. Aufmerksam spürte ich der Feuchtigkeit nach, die sich ausbreitete, über die Innenseite der Schenkel, über die Außenseite die Waden hinab. Wie eine Hautschicht klebte die Hose auf den Knochen; sie schützte und legte zugleich das Innere bloß. Und ich verspürte ein Gefühl der Stärke, der absoluten Selbstherrlichkeit, die auf niemanden mehr Rücksicht zu nehmen braucht.

Ein Irish Setter schnürte die Kaimauer entlang. Freundlich wedelte er mit dem Schwanz, sah mich mit warmen braunen Augen an. Mit gereckter Schnauze schnüffelte er an meinen Beinen entlang. Vergebens rief die Besitzerin hinter ihm her; kurz blickte er sich um, dann setzte er seine Untersuchung fort. Ich sah die Frau in ihrem cremefarbenen Übergangsmantel; es sah aus, als hielte sie sich am Fischbrötchenstand fest, dessen Magnetismus sie daran hinderte, näher zu kommen.

Wieder und wieder rief sie: »Merkur.« Erst rief sie streng, dann flehte sie; sie blieb in sicherer Entfernung. Merkurs Ohren wirbelten nervös, aber er blieb vor mir stehen; ich hörte sein lebendiges, trauliches Schnaufen. Erst als die Frau sich umdrehte und Richtung Landungsbrücken marschierte, als sie schon hinter dem *Café Elbterrassen* verschwunden war, hob er ruckartig den Kopf und preschte los. Er galoppierte über das Pflaster; erst in weiter Entfernung sah ich ihn bremsen. Dann sah ich, wie er wedelnd und mit gesenktem Kopf seiner eifersüchtigen Herrin entgegenschlich.

Und, um es kurz zu sagen, alle Sinnesempfindungen und die vielen Glieder der unvernünftigen Tiere können auf immaterielle Erkenntnisse himmlischer Wesen hindeuten.

Das Vertrauen der Tiere gab mir ein Gefühl der Überlegenheit. Eichhörnchen strichen um meine Beine. Waschbären halfen mir, Papierkörbe nach Beute zu sortieren. Dann kamen die Tauben, hüpften neben mich auf die Parkbank, pickten pochend auf dem Pergamentpapier herum, teilten mit mir ein verstoßenes Schulbrot. Füchse begleiteten mich, liefen voraus, blieben zurück, bis ich zu ihnen aufschloss. Saatkrähen und Eichelhäher legten bei meinem Anblick verstehend die Köpfe schief. Maulwürfe gruben für mich das Erdreich um, machten es weich und porös. Steinmarder nagten mir in den Kleingartenkolonien den Weg in die Lauben frei, und im Jacobipark präsentierte mir eine Wildschweinbache ihre Frischlinge, von Frau zu Frau.

Ich begann, mich mit ihren Gewohnheiten anzufreunden. Von den Wildschweinen lernte ich, Schnecken zu knacken; von den Füchsen lernte ich die Vorteile von Bauwagen zu schätzen. Besonders fühlte ich mich den Ratten zugetan; ich war gerührt von ihren klugen Augen, ihren feinen, schlanken Fingern. Witternd richteten sie sich auf, spitzten die Ohren, wenn ich zu ihnen sprach.

»Lasst euch nichts einreden«, sagte ich zu ihnen. »Auch Tiere haben Engel. Scheu sind sie wie ihr; es gibt Engel, die vier Flügel haben wie die Vierflügler, und es gibt Engel in Kugelform, wie der Seeigel oder das Gürteltier. Es gibt *hundert Myriaden für den ersten Himmel und ebenso viele für den zweiten, dritten, vierten, fünften und siebten Himmel*. Das heißt: Es gibt mehr Engel als Menschen. Und das ist der Beweis dafür, dass die Engel nicht für die Menschen allein da sind.«

26

Schon in der ersten Oktoberwoche kam der Winter. Die Kälte schnitt durch meinen Trenchcoat; leichter Schneefall, schon abends Bodenfrost. Ich horchte in meinen Magen hinein; das Knurren hörte sich nicht mehr an, als käme es aus mir. Nicht einmal mein Magen schien noch körperlich zu sein; er war zu einem stolzen, luftgeblähten Ballon geworden, der irgendwo über mir schwebte, an einer langen Leine, die der Wind kräuselte und straffte.

Für ein paar Tage fand ich eine Unterkunft in einem nachlässig gesicherten Gartenhäuschen in einer Lokstedter Kolonie; im Schlafzimmer Stapel einer vergessenen Lifestyle-Zeitschrift. Blätternd lag ich auf dem Schlafsofa und schaute die Engel, las einen Satz über Élodie Bichet: »Privat bildet sie mit ihrem Lebenspartner Serge Gonchareff, dem Regisseur von ›Enrichissez-moi‹ und Exgatten Gail Tennysons, ein französisches Powerpaar.« Dieser Satz wärmte mich so mollig, dass ich noch vor meinem inneren Zapfenstreich einschlief.

Es war ein Donnerstagabend, als ich am Museum für Völkerkunde entlangflanierte. Taxis fuhren vor, Menschen stiegen aus, drängten auf die Freitreppe, belagerten die Eingangstür. Mein Körper fühlte sich scharf an, aber empfindlich, wie geschliffen, aus glitzerndem, zerbrechlichem Kristall.

Jedes Mal, wenn die Tür zum Museum aufschwang, konnte ich Musik hören; es war Musik aus meiner Jugend. Ich erkannte »Why So Shy« von den Molesters, ich erkannte »Green Bomb« von Bad Ecology. Und ich erkannte Serge Stierlin, Minette Theotonidis und Bernard Salic, die jetzt in der Schlange standen.

Ich stieg die Freitreppe hoch. Ich stellte mich zu Serge, Minette und Bernard; sie schenkten mir keinen Blick. Ich sah, wie sie zitterten in dem feinen, erfrischenden Schneeregen, der jetzt eingesetzt hatte. Minette wischte sich Flocken vom Mund; ihre Lippen glänzten, unentschlossene Schnecken. Der Türsteher schüttelte den Kopf.

»Moment«, sagte Serge. Er schob Minette beiseite, die empört in die Runde schaute, als erwarte sie von ihren Begleitern eine Tat. »Vielleicht klären wir erst mal den Sachverhalt«, sagte Serge. »Wer oder was hat diese Gesellschaft geschlossen?«

Ich sah den Türsteher an, seinen spitzen Schädel, seine gesteppte Antiklederjacke. Ich sah die Beine seiner Trainingshose, die in den Socken steckten. Der Mann verzog keine Miene. Minette versuchte, das Ungeheuer anzuflirten: »Haben wir uns nicht bei Rebecca gesehen«, sagte sie, »bei der Halloween-Party.«

»Ich seh immer so aus«, sagte der Oger und blickte fest zur Seite.

Er starrte auf die Linden, auf den Imbissstand, auf den Schwarm der Taxis, die pausenlos neue Insassen für die geschlossene Gesellschaft ausspuckten.

»Ist schon okay«, sagte ich zu ihm. »Die drei gehören zu mir.« Er sah mich von oben bis unten an, dann ließ er uns mit einem Zwinkern passieren. Ich verschwand im Trubel des Foyers, bevor Serge sich bedanken konnte.

Ich schritt durch die Menge wie eine Königin. Ich genoss die Spannung im Rückgrat, in den Wadenmuskeln. An der Stuckdecke rotierte eine Discokugel; aus den Lautsprechern dröhnte »Frog Killer« von ADS. Gäste standen Schlange an den Garderoben; jetzt erst sah ich, dass sie unter ihren Trenchcoats und Pelzmänteln Fetzen trugen, lächerlich zerrissene Lumpen. Eine Frau im Großgeblümten, die Hüften mit Discountertüten umhüllt, balancierte vier Plastikbecher mit Billigbier; der bittere Hopfen mischte sich mit ihrem Parfum, *Electra* von Création Critique. Ein Mann mit zickzackförmigem Seitenscheitel hatte die froschgrüne Jogginghose mit schmutzigen Binden umschnürt. Als die Kleingeblümte an ihm vorbeistakte, presste er einen weichen Rülpser aus der Kehle, und die Corgy Boys sangen »Too Drunk To Shop«.

Ich drängte mich durch die schiebende, rempelnde Menge. Hier und da spürte ich eine Hand auf meinem Hintern, ein schüchternes, unreifes Kneifen. Auf der Wendeltreppe zum Obergeschoss kamen mir Pullover mit sorgsam gestanzten Mottenlöchern entgegen, Zottelperücken und angeklebte graumelierte Bärte. Die frisch geschminkten Falten machten jedes Lächeln zur Anstrengung; es sah aus, als wären nicht die Falten aufgetragen, sondern das Lächeln.

An einer Bar entdeckte ich den »Große-Pause«-Star Jérôme Fuerte, der sich einen glutroten Pickel auf die Stirn geklebt hatte. Trotz ihrer schwarz gefärbten Schneidezähne erkannte ich Isabell Tersteegen, Herausgeberin der *Gee*. Mick Renninger identifizierte ich erst, als Christoph Stihl-Steinbeißer auf ihn zuwankte, den Arm um seinen Hals legte und, das Kinn auf seiner Schulter, Einsilber lallte: »Mick, mein Mick.« Bei Mia Trimbull, von oben bis unten in dick gestrickte Schals verpackt, war ich mir lange nicht sicher; schließlich glaubte ich, ihre baltische Nase zu identifizieren.

Mich erkannte niemand.

Traurige Gestalten kreuzten meinen Blick, boxten einander gegen die Schultern, schwappten einander Bier über die Kleider. Der Mann mit der SICURIT-Baseballmütze, dem ich den Bierbecher aus der Hand nahm, sah mich dankbar an. Ich genoss das Bier, wie ich lange kein Bier genossen hatte, und ich genoss meine Verwegenheit, meine Unverschämtheit, meinen unwiderstehlichen Charme.

Am Wodkatresen schickten mir Männer Pfiffe hinterher; ich konnte hören, dass sie das Pfeifen erst üben mussten. Weit beugte ich mich über die Theke, legte den Bauch auf das Holz, streckte den Hintern in die Luft; es gab keinen Grund, mich zu verstecken. Als ich mich umdrehte, war ich froh, dass ich wieder festen Boden unter den Füßen hatte.

Denn vor mir stand Schmiddel.

Lange muss ich ihn stumm angesehen haben. Erst allmählich, Pixel für Pixel, baute das Erkennen sich auf. Der überweite Kamelhaarmantel, den er auch in dieser Hitze nicht ablegte, die Sonnenbrille, die Tolle; die üppige Drahtwolle, die den Mund zum Strich machte.

»Kennen wir uns«, fragte er schließlich, mit belustigten, freundlich verengten Augen. Er legte den Kopf schräg und wartete einfach ab.

Ich konnte nichts sagen; ich war froh, dass er nicht auf einer Antwort bestand. »Sie sehen großartig aus«, sagte er und sah mich noch aufmerksamer an. Er ließ mich auch nicht aus den Augen, als plötzlich ein magerer Zwerg neben ihm stand; er trug einen flammenden Haarkranz und ein Palästinensertuch und legte die Hand auf Schmiddels Arm.

»Na«, sagte der Zwerg und starrte mich ebenfalls an. Der Schleim um seine braunen Augen sah aus wie Klebstoff; die zu kurzen Ärmel seiner speckigen Wildlederjacke verdeckten kaum die antike Breitenbacher-Uhr. »Willst du mich nicht vorstellen«, fragte er Schmiddel.

Natürlich kannte ich Noel Kammacher, und jetzt erkannte ich ihn auch, trotz seiner Maskerade. »Mein Galerist Noel«, ergänzte Schmiddel nonchalant. »Er hat immer viel zu tun. Sogar in diesem Augenblick, nicht wahr, Noel?«

»O weh, o weh«, jauchzte Kammacher, schüttelte mit komischer Verzweiflung den Kopf. »Na gut«, sagte er schließlich und schaute mürrisch auf seine Breitenbacher. »Dann lass ich euch beide mal allein.«

Unbehaglich sah ich mich um. Ich wollte nicht allein bleiben mit Schmiddel, seinem bleichen, zerstreuten Verstehen. Doch es gab keinen Grund zur Sorge, denn ein Gast nach dem anderen trat jetzt auf uns zu; jeder blieb für ein paar Augenblicke bei uns stehen. Leutselig begrüßte Schmiddel Zack Weisshaar, Nenette Braun, Zizi von Mernheim. Und am Rand meines Gesichtsfelds, unter einer »Wurzener Pilsener«-Reklame, entdeckte ich jetzt sogar Nina Löwitsch. Auch sie steuerte ohne Umweg auf uns zu.

Ich hielt den Atem an. Nina trug kein Kleid, auch nicht ihre Bikerjacke; sie trug ein gestückeltes Potpourri, zusammengenäht aus Laken, T-Shirt-Stoff und Wolldecken, grau mit braunen Streifen, offenbar aus Bundeswehrbeständen. Sie sah grandios aus. Staunend sah ich zu, wie sie sich durch den Raum bewegte, wie sie ihn ohne Gesten oder Hüftschwünge in Wellen versetzte. Sie schien niemanden zu sehen, schien über sämtliche Kraftfelder hinwegzuschweben; bis zu dem Moment, in dem ihr Blick auf mich fiel.

Es war nicht einmal ein Moment. Es war nur ein kurzer Schluckauf im Atem der Zeit. Ohne die Andeutung einer Irritation hob Nina grüßend die Brauen, erzeugte ein Lächeln und korrigierte ihren Kurs. Kurz entschlossen trat sie auf eine Frau im Faltenrock zu; trotz der geschminkten Hämatome erkannte ich Natascha Zerberus, die Art-Direktorin der *Spell*.

Doch da war immer noch, bilde ich mir ein, der Anflug von Trauer in Ninas Gesicht, eine Resignation in ihrem Blick, der meinen Blick jetzt sorgfältig mied. Und noch immer stand ich vor Schmiddel wie ein Hund vor einem Fluss, unbehaglich, ungeduldig und hoffnungslos fremd.

Dann spürte ich Schmiddels Hand zwischen meinen Schulterblättern. Fast ohne Berührung führte er mich zur Treppe. Er dirigierte mich aufwärts, vorbei an dem Schild mit der Aufschrift »Kein Zutritt«. Es wurde stiller um uns; afrikanische Masken an den Wänden bewachten unseren Aufstieg. Die Treppe wurde schmaler von Stockwerk zu Stockwerk. Vergessene Topfpflanzen griffen mit wirren Blättern nach dem Licht, das nur noch als schwacher Schein aus der Tiefe drang.

Ich sah Schmiddel an. Vielleicht war es nur der Geruch, der mich irritierte; ein Geruch nach Testosteron, nach regelmäßigem Fleischverzehr und Workout in einem anerkannten Gym. Ich spürte etwas Fremdes an ihm, eine erhöhte Dichte der Moleküle, eine unbekannte Massivität. Selbst seine Blässe war undurchlässig geworden, nicht mehr durchscheinend wie eine Plastiktüte, sondern opak wie Porzellan. Und noch immer schwebte seine Hand wie suchend, aber griffbereit hinter meinem Rücken.

»Schmiddel«, sagte ich mit rauher Stimme. Er sah mich an, mit freundlicher Verwunderung, als hätte ich eine seltsame kleine Bitte auf dem Herzen; eine fremde, charmante Idee.

»Ich heiße Sebastian«, sagte er. Es klang nicht wie eine Korrektur, sondern einfach wie eine Vorstellung. »Sebastian Stern. Und Sie?«

Er sah an seinem Kamelhaarmantel hinab, dann an meinem Trenchcoat, der plötzlich, so kam es mir vor, nur noch aus Flecken bestand; er grinste, grinste sich von Fleck zu Fleck. »Wenn ich uns so ansehe«, sagte er schließlich, »dann müssen wir wohl du zueinander sagen.«

Sebastian Stern, echote es in meinem Kopf. Ein Name wie aus einem Arztroman; doch so waren sie eben, die Namen der Gewinner. Nach langer Zeit dachte ich wieder an die Legenden, die Gesine Speyerling von dem unbekannten Engel erzählt hatte; von den Guerilla-Aktionen bei der Malmö-Biennale; von den Sammlern und Galeristen, die nachts im Alten Elbtunnel auf ihn warteten, auf der Köhlbrandbrücke oder am Containerterminal, um sich den Zuschlag für seine flüchtigen Werke zu sichern. Ich dachte an seine vielen Namen, an Wotan, Beriberi, Linux und Bang-Cock, und ich fragte mich, ob Sebastian Stern sein Klarname war oder noch ein weiteres Pseudonym.

Und ich dachte an Schmiddel, den armen Schmiddel, dem seine Ähnlichkeit mit diesem Engel nichts genutzt hatte, der sie nicht einmal kannte und dem sie egal war. An Schmiddel, für den ein Name nur ein Aufdruck auf einer seiner Visitenkarten war. An Schmiddel, der nie nach oben geblickt hatte, weil die Erde für ihn voll genug war, mit Stolpersteinen, mit Hundehaufen, aber auch Gabba und Abendrot über dem Fluss.

Ich konnte hören, wie das Gemurmel der Party näher kam; Stimmen flackerten die Treppe hinauf. Ich glaubte, Pamela Nitsch-Merodey zu hören, Meinhard Pavlicek und den satten Tenor von Bobby Amaranth. Ich hörte eine Frauenstimme, die ich nicht kannte: »Sie lebt noch«, sagte sie, leiernd, mit Barmbeker Akzent.

»Aber was machen wir denn bloß«, fiel die Stimme eines Mannes ein. Es war ein gemütlicher Bass, der nicht zu der Panik passte, zu der Hilflosigkeit, mit der er stammelte: »Ich hab das noch nie erlebt.«

»Erst mal die Wolldecke rüber«, sagte die Frau. »Und dann eins, eins, zwei. Hier, kannst mein Handy nehmen.«

Als ich die Augen geöffnet hatte, wollte ich sie gleich wieder zuschlagen. Die beiden Gesichter, in die ich blickte, sahen aus wie Bierdeckel, wie Papiertaschentücher. Es waren Denkmäler der Bedeutungslosigkeit, des verfehlten Lebens. Der Mann trug eine malvenfarbene Steppjacke mit hellblauer Knopfleiste und eine Prinz-Heinrich-Mütze auf dem Kopf, die Frau einen roten Outdoormantel mit gepolstertem Kragen.

»Können Sie sprechen«, fragte die Frau. Jetzt erst merkte ich, wie ich zitterte unter der Decke, die nach Mottenkugeln und Erbsensuppe roch.

Von irgendwoher brachte der Mann einen Plastikbecher mit Tee. Die heiße Flüssigkeit lief meine Mundwinkel hinab, mein

Kinn, mein schwerfällig erwachendes Herz. Die Frau übernahm den Becher, und der Mann ging zum Straßenrand, spähte angestrengt nach links, wo sich das Geheul eines Martinshorns näherte.

»Sie wissen, dass Sie Glück gehabt haben«, sagte die Frau. Ihre Stimme klang reif, ein fetter, alter Camembert. »Manchmal schickt der Herr seine Engel aus.« Und sie führte ihr käsiges Gesicht so nah an meine Augen, dass ich unwillkürlich anfing zu schielen.

»Kennen Sie die Heilige Schrift«, fragte sie, mit Mundgeruch und unangenehm bekümmertem Unterton.

Als hätte er sein Stichwort gehört, stellte sich jetzt der Mann neben die Frau. Streng, als müsste er einen Ekel bezähmen, schaute er auf mich herab. Dann bückte er sich, um einen Stapel Hefte aufzuheben, die sich, hastig abgelegt, neben mir auf dem Pflaster türmten. »Erwachet!« stand auf den Heften, *»Ontwaakt!«* und *»Réveillez-vous!«*.

»Ontwaakt«, quakte ich schwach und kicherte in mich hinein.

Die Kommandos überforderten mich; jetzt schloss ich wirklich die Augen. Am liebsten hätte ich auch die Ohren geschlossen. Wenn das der Wachzustand war, wollte ich nur noch schlafen.

Ich wollte nichts hören, dachte ich. Während diese Menschen noch glaubten, *wusste* ich längst. Ich hatte sogar fotografische Beweise. Ich tastete nach meiner Kamera, griff mit schwachen, langsam erwachenden Händen an meine linke Hüfte, dann an die rechte; ich konnte nichts finden.

Ich ließ mich zurücksinken. Dann spürte ich, die Augen geschlossen, wie vier Hände mich packten, vom nasskalten Pflaster aufhoben und auf eine Trage legten, wie sie an meinen Beinen zerrten, die noch etwas zögerten, sich auszustrecken. Doch schließlich lag ich da, mit geschlossenen Augen; wechselnde Straßenbeleuchtung flackerte über meine Lider. Ich hörte das Martinshorn, sein gedämpftes Heulen, wie nächtliche Hunde im Nachbardorf. Ich spürte mein Gewicht, die Wärme des Ambulanzwagens. Und ich spürte die Hand Sebastian Sterns, die meine Hand hielt, mit sanftem Druck, ohne sich zu bewegen.